Wendigo
Fantastique & Horreur

NUMÉRO 1, DÉCEMBRE 2010

SOMMAIRE

Couverture de Marc-Antoine Lumia et logo créé par André Savéant

---

Directeur de la publication : Philippe Marlin – Rédacteur en chef : Richard D. Nolane

---

Ont collaboré de manière déterminante à ce numéro :

Philippe Aes, Albert Aribaud, Martine Blond, Jean-Daniel Brèque, Sabine Larroque, Rémy Lechevalier, Charles Moreau, Quarante-Deux, Ernesto Vegetti et Morgan A. Wallace
Pour toutes les traductions : © les traducteurs.

Mise en page : André Savéant

WENDIGO, LES ÉDITIONS DE L'ŒIL DU SPHINX
36-42 rue de la Villette
75019 PARIS, FRANCE
www.œildusphinx.com
ods@œildusphinx.com

Le Code de la propriété intellectuelle n'autorisant aux termes de l'article L. 122-5, 2°
et 3°a), d'une part, que les " copies de reproductions strictement réservées à l'usage
privé du copiste et non destinées à une utilisation collective " et, d'autre part, que les
analyses et les courtes citations, dans un but d'exemple ou d'illustration, " toute
représentation ou reproduction intégrale ou partielle faite sans le consentement de l'auteur ou de ses ayants droit ou ayants cause, est illicite " (art. L. 122-4). Toute représentation ou reproduction par quelque procédé que ce soit, contribuerait donc à une con-
trefaçon sanctionnée par les articles L. 355-2 et suivants du Code de la propriété intellectuelle.

© 2010 LES ÉDITIONS DE L'ŒIL DU SPHINX

ISBN : 978-2 914405-66-9
EAN :978-281-440-56-69
ISSN de la collection : en cours
Dépôt Légal : janvier 2010

Couverture : illustration de Marc-Antoine Lumia ©.

ÉDITORIAL

par Richard D. Nolane

Cela faisait bien longtemps qu'une nouvelle revue n'était pas parue pour faire connaître au public francophone la fiction littéraire fantastique et de terreur dite « classique », c'est-à-dire celle publiée jusqu'à la fin des années 1940 et la disparition des *pulps* aux Etats-Unis. La dernière en date, et qui remonte aux années 1990, était *Le Visage Vert* (qui vient de publier son 17ᵉ numéro), une sorte de monument dans le créneau et qui a par bonheur la vie chevillée au corps.

Lorsque j'ai proposé à Philippe Marlin au début de l'été 2009, l'idée de faire une revue de bibliothèque pour L'Oeil du Sphinx axée sur la publication de nouvelles inédites ou de rééditions introuvables et s'attachant à retrouver l'atmosphère des *pulps* et autres revues de fiction populaire style Belle Époque ou Entre-Deux-Guerres, il a tout de suite trouvé l'idée excitante. Qu'il en soit remercié ici vivement.

Baptisée peu après en hommage à une entité cauchemardesque du Grand Nord américain récupérée par la suite par d'autres mythologies fictives comme celle de Cthulhu, *Wendigo* s'est vue dotée d'une ligne éditoriale finalement assez simple : pratiquement que de la fiction, un article au maximum par numéro, présentations des écrivains soignées mais pas dans un registre ultra spécialisé, et bibliographies françaises détaillées et, sauf indication contraire, complètes. Du côté des auteurs, *Wendigo* s'est donnée pour mission de faire connaître des écrivains injustement méconnus et des textes oubliés de fantastiqueurs plus ou moins célèbres, essentiellement anglo-saxons, mais avec au moins un contributeur d'une autre origine linguistique par numéro.

C'est ainsi que l'Américain Philip M. Fisher Jr, vedette des *pulps* de la chaine Munsey au début des années 1920, voit publier dans ce numéro son premier texte en français, que la nouvelle de Seabury Quinn y montre qu'il y a eu un « avant » Jules de Grandin ou encore que D. O. Marrama y prouve

qu'un journaliste politique et artistique italien de choc du début du XXe siècle était parfaitement capable de faire une brillante intrusion dans le fantastique et la peur l'espace d'un court recueil.

Ils sont accompagnés ici de l'énigmatique et talentueux Achmed Abdullah,
du surprenant et prolifique Victor Rousseau, de George Griffith l'explorateur impénitent, de Robert Barr le brillant journaliste et auteur en vue du
tout-Londres victorien et edwardien et de Morgan Robertson, le marin devenu écrivain et qui semble avoir « prédit » en détail dans un roman la catastrophe du *Titanic* 14 ans avant qu'elle se produise… !

Enfin, un hasard de programmation a fait que deux des nouvelles de ce numéro tournent autour de l'invisibilité, un thème excitant mais injustement
délaissé de nos jours. Mais, on le sait, le hasard fait souvent bien les
choses…

Et maintenant, place au frisson et au surnaturel cuvée d'antan !

                                              Richard D. Nolane

PURIFICATION

par Robert BARR

Né en 1850 à Glasgow, Robert Barr émigra avec sa famille au Canada à l'âge de quatre ans. Après des études à Toronto, il émigra à nouveau, cette fois aux Etats-Unis, pour faire des études universitaires à l'Université du Michigan puis devenir journaliste au Detroit Free Press *où son intrépidité est remarquée. Mais en 1881, il retourna dans son Angleterre natale pour monter une édition anglaise de ce journal. Fréquentant les milieux littéraires de Londres, il devint un proche de Rudyard Kipling et d'Arthur Conan Doyle. Ce dernier le présenta à Jerome K. Jerome, (l'auteur de* Trois hommes dans un bateau*) et les deux hommes s'associèrent en 1892 pour lancer le fameux magazine littéraire* The Idler *qui connaît un succès immédiat avant d'avoir une vie plus agitée à partir de 1897 mais Robert Barr, lui, demeura jusqu'à la fin de sa vie un membre en vue de l'intelligentsia londonienne. La plupart des œuvres journalistiques de Robert Barr, ainsi que quelques nouvelles, seront signées du pseudonyme de Luke Sharp. Outre* The Idler, *il participa à nombre de grands journaux et revues anglais et américains. Conteur né, il se tailla à son époque une enviable réputation tout à fait justifiée et il est vraiment dommage que son œuvre soit de nos jours bien oubliée à l'exception des enquêtes d'Eugène Valmont et de quelques nouvelles reprises ici ou là dans des anthologies de fiction victoriennes.*
Robert Barr est en effet resté célèbre (et donc assez régulièrement réédité) pour ses histoires policières mettant en scène le détective français Eugène Valmont qui est un des ancêtres évidents du Hercule Poirot d'Agatha Christie par ses manières et ses méthodes d'enquête. Mais il écrivit aussi

*dans bien d'autres genres populaires, à commencer par le fantastique,
l'horreur, la SF et l'aventure, ainsi que des récits, romans et nouvelles, plus
proches de la littérature générale. Beaucoup des histoires de Robert Barr
ont des femmes pour personnage central, la plus connue étant la journaliste Jennie Baxter* (Jennie Baxter, journalist, 1899). *Il est aussi un des spécialistes de l'histoire macabre courte et percutante de l'ère victorienne et
« Purification » est un bon exemple de son savoir-faire en la matière mais
aussi de son humour noir. Parmi ses livres les plus importants, on trouve le
roman fantastique* From Whose Bourne *(1893) où c'est un fantôme qui
mène l'enquête sur sa mort... et les recueils* In a steamer chair *(1892),* The
Face and the Mask *(1894) et* Revenge ! *(1896), mêlant macabre, fantastique et récits policiers. Robert Barr est décédé en 1912. Parue en français
en 1983 dans mon fanzine* Crépuscule, *« Purification » est pourtant virtuel-
lement inédite chez nous dans la mesure où moins d'une cinquantaine
d'exemplaires du numéro ont été réellement imprimés...* – RDN

Eugène Caspilier était à une des tables en métal du Café Égalité, laissant fil-
trer lentement l'eau de la carafe au travers d'un morceau de sucre et d'une
cuiller percée jusqu'à son verre d'absinthe. Le visage de Caspilier n'affi-
chait pas vraiment une expression de mécontentement mais plutôt une ombre fugitive de tristesse désignant en lui un homme pour lequel le monde
avait manqué de sympathie. De l'autre côté de la petite table ronde était assis son ami et compagnon compatissant, Henri Lacour. Celui-ci sirotait lentement son verre, comme on devait le faire avec l'absinthe, et il était clair
qu'il se sentait profondément touché par le problème auquel était confronté
son camarade.

– Pourquoi, au nom du Ciel, t'es-tu marié avec elle ? De toute évidence, ce
n'était pas nécessaire... !

Eugène haussa les épaules. Un geste qui signifiait clairement : « Pourquoi,
en effet ? Tu n'aurais pas une question plus simple ? »

Pendant un moment, le silence s'installa entre eux. Henri ne paraissait pas
attendre d'autre réponse que l'expressif haussement d'épaules, et chacun
d'eux consomma son breuvage avec une expression rêveuse.

– Un homme doit vivre, dit enfin Caspilier, et la profession de poète déca-
dent n'est pas des plus lucratives. Bien sûr, la gloire éternelle nous attend
dans l'avenir, mais nous avons besoin de notre absinthe dans le présent.
Pourquoi l'ai-je épousée, me demandes-tu ? J'ai été victime de mon envi-

ronnement. Je dois écrire de la poésie, et pour écrire de la poésie il faut que je vive ; et pour vivre, il me faut de l'argent ; et pour trouver de l'argent, j'ai été obligé de me marier. Valdorême est une des meilleures pâtissières de Paris ; est-ce ma faute à moi si les Parisiens ont plus d'amour pour la pâtisserie que pour la poésie ? Doit-on me blâmer parce qu'on recherche plus ses productions dans son magasin que les miennes dans les librairies ? J'aurais bien été d'accord pour partager avec elle les revenus du magasin sans cette folie qu'est le mariage, mais Valdorême avait d'étranges façons barbares de voir les choses et contre lesquelles la raison civilisée ne pouvait rien. Toutefois mon action n'était pas totalement celle d'un mercenaire. Il y avait un rythme dans son nom que j'aimais beaucoup. Et puis, elle est russe, et à ce moment-là son pays et le mien étaient dans les bras l'un de l'autre, ce qui m'a fait proposer à Valdorême de suivre l'exemple national. Mais hélas ! Henri, mon ami, j'ai découvert que dix ans de résidence à Paris n'étaient pas parvenus à éliminer le côté sauvage de sa nature de Russe. Bien qu'elle ait un nom qui chante comme le doux flot d'un riche vin velouté, ma femme n'était guère plus qu'une barbare. Quand je lui ai parlé de Denise, elle s'est conduite comme une folle... Elle m'a jeté à la rue ! »

– Mais pourquoi lui avoir parlé de Denise ?

– Pourquoi ? Combien je déteste ce mot ! Pourquoi ! Pourquoi ! Pourquoi !!! Il poursuit les action de chacun tel un éternel limier en train de japper pour obtenir une raison. J'ai l'impression que toute mon existence j'ai eu des comptes à rendre à un « pourquoi » inquisiteur. Non, je ne sais pas pourquoi je lui en ai parlé ; je ne pense pas que ceci soit matière à réflexion ou à considération. J'en ai parlé principalement parce que Denise m'est venue à l'esprit à cet instant-là. Mais après cela, ce fut le déluge ! J'en frissonne rien que d'y repenser !

– Encore un « pourquoi », fit l'ami du poète. Pourquoi ne pas cesser de songer à te réconcilier avec ta femme ? Les Russes ne sont qu'aborigènes irraisonnées. Pourquoi ne pas prendre la vie sur un ton poétique avec Denise et éviter définitivement la rue de Russie ?

Caspilier soupira doucement. Le destin le frappait durement sur ce point précis.

– Hélas, mon ami, c'est impossible ! Denise est un modèle, et ces brutes de peintres qui tirent pourtant un tel prix de leurs croûtes la paient si peu par semaine que ses gages pourraient à peine me procurer nourriture et boisson. Je peux me procurer papier, plume et encre dans les cafés, mais comment m'habillerais-je ? Si seulement Valdorême voulait bien nous verser une petite pension, nous pourrions être si heureux... Valdorême est devenue une Madame, comme je le lui dit souvent, et elle me doit bien quelque chose pour cela ; mais il se trouve qu'elle croit que, parce qu'un homme est marié, il se doit de revenir consciencieusement à la maison comme un épicier bourgeois. Elle n'a aucun sens de la poésie, aucune notion des besoins d'un homme de lettres...

Lacour dut admettre à regret que la situation était embarrassante. Le premier verre d'absinthe ne parvint pas à montrer clairement comment faire pour l'affronter. Mais le second amena de la bravoure avec lui, et il se proposa noblement d'aller faire face à la lionne russe chez elle, de lui expliquer ce que pensait Paris de sa conduite injustifiable et, si possible, de la ramener à la raison.

Caspilier fut submergé par l'émotion, et il pleura en silence, pendant que son ami racontait en un langage éloquent combien d'auteurs fameux, dont les noms constituaient un des biens les plus brillants de la France, s'étaient vus pardonner par leur épouse certains écarts conjugaux. Il disait aussi qu'il allait rappeler ces exemples à Madame Valdorême pour l'amener à imiter ces illustres exemples.

Les deux camarades se donnèrent l'accolade et se séparèrent ; l'ami pour user de son influence et de son pouvoir de persuasion auprès de Valdorême et le mari pour raconter à Denise combien ils étaient bénis d'avoir un tel ami pour intervenir en leur faveur ; car Denise, en brillante petite parisienne qu'elle était, ne gardait pas de rancune à l'encontre de la déraisonnable épouse de son amant.

Henri Lacour s'arrêta en face de la pâtisserie de la rue de Russie qui portait le nom de « Valdorême » au-dessus de ses appétissantes vitrines. Madame Caspilier n'avait pas changé le nom bien connu de son magasin lorsqu'elle avait dû abandonner le sien. Lacour l'aperçut en train de servir ses clients, et il trouva qu'elle ressemblait plus à une princesse russe qu'à une commerçante. Il en vint à s'étonner de la préférence qu'avait son ami pour son petit modèle à la noire chevelure. Valdorême ne paraissait pas avoir plus de vingt ans ; elle était grande et d'une stupéfiante beauté, avec d'abondants cheveux auburn, presque roux. Son beau menton dénotait peut-être un abus de fermeté de caractère et présentait un contraste étonnant avec la faiblesse du bas du visage de son mari. Lacour se sentit sur le point de se mettre à trembler au moment où elle parut lancer un regard dans sa direction et, l'espace d'un instant, il craignit qu'elle l'ait aperçu en train de flâner devant la vitrine. Elle avait de grands yeux, d'une couleur ambrée limpide, mais au fond desquels couvait un feu que Lacour voulait surtout pas voir s'enflammer pour de bon. Sa tache lui apparaissait maintenant bien différente que vue du Café Égalité. Hésitant, il dépassa le magasin et, s'arrêtant au café le plus proche, commanda un autre verre d'absinthe.

Ayant repris des forces, il se résolut à agir avant de voir son courage s'évaporer. Ainsi, après s'être aiguillonné avec la conviction qu'un homme ne doit jamais être effrayé d'avoir à affronter une femme, fut-elle russe ou civilisée, il pénétra dans le magasin et fit sa révérence la plus polie à Madame Caspilier.

— Je suis ici, Madame, commença-t-il, en temps qu'ami de votre mari et afin de discuter de ses affaires avec vous.

— Ah ! dit Valdorême, alors que Henri voyait avec consternation le feu s'allumer dans ses yeux.

Mais elle donna des instructions à un assistant et, se tournant vers Lacour, lui demanda d'avoir la bonté de la suivre. Elle le conduisit au travers du magasin, monta un escalier au fond de celui-ci et ouvrit en grand une porte située au premier étage. Lacour pénétra dans une pièce réservée aux moulages et très propre, avec des fenêtres donnant sur la rue. Madame Caspilier s'assit devant une table en y posant un coude, cachant ses yeux de sa main, mais pas suffisamment pour que Lacour ne les sente pas le scruter jusqu'au fond de son âme.

— Asseyez-vous, dit-elle. Vous êtes donc l'ami de mon mari... Qu'avez-vous à me dire ?

C'était maintenant difficile de dire à une belle femme que son mari lui préférait — au moins pour le moment —, quelqu'un d'autre et Lacour préféra attaquer par des généralités. Il expliqua donc qu'un poète doit être comparé à un papillon, ou mieux encore à la plus industrieuse abeille qui extrait le miel de chaque fleur en enrichissant ainsi le monde. Le poète avait sa propre loi et ne devait pas être jugé durement de ce qu'on pourrait appeler un point de vue de commerçant. S'échauffant, Lacour donna ensuite de nombreux exemples d'épouses de grands hommes qui avaient pardonné et même quelquefois encouragé les petites manies de leur mari et ce pour le plus grand bien de la meilleure littérature.

De temps en temps, alors que cet homme éloquent parlait, les yeux de Valdorême semblaient s'allumer dangereusement dans l'ombre, sans pour atant que la femme ne bouge ni ne l'interrompt dans son discours. Quand il eut fini, sa voix sonna froide et dépourvue de toute passion, et Lacour sentit avec soulagement que l'éruption qu'il avait craint était reportée à plus tard.

– Vous me conseilleriez donc, commença-t-elle, de suivre l'exemple de l'épouse de ce grand romancier en invitant avec mon mari la femme qu'il admire à ma table ?

– Oh, je ne dirai pas que je vous en demande tant, fit Lacour, mais...

– Je n'aime pas les demi-mesures. Avec moi, c'est tout ou rien. Si j'invite mon mari à dîner, j'inviterai aussi cette créature... Comment s'appelle-t-elle déjà ? Denise, vous dites ? Oui, je l'inviterai aussi. Sait-elle qu'il est marié ?

– Oui, bien sûr ! s'écria Lacour, mais je puis vous assurer, Madame, qu'elle éprouve pour vous la plus grande sympathie qui soit. Denise ne sait pas ce que c'est que la jalousie...

– Quelle bonne chose de sa part ! Quelle excellente chose ! répondit la Russe sur un ton si acide que Lacour se demanda s'il n'avait pas fait une remarque malvenue, alors que tous ses efforts s'étaient concentrés en vue du seul but de plaire et de réconcilier.

– Très bien, dit Valdorême en se levant. Vous pourrez dire à mon mari que vous avez rempli votre mission. Dites-lui que je subviendrai à leurs besoins à tous les deux. Demandez-leur de m'honorer de leur présence au déjeuner de demain à midi. Si mon mari veut de l'argent, comme vous me l'avez dit, voici déjà deux cents francs, qui devraient suffire jusqu'à demain à midi.

Lacour la remercia avec une amabilité qui aurait ravi n'importe quelle donatrice ordinaire, mais Vladorême resta impassible, telle une reine de tragédie, semblant surtout pressée de le voir partir, maintenant qu'il avait rempli sa mission.

Le cœur du poète se remplit de joie lorsqu'il entendit son ami lui dire que Valdorême s'était enfin décidée à voir son union avec Denise sous les lumières de la raison. Caspillier, alors qu'il embrassait Lacour, admit qu'en fin de compte, il y avait peut-être de quoi prendre la défense de sa femme...

Le jour de la fête, le poète s'habilla avec plus de soin que d'habitude et Denise mit quelques unes des fanfreluches qu'elle venait d'acheter avec le don de Valdorême. Elle avoua qu'elle avait trouvé que la femme d'Eugène avait agi avec de la considération pour eux deux mais maintint que celle-ci ne souhaitait pas en réalité la rencontrer. Car, à entendre le portrait brossé pas Caspilier, l'épouse devait être une femme imposante et quelque peu terrifiante. Denise avait pourtant accepté de venir qu'en raison de sa bonne nature et mue par le désir de cicatriser les blessures de famille. Elle aurait fait n'importe quoi pour la paix des ménages !

Une fois leur fiacre renvoyé, l'employé du magasin dit au couple que Madame les attendait en haut. Valdorême était debout dans la pièce, dos tourné à la fenêtre, telle une sombre déesse aux cheveux fauves et libérés sur ses épaules. La pâleur naturelle de son visage était encore plus évidente qu'à l'accoutumée en raison du noir uniforme des ses vêtements. Caspilier, avec l'élégance qui le caractérisait, ôta son chapeau pour une révérence pleine de déférence ; mais quand il se redressa pour se lancer dans les compliments et les tournures poétiques mis au point pour l'occasion la nuit précédente au café, le regard sinistre de la Russe fit hésiter sa langue. Denise, qui n'avait jamais vue une telle femme auparavant eut un rire nerveux, teinté d'effroi, et se serra un peu plus contre son amant. Cette femme était encore plus menaçante qu'elle ne l'avait imaginée ! Valdorême frissonna légèrement en voyant le geste d'intimité de sa rivale. Sa main s'ouvrit et se referma dans un geste convulsif.

— Venez ! dit-elle en coupant court à la harangue devenue hésitante de son mari, se glissant ensuite pour passer devant eux tout en écartant sa jupe au moment de frôler Denise. Elle ouvrit ainsi le chemin jusqu'à la salle à manger située à l'étage du dessus.

— Elle me fait peur... pleurnicha Denise en retenant Eugène. Elle va nous empoisonner !

— Enfin, ça ne tient pas debout ! murmura Caspilier. Allez, viens ! Elle a trop d'affection pour moi pour commettre quelque chose de ce genre et tant que tu es avec moi, tu n'as rien à craindre... !

Valdorême s'assit en bout de table, plaçant son mari à sa droite et Denise à sa gauche. Le déjeuner s'avéra être le meilleur jamais dégusté par les deux amants. Leur hôtesse demeura silencieuse mais nul besoin d'un autre orateur lorsque le poète était là. L'excellence du repas lui ayant ôté toute crainte relative au poison, Denise riait gaiement de temps à autres à sa brillante conversation.

— Mais quelle est cette odeur pénétrante qui envahit la pièce ? demanda soudain Caspilier au bout d'un moment. On devrait ouvrir la fenêtre...

— Ce n'est rient, répondit Valdorême, parlant pour la première fois depuis qu'ils s'étaient installés à table. Ce n'est juste que du naphte. J'ai fait nettoyer cette pièce avec... Et la fenêtre ne s'ouvre pas. Si elle le pouvait, le bruit de la rue t'aurait même empêché d'entendre ce que tu disais...

Le poète préférait tout supporter plutôt que de voir son éloquence brouillée par quoi que ce soit, aussi laissa-t-il tomber les histoires de vapeur de naphte. Et quand le café fut servi, Valdorême donna son congé à la mignonne petite bonne qui avait assuré le service jusque-là.

– J'ai de tes cigarettes préférées, dit-elle ensuite à son mari. Je vais les chercher.

Elle se leva, et alors qu'elle s'approchait de la table où se trouvaient les boites, elle referma la porte d'un geste discret et habile avant de glisser la clé après l'avoir retirée de la serrure.

– Fumez-vous, mademoiselle ? demanda-t-elle à Denise dont elle n'avait même pas semblé être jusque-là consciente de la présence.

– Ça m'arrive, madame, répondit la jeune fille en étouffant un petit rire.

– Alors, vous trouverez ces cigarettes excellentes. Le goût de mon mari en matière de cigarette est bien meilleur que pour beaucoup d'autres choses... Il préfère les russes aux françaises.

Caspilier eut un rire sonore.

– Allez, une claque pour toi, Denise, dit-il.

– Pour moi ? Mais non. D'ailleurs, moi aussi je préfère les russes, mais elles sont si chères...

Une étrange ardeur traversa alors le visage expressif de Valdorême, adouci pourtant par une sorte de supplication muette. Ses yeux avaient beau être tournés vers son mari, ce fut à la jeune fille qu'elle s'adressa :

– Patientez un instant avant d'allumer votre cigarette, mademoiselle. Attendez que je vous dise de le faire...

Elle se mit alors à parler d'un ton suppliant en russe à Eugène, à qui elle avait appris sa langue natale au cours des premiers mois de leur mariage.

– Yevgenii ! Yevgenii ! Ne vois-tu pas que c'est une idiote ? Comment peux-tu t'intéresser à elle ? Elle serait aussi heureuse avec le premier homme qu'elle croiserait dans la rue ! Je... Je ne pense qu'à toi. Reviens-moi, Yevgenii !

Dans sa frénésie, elle se pencha vers lui au-dessus de la table et lui prit le poignet. La jeune fille les observait avec un sourire. Cela lui rappelait une scène d'opéra qu'elle avait vu un jour, chanté dans une langue bizarre. La *prima donna* avait des airs à Valdrême et avait agi comme venait de la faire celle-ci.

Caspilier haussa les épaules, mais sans retirer son poignet.

– Pourquoi encore revenir sur ce pénible sujet ? dit-il. Si ce n'était pas Denise, ce serait une autre... Je n'ai jamais été fait pour être un mari fidèle, Val. J'avais cru comprendre, aux dires de Lacour, que nous en avion terminé avec ce non-sens...

Valdorême relâcha lentement sa prise sur le poignet. Pendant qu'elle prenait une profonde inspiration, son visage afficha à nouveau un air tragique et dur. Toute douceur quitta ses yeux alors que s'y raviva le feu.

– Vous pouvez allumer maintenant votre cigarette, mademoiselle, dit-elle à Denise, presque dans un murmure.

– Et moi je jurerai que je pourrai allumer la mienne dans ton regard, Val ! lança son mari. Tu pourrais te faire un nom sur scène, tu sais ? Je vais écrire une tragédie pour toi et nous...

Denise craqua son allumette. Un éclair et un coup de tonnère traversèrent simultanément la pièce. La vitre de la fenêtre tomba avec grand bruit dans la rue. Valdorême, elle, se tenait le dos à la porte. Denise alla en titubant vers la fenêtre brisée en hurlant et en agitant ses petites mains devant elle.

– Espèce de démon de Russie ! hoqueta Caspilier en chancelant. La clé ! Où est la clé ?

Il essaya de prendre Valdorême à la gorge mais celle-ci le repoussa.

– Va donc t'occuper de ta petite Française ! Elle t'appelle au secours...

Denise s'effondra dans l'encadrement de la fenêtre, un bras en train de brûler sur le rebord de celle-ci, puis se tut. Caspilier, luttant contre le feu qui lui consumait le crâne, tomba contre la tête en pleurant avant de s'effondre tête la première vers le sol.

Pendant ce temps-là, Valdorême, transformée en colonne de feu, se balançait lentement contre la porte.

Puis elle murmura d'une voix agonisante :

– Oh, Eugène ! Eugène !

Et tel un ange de flammes, à moins que ce fût un démon, elle se jeta sur la forme prostrée de son mari.

Tire original : *Purification*
Traduction Richard D. Nolane

BIBLIOGRAPHIE FRANÇAISE DE ROBERT BARR

– « Les métamorphoses de Johnson » (« The metamorphoses of Johnson », *The Idler*, 1893), nouvelle d'aventure in *La Revue Hebdomadaire* du 30 décembre 1899.

– « Le sixième banc » (« The sixth bench », *The Idler,* 1892), nouvelle d'aventure in *La Revue Hebdomadaire* du 20 janvier 1900.

– « Le grand mystère de Pegram» (« The great Pegram Mystery », *The Idler* de mai 1892, sous le titre de « Detective stories gone wrong : the adventure of Sherlaw Kombs » et sous le pseudonyme de Luke Sharp), nouvelle policière in *Les Annales* du 8 novembre 1902, repris dans *Le Visage Vert* #1, 1995.

– « Une partie d'échecs » (« A game of chess », *Pearson's Magazine* éd. US, mars 1900), nouvelle d'horreur in *Le Dimanche Illustré* #177 du 18 juillet 1926, repris dans l'anthologie réunie par Xavier Legrand-Ferronnière, *Échec et Mat*, Paris : Joëlle Losfeld, 2004.

– « Le prisonnier du Pacha » (« The Pacha's prisoner : a story of modern Turkey », *McClure,S Magazine*, 1900), nouvelle d'aventure in *Le Dimanche Illustré* #181 du 15 août 1926, reprise dans *Lisez-moi Aventures* #54, novembre 1950.

– « Le sablier » (« The hour-glass », *The Strand*, décembre 1898), nouvelle d'aventure in *Le Dimanche Illustré* #196 du 28 novembre 1926.

– « Le mystère des 500 diamants » (« The mystery of the five hundred diamonds », *The Saturday Evening Post*, des 4 et 11 juin 1904), nouvelle policière avec E. Valmont in *Le Dimanche Illustré* #217 du 3 juillet 1927.

– « Le plus fourbe » (« The Hour and the Man », *The English Illustrated Magazine* août 1894), nouvelle d'aventure et d'horreur in *Le Dimanche Illustré* #276 du 10 juin 1928.

– « L'énigme des cuillers d'argent » (« The clue of the silver spoons », *The Saturday Evening Post* du 27 août 1904), nouvelle policière avec E. Valmont in *Le Dimanche Illustré* #295 du 21 octobre 1928.

– « En marge du code » (« Not according to the code », *Black and White*, 31 juin 1895), *Le Dimanche Illustré* #312 du 17 février 1929.

– « La libération du Wyoming » (« The liberation of Wyoming Ed », *The Saturday Evening Post*, 10 juin 1905, USA), nouvelle policière in *Le Dimanche Illustré* #492 du 31 juillet 1931.

– « Le legs introuvable » (« Lord Chizlerigg's missing fortune », *The Saturday Evening Post*, 29 avril 1905), nouvelle policière avec E. Valmont in *Le Dimanche Illustré* #521 du 19 février 1932.

– « Gens distraits... sommes distraites » (« The Absent-Minded coterie », *The Saturday Evening Post* du 13 mai 1905, USA), nouvelle policière avec E. Valmont in *Mystère Magazine* #60 de janvier 1953.

– « Divorce à la montagne » (« An alpine divorce », *The English Illustrated Magazine*, octobre 1893), nouvelle d'horreur in *Thriller* #7 de janvier 1983.

– « Purification » (« Purification », in *Revenge !* recueil, Chatto & Windus, 1896), nouvelle d'horreur in *Crépuscule* #6, 1983, repris dans *Wendigo* #1, 2010.

– *Les triomphes d'Eugène Valmont* (Traduction partielle de *The triumphs of Eugene Valmont*, New York : Appleton, USA, 1906), Comprend en reprises les nouvelles « L'affaire des cuillers d'argent », « Lord Chizlerigg et sa fortune disparue », « Le cercle des distraits », et en inédits, « Le fantôme au pied bot » (« The ghost with the clubfoot », *The Saturday Evening Post* du 27 mai 1905, USA) et « Les émeraudes de Lady Alicia » (« Lady Alicia's emeralds » *The Saturday Evening Post* du 8 juillet 1905, USA). Recueil policier,Toulouse : Éditions Ombres, coll. «Petite bibliothèque Ombres» #116, 1998.

– *Les émeraudes de lady Alicia*, éditions Encre Bleue, grand caractères, coll. « Basse vision », 2001. Deux nouvelles tirées du recueil de chez Ombres.

– « La vengeance du mort » (« The Vengeance of the Dead », *English Illustrated Magazine*, mai 1892), nouvelle fantastique prévue pour *Le Visage Vert* #18, printemps 2011.

– *Fantômes et assassins*, recueil fantastique comprenant le court roman *Le fantôme mène l'enquête* (*From Whose Bourne*, in recueil du même titre, Londres : Chatto & Windus, 1993), « La vengeance du mort » et « Un passager encombrant » (The Man Who Was Not on the Passenger List), paru dans le recueil *In a Steamer Chair and Other Ship-Board Stories*, Londres : Cassell, 1892. Établi par Jean-Daniel Brèque pour sa collection « Baskerville », à paraître en 2011 chez Rivière Blanche.

LE DESTIN DU " HOLLANDAIS VOLANT "

Par Georges GRIFFITH

De son vrai nom Georges Chetwynd Griffith-Jones, Georges Griffith connut une très grande popularité en Angleterre dans les années 1890 grâce à ses romans d'anticipation militaire. Seul H.G. Wells semble avoir vendu autant que lui à cette époque. Certains de ses « future war novels » sont de bons romans d'aventure, comme The Angel of the Revolution *(1893) et sa suite,* Olga Romanoff *(1894).*

*Griffith écrivit aussi de nombreux poèmes et articles pour la chaîne de magazines anglais Pearson's. Son œuvre aborda de nombreux domaines : la SF (*A Honeymoon in Space, *1901), le roman historique (*The Rose of Judah, *1899) le roman d'aventures (*John Brown, Buccaneer, *1908), le policier (*Brother of the Chain, *1900, recueil) sans compter une série de romans et de nouvelles de littérature générale ainsi que de très nombreux reportages.*

*À cette longue, et largement incomplète liste, il faut ajouter une douzaine de romans se rattachant au Fantastique sous toutes ses formes (*Valdar, the Oftborn, *1895,* The Romance of Golden Star, *1897,* A Criminal Croesus, *1904, etc.) et au moins les deux recueils* Gambles with Destiny *(1899) et* The Raid of « Le Vengeur » *(1974, tiré à 900 ex.). Georges Griffith avait un sens de conteur et savait faire naître sous sa plume des personnages crédibles mais il est dommage que son style n'ait pas toujours été à la hauteur du reste...*

Né en 1857 il était fils de clergyman et fut professeur avant de devenir journaliste et écrivain à plein temps. Auteur vraiment typique de l'ère victorienne, ce fut aussi un infatigable voyageur qui fit six fois le tour du monde, dont une en 65 jours pour battre le record de Phileas Fogg, le héros de Jules Verne. Le récit de ce voyage et d'autres ont été réunis en 2008 sous le titre de Around the world in 65 days *par l'éditeur canadien Apogee Books. George Griffith est décédé prématurément d'une cirrhose du foie en 1906. La nouvelle qui suit est parue sous le pseudonyme de Levin Carnac en 1894 et a été publiée une première fois en français voici presque 30 ans dans le magazine* Thriller. *Par certains aspects, on peut considérer ce texte comme précurseur de ceux de William Hope Hodgson... – RDN*

Pour ma part, je n'apporterai rien d'inédit concernant l'histoire qui va suivre et donc, il ne faudra pas s'attendre à ce que je réponde de sa véracité. Je vais me contenter de vous la relater en suivant aussi fidèlement que possible le récit de celui qui me l'a racontée, un vieux loup de mer complètement à la côte, comme disent les marins. J'avais eu l'occasion de lui rendre un service en compensation duquel, tel le vieux marin de la parodie du chef-d'œuvre de Coleridge faite par Gilbert, « il me débita ce conte tragique ».

– Comme je vous le disais, monsieur, fit-il en goûtant à nouveau le grog dont je m'étais servi pour lui délier la langue, il y a trois ou quatre ans, quand je m'échouais pour de bon, cela faisait soixante ans que j'étais sur les flots. J'y avais passé ma jeunesse et ma vie d'homme et, comme vous devez le deviner, j'ai eu l'occasion de voir, deux ou trois choses bizarres pendant ces années-là...

« C'est à la mode de nos jours que les gens fassent fi de choses qui ne soient pas assez grosses pour qu'ils puissent les voir à l'œil nu à une lieue devant eux, mais il y en a qui sont pourtant aussi vraies que celles dont ont parle dans les journaux, et même un peu plus vraies que quelques-unes. Elles arrivent loin d'ici sur la grande mer et peu de gens en entendent parler, et quand ils en entendent parler, ils prennent un air dédaigneux et supérieur et disent que ce sont des mensonges.

– Comme l'histoire du Hollandais Volant, par exemple ? dis-je en tirant au hasard une flèche compatissante et qui frappa au but.

Le vieil homme resta bouche bée un instant et les sillons qui cernaient ses yeux gris encore vifs se contractèrent. Puis il se mit à taper doucement sur la table du bout noir de la pipe d'argile qu'il était en train de fumer et dit d'une voix mi-surprise, mi-rêveuse :

– En plein dans le mille, monsieur ! Je n'sais pas comment vous y êtes arrivé, mais c'était justement à ce sujet que j'allais vous raconter l'histoire que vous m'avez demandé. Y a pas de mensonge dans l'histoire de Vanderdecken et la vieille galiote qu'il balada aux alentours du Cap pendant près de trois cent ans, parce que, monsieur, aussi vrai que je suis assis, ici — et il tapa à nouveau avec sa pipe — je l'ai vu et, bien plus, je crois bien que j'suis le seul homme encore en vie, à terre ou en mer, qui les ait vu, lui et sa vieille grosse baille, ou plutôt ce qui restait d'eux...

Il aurait été fatal pour moi d'exprimer le moindre doute à cet instant critique, aussi me contentai-je de dire :

– S'il en est ainsi, vous devez avoir une histoire si étrange que personne n'en a raconté de pareille. Servez-vous et allez-y !

Il accepta mon invitation et se jeta à l'eau.

– Cela va bientôt faire quarante-cinq ans que moi, un fils de l'Angleterre arrivant de Falsmouth, j'ai eu la mauvaise chance de me retrouver mousse et bonne à tout faire sur le *Prairie Flower*, un clipper yankee faisant le commerce du thé avec la Chine et qui quittait Baltimore. Je dis « mauvaise chance » car s'il y a bien un gaillard inoffensif et plein de bonne volonté qui mena une vie de chien dans une véritable maison de correction flottante, c'est bien moi sur le *Prairie Flower*.

Le skipper qui s'appelait Dave Schuyler, était un bon marin de la vieille école mais une vraie brute comme s'il croyait être le Dieu Tout Puissant en personne parce qu'il commandait un beau navire. Il était à moitié yankee, à moitié hollandais, comme vous pouviez le deviner par son nom, et assez mauvais pour être capable d'amortir un bateau du bateau d'un tonnage double de celui du *Prairie Flower*.

Il y avait un autre garçon avec moi à bord, un petit gars au cœur de lion et au corps de souris, pour ainsi dire, et on n'était pas à la mer depuis plus d'une semaine que le skipper lui vouait une haine absolue car le gamin lui avait répondu à une occasion au lieu de ramper comme un chien battu comme tout le monde était censé le faire sur le bateau. Après ça, il ne manqua pas une occasion de harasser le pauvre gars de corvées, la façon, à la mer, d'être constamment sur le dos de quelqu'un, et enfin, pendant une de ces dures nuits au niveau des Quarantièmes, il le prit en faute et en guise de punition l'envoya sur la vergue de hunier en lui ordonnant de rester là-haut jusqu'à ce qu'il lui ordonne de redescendre.

Il ne redescendit jamais, au moins d'une manière habituelle, car quand le jour se leva, il n'y avait plus personne sur la vergue et je me retrouvai le seul gamin sur le bateau. Le pauvre gars avait été arraché de la vergue par les oscillations du bateau ou bien il était devenu à moitié congelé et à moitié idiot et s'était jeté par dessus bord. Dans le cahier de bord, il fut inscrit sous son nom « tombé à la mer de la mâture » et tout le monde crut à un accident sauf le skipper et moi, et un jeune employé de port nommé Frank Peters qui avait été envoyé par les propriétaires comme subrécargue, ou gérant de bord comme on avait habitude de les appeler alors.

Le skipper ne savait pas que j'étais au courant. Il n'avait pas vu que je n'étais pas en bas quand il avait envoyé Slim Jim dans la mâture pour s'asseoir sur la vergue. S'il s'en était rendu compte, je n'aurai pas fini le voyage, mais Mr. Peters l'entendit donner l'ordre et vit le coup de pied qui aida le pauvre idiot à comprendre, et quand celui-ci fut porté disparu le matin suivant, il alla dire au skipper que ce n'était rien d'autre qu'un assassinat et qu'il ferait un rapport à la première escale. Si le skipper ne répondit pas grand-chose, il n'en pensa pas moins et ce qu'il pensa n'était guère de bon augure pour Mr. Peters.

Il y avait dans le poste de l'équipage une canaille brutale — juste le genre de canaille qu'on peut s'attendre à voir naviguer avec un pareil skipper — et comme nous avons eu des tas de problèmes après que le gamin soit tombé à l'eau, il n'eut pas beaucoup de difficultés à persuader les gars que le subrécargue était un fieffé porte-guigne qui était la cause de ce qui arrivait. Il ne fallut pas longtemps pour que le pauvre Peters soit haï d'un bout à l'autre du navire et qu'il y ait un bon nombre de type prêts, à partir de là, à l'aider à passer par dessus bord pour un verre de grog en plus.

On arriva aux Quarantièmes en travaillant d'arrache-pied et on contourna enfin le Cap, et pendant une nuit de pleine lune où soufflait le vent, la vigie lança :

– Une voile par tribord avant ! Elle est drôlement bizarre...

Et elle était bizarre, je peux vous le dire. Elle gisait droit dans la clarté de la lune sur l'eau, montant et descendant au gré des vagues avec un mouvement lent et pesant qui montrait que c'était un voilier lourd, quoiqu'il fût d'une autre époque. Vous avez déjà vu ces Hollandais efflanqués à l'avant et au cul carré qui partaient souvent d'Amsterdam et de Rotterdam il y a quelques années de ça ?

Bon, installez une sorte de grand château arrière avec des galeries courant sur l'arrière et les côtés et des grosses lanternes carrées comme on en trouve maintenant accrochées aux coins des rues, coupez la proue assez bas, remontez le beaupré aussi raide que ceux d'aujourd'hui, mettez une voile carrée en-dessous sur la martingale et gréez mâts et vergues dans le style le plus antédiluvien qui soit... et vous aurez le genre de bateau que nous avons vu surgir entre la lune et nous cette nuit-là.

Un drapeau pendait à mi-hauteur du mât de misaine et les voiles battaient comme s'il n'y avait pas un poil de vent alors que nous tirions des bordées contre une brise de dix nœuds arrivant du nord-est. Le skipper pointa sa lunette sur le bateau dans la minute qui suivit et quand il l'abaissa, il dit avec des mots que je me garderai bien de vous répéter, Monsieur :

– Si ce n'est pas le vieux Vanderdecken lui-même, que je sois englouti avec un seau hygiénique sur la tête ! Carguez la voile de misaine et laissez aller un peu ! On va voir si le vieil Hollandais n'a rien à dire. P't-être qu'il pourra nous donner une idée sur ce qu'on doit faire de ce... de porte-guigne qu'on a embarqué.

Ce n'était pas le genre de boulot que n'importe qui aimerait faire à bord, mais Dave Schuyler était d'une telle humeur qu'il valait mieux ne pas le chercher à ce sujet. Quand les vergues furent serrées, il réunit l'équipage du bateau à l'arrière, ordonna au cambusier de servir une double ration de rhum, puis demanda à ce qu'on descende un canot car il voulait que le porte-guigne rende une petite visite à Vanderdecken.

Les gars, on va envoyer la malchance à la malchance, dit-il, et on sera p't-être débarrassés d'elle... Qu'est-ce que vous en pensez ? Il pourrait être capable de montrer sa route à Vanderdecken dans la baie de la Table.

C'était une idée cruelle et affreuse, mais dès qu'ils eurent avalé leur grog, les hommes sautèrent dessus et arrêtèrent le canot en jurant qu'il valait mieux que le porte-malheur coule le Hollandais qu'eux. Le skipper dit un ou deux mots au second, une brute épaisse du même acabit que lui, et dès que le canot fut prêt, le pauvre Peters fut tiré de son logement et amené sur le pont, et Schuyler lui montra l'étrange navire qui dansait à moins d'un demi-miles de nous et lui dit d'une voix à la fois moqueuse et polie :

– Mr Peters, permettez-moi de vous présenter un vieux copain de mon pays, Philip Vanderdecken, plus connu sous le nom du Hollandais Volant. Vous nous avez apporté une bonne dose de malchance depuis que vous avez embarqué sur le *Prairie Flower* et comme je suis certain que nous irons nettement plus facilement en Chine sans vous, je vais vous mettre dans le canot et demander à Vanderdecken de vous ramener chez vous.

Le pauvre gars regarda l'étrange et impossible navire qui était droit par le travers, puis son regard se dirigea vers le skipper qui avec une expression muette et suppliante. Et il perdit alors son calme comme l'aurait fait n'importe quel autre homme dans de mauvais draps. Il tomba à genoux et commença à demander pitié, mais Schuyler n'était pas le genre à ça.

Il cria à deux gars aux bossoirs qui mirent la main sur le pauvre Peters, lui ficelèrent les mains et les pieds et le jetèrent dans le canot sans plus de façons. Puis il m'envoya dans la cabine du subrécargue pour aller chercher quelques-uns de se ses habits, disant en riant qu'il pourrait avoir froid et les vouloir avant d'arriver chez lui. Je descendis et ramassai tout ce que je pus emporter.

Je dois dire maintenant que ce Peters était un catholique romain et que je découvris un petit crucifix en argent avec une chaîne, elle aussi en argent. Quelque chose en moi me dit de les prendre aussi et de le monter et je me dis que ce serait de quelque réconfort pour lui. Quand je me retrouvai sur le pont, le canot était à l'eau et le skipper me fit presque mourir de peur en m'ordonnant de descendre le long des palans et de donner, comme il dit, ses affaires au gentleman.

Je dus y aller quoique j'aurais préféré sauter par-dessus bord que de rester dans un canot en partance pour ce navire fantôme. Mais quand j'arrivai en bas et montrai son crucifix au pauvre Peters, son visage s'éclaira à tel point que je fus presque content d'être venu. Il me demanda de le lui attacher autour du cou. Ce que je fis.

Alors que nous nous approchions, les visages les plus horribles qu'un mortel ait jamais vu se montrèrent au bastingage. Ils nous fixèrent sans émettre le moindre mot. Sur la haute proue se tenait une silhouette très grande avec de longs cheveux blancs et une épaisse barbe irrégulière. Et elle était habillée comme les marins que l'on peut voir sur certains des vieux tableaux de l'hôpital de Grinnidge.

Quand on s'avança le long des hauts flancs, les visages de l'équipage du canot devinrent aussi blancs que ceux des choses horribles qui nous regardaient du haut, mais le skipper ne parut pas ressentir la moindre trace de peur. Il se mit debout à l'avant et les héla en hollandais. Quelque chose qui ressemblait au même langage lui répondit, mais ça semblait venir de si loin qu'on aurait dit une voix tombant des nuages.

La grande silhouette descendit du gaillard d'arrière et une échelle de corde incroyablement vieillie et toute couvert de vase desséchée, comme les flancs du navire d'ailleurs, dégringola de la coupée. Tout ce que put faire le skipper n'arriva pas à persuader un seul des hommes de grimper à l'échelle. Ils se contentèrent de lui dire en face qu'ils attendaient de le voir passer le premier, dans un langage bien plus vert que le mien, et lui leur répondit en les maudissant et en les traitant d'abrutis au foie blanc et au cœur de poulet, puis il monta lui-même.

Nous, on retenait notre souffle et on l'a entendu dire quelque chose au vieux à la barbe et aux cheveux blancs qu'on a su à ce moment là être Vanderdecken lui-même. Puis il revint à la coupée et il jeta une corde en nous disant de la passer sous les épaules du subrécargue. Les hommes voulaient s'en aller et ils obéirent sans rien dire, malgré les cris et les appels à la pitié du pauvre gars. Alors, le skipper, et peut-être certains des occupants du navire, tirèrent sur la corde et hissèrent le pauvre Peters qui se débattait en criant comme un fou le long de la coque. A peine l'avaient-ils amené sur le pont que Schuyler m'appela et me dit de monter ses habits.

J'étais si terrifié que je ne pouvais pas bouger, et quand le skipper s'en aperçut, il me jura que si je ne montai pas sur le champ, il me hisserait à mon tour et me laisserait là avec Peters. Un des gars du canot me dit de me grouiller de monter à bord ou ils s'en occuperaient eux-mêmes car ils n'avaient pas l'intention de rester là toute la nuit. A la fin, je mis le paquet de vêtement de Peters autour de mon cou et montai à mon tour.

Ce n'est pas la peine que je vous raconte ce que j'ai vu sur le pont parce que si je le faisais, vous ne me croiriez pas. S'il y eut un vaisseau-fantôme avec du vrai bois, des vrais cordages, des vrais voiles et avec un équipage de spectres, c'était bien celui-ci ! Le skipper avait détaché les jambes et les bras de Peters et était en train de lui dire qu'il aimerait sûrement faire une petit tour et faire connaissance de ses nouveaux compagnons quand j'arrivai sur le pont. Puis il lui jeta son ballot de vêtements avec un horrible juron et renversa le pauvre gars comme une marionnette tellement la peur l'avait rendu faible. Après qu'il eut fait ça il arriva ce que je n'aurais jamais cru si je ne l'avais pas vu de mes yeux... Il tendit la main au fantôme de Vanderdecken et lui dit ce que je pense être un au-revoir en Hollandais.

Vanderdecken prit la main tendue et dit quelque chose avec sa voix étrange et lointaine, quelque chose qui fit retirer sa main à Schuyler comme s'il avait touché une main chauffé au rouge et non froide comme la glace comme je le pensais. Quand il s'avança vers la coupée en trébuchant, il était devenu presque aussi blanc que Vanderdecken et il redescendit l'échelle aussi vite qu'il le put. Je n'ai pas besoin de vous dire que je le suivis le plus vite possible, pendant que Peters le maudissait du haut de bastingage.

Au moment où on s'écarta de la coque, les visages spectraux se penchèrent vers nous, entourant celui de Peters qui était devenu aussi blanc et aussi fantomatique qu'eux. Mais ils étaient silencieux et lui pas. Il leva ses poings au-dessus de sa tête, hurla des paroles terribles et voici les derniers mots qu'on entendit :

– On se reverra, David Schuyler, et quand ça arrivera, je t'emmènerai avec moi pour que tu sois jugé par Dieu ! Souviens-t-en !

Et on entendit alors un long cri, comme le sifflement d'un vent vivant dans les cordages et on ferma tous les yeux pendant que les gars souquaient comme si le vieux Vanderdecken arrivait pour venir les chercher.

Quand on rejoignit le navire et quand on appareilla, le Hollandais avait mis toutes les voiles dehors et filait vers le nord-ouest en cognant contre les vagues et en piquant droit sur la Baie de la Table. Le *Prairie Flower* n'arriva jamais en Chine mais ça n'a rien à voir avec mon histoire et je peux résumer ça rapidement. On s'échoua sur une île du détroit de Malacca une nuit où il y avait un vent capable d'arracher sa barbe à un turc. Aucun homme de l'équipage ne s'en tira sauf le skipper et moi.

*

Je revis Dave Schuyler près de quinze ans après qu'on se soit séparés à ce moment-là. C'était sur le wharf de Hoboken et il me reconnut bien que je sois devenu un homme. Il n'avait guère changé sauf qu'il me semblait bien plus sobre et bien plus calme. Il vint me parler amicalement et on commença bientôt à discuter. Il me dit qu'il s'était converti et avait découvert la religion, ou quelque chose de ce goût-là, et qu'il allait bien après s'être repenti de son existence passée.

Puis, il dit qu'il avait un sacré plan en tête et qu'il y avait des millions à gagner si on le menait à bien. Il me demanda d'aller chez lui cette nuit-là en affirmant qu.il me dirait tout alors là-dessus. J'étais sans boulot, bien que j'aie eu mon certificat de capitaine, et pour tout vous dire, j'étais dans une mauvaise passe. J'avais presque oublié. Pas le Hollandais Volant, mais ce qui nous avait amené à son bord, car j'avais vu tant d'autres choses bizarres en mer depuis que ça me rappelait rien de particulier. Alors j'ai dit oui et quand je suis allé à la maison de Schuyler ce soir-là, il étala une carte de l'Atlantique central sur la table, posa son index dessus et me dit :

– Là, Tom, c'est là qu'on va aller !

Je regardai et je vis qu'il avait posé son doigt sur la grande tache au milieu de l'Atlantique Nord qu'on appelle la Mer des Sargasses.

– Je n'avais jamais entendu dire qu'il y avait des millions dans les algues... dis-je en le regardant ensuite avec un début de grimace.

– Non, fit-il, ce n'est pas dans les algues que nous allons. Tu en sais assez pour que je n'aie pas besoin de te dire que c'est une étendue d'eau calme née de la rencontre de nombreux courants. Aucun navire n'a va jamais, tout au moins s'il peut l'éviter, mais bon nombre s'y retrouvent sans avoir rien pu faire. Ne vois-tu pas que toutes les épaves ou les navires perdus qui n'ont pas coulé ont pu être portés par les courants là-bas à un moment ou à un autre ? Et certains ont de bonnes marchandises qui ne risquent pas d'être abîmées par l'eau. La plupart ont à bord de l'argent et des objets de valeur et quelques uns des quintaux de pièces et de lingots... Et c'est ça que nous allons rechercher !

– On dirait bien qu'il y a de l'argent à prendre là-dedans, dis-je après y avoir pensé calmement, et ça semble tout à fait raisonnable quand on y regarde de près. Comment comptez-vous y aller ? Demandai-je en pensant au côté pratique de la chose.

– J'avais ce plan en tête depuis quelques années et j'ai acheté un petit vapeur de trois cent tonneaux que nous allons conduire en plein là-de-dans, algues ou pas, et si tu veux être le second de ce vapeur, eh bien c'est d'accord et tu auras une part du butin ainsi qu'un bon salaire.

– Je suis avec vous, Schuyler, dis-je. Et l'affaire fut conclue.

e n'ai pas besoin de vous dire le temps qu'on a mis pour amener le *Gold Seeker* — c'était le nom de notre vapeur — jusqu'au milieu de ces centaines de milles d'algues, ni quel travail il nous a fallu abattre jour et nuit pour nous frayer un chemin au travers de celles-ci car j'en arrive à la fin de cette histoire.

Jamais des yeux de mortels ne virent semblable collection de coques rasées et battues par les éléments, de cercueils de fer rouillé encore en train de flotter, entassés les uns contre les autres dans cet espèce de mer et d'algues. On les aperçut la première fois de nuit et, dans les té-nèbres, ils ressemblaient à des vaisseaux fantômes qui auraient mis les voiles vers l'autre monde mais sans jamais l'atteindre.

On se mit en panne pour la nuit et quand le jour se leva, il se produi-sit que le premier navire que je vis gisant par le travers à seulement deux ou trois cents yards de nous n'était autre que... le bateau du vieux Vanderdecken, le *Hollandais Volant* ! Il avait finalement réussi à dou-bler le Cap de Bonne Espérance et avait enfin terminé son voyage de trois siècles.

Aucune erreur n'était possible bien que les cordages et les chaînes aient pourri et rouillé un peu plus. Les vergues étaient tombées sur le pont et les voiles tombaient en loques d'un bout à l'autre, les bois étaient plein de trous de vers comme s'ils avaient été criblé de balles. Et alors que j'étais en train de regarder le bateau. Schuyler arriva d'en bas.

Je ne me retournai pas. Je n'en eus pas le courage, mais je sentis une main tremblante se poser sur mon épaule et entendis sa voix me dire dans un murmure rauque et frémissant :

– Mon Dieu, Tom, le revoilà à nouveau ! Tu te souviens ce qu'a dit Peters quand nous l'avons laissé à son bord. Je savais que ça arriverait... Je l'ai rêvé et j'ai entendu sa voix m'appeler quand j'étais éveillé. Ça devait arriver et il faut que j'y aille. Descend le canot, Tom, et viens avec moi.

J'ai bien essayé de lui faire changer d'avis mais ça ne servit à rien. Il me jura qu'il sauterait par-dessus bord et qu'il irait à la nage. Aussi, de guerre lasse, j'obéis, en espérant qu'après tout c'était peut-être un autre vieux bateau qui ressemblait au Hollandais et qui s'était retrouvé bloqué là durant des centaines d'années. On mit le canot à l'eau avec les deux hommes pour ramer et quelques minutes plus tard, nous étions à nouveau debout sur le pont où l'on avait laissé le pauvre Peters...

Aucune erreur possible, c'était le même navire. La seule différence, c'était qu'il n'y avait plus ni capitaine ni équipage. Quelques os gris et cassants gisaient sur les ponts supérieurs craquelés et gondolés et c'était tout. Schuyler jeta un coup d'œil aux alentours puis alla droit à la cabine située sous la haute dunette. Je le suivis, et là, on trouva assis chacun à un bout de la table les corps de Philip Vanderdecken et du pauvre Frank Peters, la tête penchée en avant et les bras croisés.

Ils étaient momifiés, mais d'apparence terriblement vivante, et autour du cou de Frank pendait la petite chaîne d'argent dont le crucifix gisait sur la table devant lui. Je les fixai, rendu muet par l'horreur, quand Schuyler hoqueta :

– Je le savais, Tom, il m'a fait venir ici et c'est ici que je vais mourir... Qu'est-ce qui se passe ?

Au moment où il disait ça, un frisson sembla parcourir le vieux ponton et on entendit un bruit de craquement et le son de quelque chose qui tombait sur le pont. Schuyler se tourna alors vers moi et, la peut ne lui permettant rien d'autre, il me murmura :

– File, Tom, file au canot ! Il part enfin en morceaux !

Je l'empoignai par le bras et essayai de le tirer dehors avec moi mais à peine arrivé à la porte, il se dégagea et revint en courant s'agenouiller contre la table. Juste à ce moment-là le vieux bateau se souleva, ma propre peur prit le dessus et je m'enfuis sur le pont.

Les gars du canot étaient en train de nous crier de redescendre et je leur hurlai en retour de venir m'aider à tirer le skipper de là. Mais avant qu'ils aient eu le temps d'escalader le flanc, le grand-mât tomba vers l'arrière et s'écrasa sur les bois pourris de la dunette, bloquant l'accès de la cabine. Une grande crevasse s'ouvrit ensuite dans le pont et je me jetai dans le canot et on s'éloigna aussi vite que les algues nous le permettaient.

On n'avait pas parcouru vingt yards que le vieux bateau se cassa comme si une bordée de gros canots avait ouvert le feu à l'intérieur. Il parut partir en pièces là même où il était et la dernière chose qu'on en vit fut la haute proue en train de se coucher et de disparaître sous l'eau, emmenant les algues avec elle. C'est l'ultime vision qu'un homme eu et aura, à jamais, du *Hollandais Volant*.

– Et le *Gold Seeker* ? Lui demandai-je. Vous les avez trouvés, vos millions ?

– Oui. Les hommes n'auraient pas voulu repartir sans, après tout ce que nous avions subi pour arriver là, et en moins d'une quinzaine de jours, on ramassa des tonnes de trésor mais qui ne nous servirent à rien... Jamais un navire qui rencontre le *Hollandais Volant* n'arrive ensuite à bon port. On cassa l'arbre de transmission en sortant des algues et on erra ensuite pendant un mois avec la voile qu'on pouvait hisser. Puis le bateau dériva vers une zone de cyclones et le *Gold Seeker* termina sa carrière en morceaux sur l'une des Keys des Bahamas. Je fus le seul survivant de l'équipage, et c'est pour ça que je suis le seul homme encore en vie qui connaisse le véritable destin du *Hollandais Volant*...

Titre original : *The True Fate of the* Flying Dutchman
Traduction Richard D. Nolane

BIBLIOGRAPHIE FRANÇAISE DE GEORGE GRIFFITH

– *Un voyage de noce dans les étoiles* (*A Honeymoon in Space*, 1901, GB), roman de SF, in *La Revue Maurice*, 1902/1903, Suisse.

– « Le destin du *Hollandais Volant* » (« The Fate of the *Flying Dutchman* », *Pearson's Weekly* du 21 juillet 1894, sous le nom de Levin Carnac, GB), nouvelle fantastique, in *Thriller* # 9, 1983, repris dans *Wendigo* #1, 2010.

– « Un monopole foudroyant » (« A Corner in lightning », *Pearson's* de mars 1898, GB), nouvelle de SF, in *God Save Science Fiction 1 : « À travers la Terre » et autres récits anglosaxons inédits*, anthologie réunie et présentée par Marc Madouraud, Éditions Recto-Verso, 1998, Belgique (tirage très limité).

**LES ÉDITIONS DE L'ŒIL DU SPHINX
PRÉSENTENT :**

Cette anthologie est également illustrée en N & B et en couleur par Christian Broutin, Philippe Druillet et Jean-Michel Nicollet. La couverture est du grand illustrateur américain de Howard, Frank Frazetta.

CHEZ L'ÉDITEUR POUR 35 € PLUS 4,05 € DE FRAIS DE PORT PAR CHÈQUE À L'ORDRE DES EDITIONS DE L'ŒIL DU SPHINX.

LA FEMME DE JACKSON

par Victor Rousseau

Mais qui est Victor Rousseau ?
par Morgan A. Wallace

*Non, ce n'est pas le célèbre sculpteur belge !
Victor Rousseau est l'un des nombreux
pseudonymes d'Avigdor Rousseau Emanuel,
né le 2 janvier 1879 en Angleterre. Sa petite
enfance est placée sous le signe de l'obser-
vance juive orthodoxe de son père et de la
bonne éducation française de sa mère.
Après avoir fréquenté les meilleures
écoles — Warlingham et Oxford —, il met
un terme à son éducation pour s'engager
dans les Colonial Scouts et participer à la
Seconde Guerre des Boers. Une fois démo-
bilisé, il devient journaliste pour le compte*
*d'un éditeur basé en Afrique, puis regagne l'Angleterre en 1901. Cette
même année, il publie* Derwent's Horse, *un roman humoristique inspiré par ses expériences sur le front. Grâce à l'avance de son éditeur,
il part aux États-Unis poursuivre sa carrière de journaliste.*
*En 1907, après plusieurs années de journalisme, il s'essaie de nouveau à la
fiction ; mais, l'année suivante, il est nommé à la rédaction du célèbre*
Harper's Weekly. *Emanuel sacrifie alors à sa passion du bizarre et du fantastique.* Jackson's Wife , *paru dans* The Smart Set *en mai 1909, le montre
au sommet de son talent. Ce magazine de petit format, créé en mars 1900,
avait la réputation de présenter des textes osés, impubliables dans d'autres
supports. Ce récit — où la lutte du bien contre le mal fait intervenir un clergyman fort critiquable — remplit le contrat de façon astucieuse.*

La même année, Emanuel publie sous le pseudonyme de H. M. Egbert The Surgeon of Souls, *une série de douze histoires de fantômes. Quoique superbement écrite, elle ne séduit guère les syndicats de distribution de la presse quotidienne ; plutôt que de démarcher ceux-ci, l'agent littéraire d'Emanuel aurait été mieux inspiré de vendre cette série à un magazine.*

En 1912, notre auteur, à nouveau séduit par le démon du bizarre, rédige un feuilleton intitulé The Devil Chair. *On y découvre une étrange machine baptisée gyroscope, qui permet à tout moyen de transport d'atteindre la vitesse fantastique de 300 km/h ! Son créateur, John Haynes, victime d'un escroc et jeté en prison, s'évade pour tourmenter sans merci sa Némésis au fil des douze épisodes.*

Le 25 mai 1912, Emanuel épouse Elva Baker, sujette comme lui de l'Empire britannique et née au Canada. Désireux de voir leurs enfants voir le jour sur le sol anglais, ils quittent Brooklyn en 1913 pour s'installer à Québec. C'est là que naissent leurs deux filles et que la carrière d'Emanuel prend un nouveau tournant.

Tirant parti de son environnement canadien francophone, Emanuel rédige un feuilleton pittoresque et élégamment écrit, Tales of the St. Lawrence Riverway, *dont le héros est un curé. Ses épisodes paraissent mensuellement dans* Blue Book, *de septembre 1914 à mai 1915. Une novelette à thème canadien,* Jacqueline of Golden River, *est publiée en feuilleton dans* All-Story Cavalier Weekly *du 13 février au 6 mars 1915. Sur sa lancée, Emanuel publie un excellent récit de guerre,* Midsummer Madness, *où l'on suit les mésaventures d'un artiste américain en France au début du conflit mondial (*Munsey, *juillet 1916). Suit un feuilleton à tonalité canadienne lui aussi fort populaire,* Wooden Spoil (The Argosy, *du 13 octobre au 17 novembre 1917).*

Déçu par le médiocre résultat de sa première tentative fantastique, Emanuel décide en 1913 de s'attaquer à un thème alors très populaire, la réincarnation. Le résultat, The Tracer of Egos, *remporte un vif succès. Après une première publication dans* Holland's *(de juin 1913 à février 1914), ce roman feuilleton fait l'objet d'une distribution dans la presse quotidienne à l'échelon national.*

Cela vaut à Emanuel d'attirer l'attention d'Universal Studios, qui l'engage pour rédiger des versions romancées des romans-photos alors publiés dans les quotidiens. Emanuel écrit un premier roman, The Truant Soul, *totalement impubliable par les pulps de l'époque. Mais Essanay Films en tire un long métrage, qui sort le 25 décembre 1916, et son roman est alors publié dans la presse nationale, parfois sous le titre* His Second Self.

La carrière d'Emanuel prend son envol et il écrit son chef-d'œuvre, The Messiah of the Cylinder *(*Everybody's Magazine, *juin-septembre 1917). Parmi ses autres œuvres, citons* The Sea Demons, *une histoire d'horreur (*All-Story Weekly, *du 1ᵉʳ au 22 janvier 1916),* The Fruit of the Lamp, *où l'on fait la connaissance d'un djinn du beau sexe (*The Argosy, *du 2 au 23 février 1918),* Draft of Eternity, *où deux médecins boivent un élixir qui les transporte en esprit dans un lointain futur retourné à la barbarie (*All-Story Weekly, *du 1ᵉʳ au 22 juin 1918),* Eric of the Strong Heart, *une fantasy viking fort brutale (*Railroad Man's Magazine, *du 16 novembre au 14 décembre 1918),* The Eye of Balamok, *un court roman où intervient un dragon (*All-Story Weekly, *du 17 au 31 janvier 1920) et* My Lady of the Nile, *où l'on découvre en Afrique une tribu perdue d'adorateurs de Baal (*Argosy All-Story Weekly, *du 7 au 28 mai 1921). À l'exception de* The Eye of Balamok, *tous ces feuilletons ont par la suite été publiés en volume, aux États-Unis ou en Angleterre.*

Épuisé par cette avalanche de textes fantastiques, Emanuel se consacre par la suite presque exclusivement aux exploits de la Police montée canadienne, au western et au roman sentimental. Entre 1926 et 1929, nombre de ses westerns parus dans Ace High, Ranch Romances *et* Lariat *sont adaptés en roman-photo. De 1925 à 1942, c'est dans* Ranch Romances *que paraissent la majorité de ses westerns.*

Après que Weird Tales *réédite* The Surgeon of Souls *(de septembre 1926 à juillet 1927), Emanuel revient au bizarre et au fantastique, et, entre 1926 et 1931, on le voit souvent au sommaire de* Ghost Stories. *Au début des années 30, il fait quelques apparitions dans des pulps tels que* Strange Tales of Mystery and Terror, Weird Tales *et* The Argosy. *Mais les éditeurs préfèrent chercher du sang neuf et Emanuel, privé de débouchés, se retrouve relégué dans les* Spicy pulps *, où il sévit de 1935 à 1948 avant de disparaître des sommaires. Victor Rousseau Emanuel est décédé en 1960, réduit à la misère mais toujours digne ; jamais ses doigts n'ont cessé de taper sur un clavier. Durant ses douze dernières années d'existence, il a rédigé de façon anonyme des milliers de soi-disant confessions pour la presse féminine. Il est malheureusement impossible de les identifier. S'il reste dans les mémoires, c'est grâce à ses œuvres de jeunesse, où sa créativité lui permettait d'imaginer des récits de merveilles et de terreur* *authentiquement mémorables. « Jackson's Wife » est l'un des meilleurs et c'est la première fois en cent ans, depuis sa publication initiale, qu'il est présentée aux lecteurs. Amusez-vous bien !* — MAW, traduction Jean-Daniel Brèque.

———

Morgan A. Wallace est un spécialiste américain de la littérature populaire publiée dans les pulps mais aussi les anciens journaux. C'est un grand et efficace traqueur des «histoires perdues» d'auteurs connus ou des auteurs eux-mêmes... «perdus». Une démarche qui correspond totalement à celle de Wendigo. *Morgan A. Wallace est aussi le meilleur connaisseur au monde de l'œuvre foisonnante du souvent énigmatique Victor Rousseau dont il a réussi à retrouver les descendants et à obtenir ainsi des informations inédites sur lui. Sous le label de Spectre Library (http://www.spectre-library.com), Morgan A. Wallace a publié deux recueils de fantastique de Victor Rousseau,* The Tracer of Egos *(2007) et* The Surgeon of Souls *(2006) ainsi qu'un thriller mâtiné de SF et quelque peu échevelé,* The Devil Chair *(2008), des textes injustement oubliés et parus dans les années 1910. Éprouvant moi-même un intérêt particulier pour Victor Rousseau depuis longtemps, nos chemins ont fini par se croiser...* – RDN

Lorsque Hale entra dans la salle à manger de la pension de famille de Washington Square, le premier soir après son retour, il eut du mal à réaliser qu'il avait été absent si longtemps, pas moins de quinze mois. Comme il marchait automatiquement vers la table qu'il avait autrefois occupée, il remarqua que tout, presque tout, était exactement comme avant. Il y avait le gros Colonel, ronchonnant au-dessus de sa soupe ; il y avait Mlle Hallett, avec sa bonne humeur et sa langue acérée, et madame Oberhaus, sereine, grasse, souriante, baguée, inchangée.
Mme Crewe, l'hôtesse, montra son ancienne place à Hale, et il s'assit, déplaçant instinctivement sa chaise afin d'éviter le pied de table qui, quinze mois auparavant, avait pris l'habitude de l'agacer. Le Colonel leva les yeux, gronda et renifla en essuyant de la soupe sur sa moustache, Mlle Hallett permit à ses traits revêches de se détendre et le visage de madame Oberhaus rayonna.
– Bon retour parmi nous, Hale, dit-elle en lui tendant les doigts dodus et endiamantés de sa main immaculée.

Hale passa au crible les convives. Plus que jamais, ces quinze mois lui semblaient avoir passé comme un rêve. Tous les convives — ou presque — étaient connus de lui. Ils étaient assis à leur place accoutumée et échangeaient les mêmes platitudes banales. Il y avait les mêmes chaises et les mêmes tables, les mêmes — à ce qu'il semblait — taches de fruits sur les linges, et Miles, le cérémonieux serviteur de couleur, avait remis le *menu* [1] à Hale comme autrefois.

– Où étiez-vous tout ce temps, Hale ? demanda madame Oberhaus.

– Oh, en Europe, répondit Hale vaguement. Paris d'abord, puis Florence et Rome. Mais je n'ai pas beaucoup peint — juste cherché l'inspiration dans les galeries.

– Qu'est-ce qui vous inspire à présent, Hale ?

– Les Madones , répondit-il. J'ai attrapé cela à Florence, après avoir vu la Madone du peintre inconnu.

– Le peintre inconnu ? Cela semble fascinant. Qui était-il ? Parlez-moi de lui.

– Oh, ce n'est qu'une histoire racontée par un guide, répondit Hale négligemment. Après quelques visites, ils ont appris à me connaître et ne m'ont plus harcelé, à part un vieux qui ne m'a pas lâché jusqu'à ce que je l'embauche par désespoir. La plupart de ses interventions étaient du boniment de guide classique, truffé des habituelles imprécisions, mais cette histoire, c'était du nouveau pour moi car il l'avait à coup sûr inventée... Il semble qu'au début du Moyen Âge, vivait à Florence une très belle femme, pour l'amour de laquelle nombre d'homme se seraient tués. Selon mon guide, c'était une sorcière, une sorte de vampire spirituel. Elle n'avait pas d'âme, mais quand un homme l'embrassait, elle aspirait son âme à travers ses lèvres, ce qui lui donnait un nouveau souffle de vie, tandis que lui, n'ayant plus d'âme, déclinait rapidement et se suicidait. Cet artiste inconnu était éperdument amoureux d'elle, et quand son amour fut rejeté, il demanda en grâce dernière d'être autorisé à la peindre, à quoi elle consentit. Puis elle accorda ses faveurs à un cardinal, dont le peintre fut jaloux. L'histoire se perd un peu ici, certains disant que les deux hommes s'entretuèrent lors d'un duel, d'autres que tous deux se suicidèrent. Quoi qu'il en soit, il semble que l'âme du cardinal, qui était vraisemblablement un homme de bien, se soit avérée trop forte pour elle, et qu'elle mourut aussi.

– Une sorte d'indigestion spirituelle, dit Mlle Hallet.

– Cette légende de la *Belle Dame Sans Merci* traverse toute la littérature du Moyen Âge, dit madame Oberhaus. Mais vous n'avez pas be-

---

(1) En français dans le texte.

soin de l'explication du vampirisme. La Mort est incarnée dans toute beauté — partout.

– Pourquoi ? Quelle est votre religion, madame ? demanda Hale en riant. La Science Chrétienne ?

– Non, Maeterlinck, répondit-elle en arrêtant la course d'un gros morceau de poulet, en route vers sa bouche sur une fourchette. Le mois dernier j'étais Pragmatiste, et avant cela Jaïniste.

– Vous n'avez changé en rien, dit Hale. Et pour ma part, j'ai la sensation curieuse que ces quinze mois d'absence ont été effacés de ma vie et que je viens de rentrer d'une journée de balade dans le pays. Rien ne semble avoir changé du tout ici.

– Rien ne changera jamais, dit madame Oberhaus. Vous êtes comme l'enfant dans la voiture de chemin de fer qui pense que le décor défile devant lui. Alors que celui-ci est vraiment immobile. Vous vous précipitez çà et là, vous «faites passer le temps» , et puis un jour, vous vous réveillez et comprenez que c'est vous qui êtes passé. Nous sortons par la porte appelée «Mort» et nous entrons par la porte appelée « Naissance » et nous voyons à peu près le même décor qu'avant, et nous cherchons à tâtons aveuglément les mêmes anciennes associations et connaissances, ne les reconnaissant pas plus que notre destin. Nous sommes semblables à des mouches bleues qui bourdonnent sous un petit gobelet renversé.

– Quelle déplaisante comparaison ! dit Hale. Je crois que je vous aimais mieux quand vous étiez Théosophe, madame. Vos auras et halos plaisaient à mon sens des couleurs. Vous avez toujours insisté pour que mon aura soit blanche comme neige, n'est-ce-pas ?

– Blanche comme la Mort, dit madame Oberhaus. Vous êtes spirituellement albinos. Mais je crois toujours à tout cela. Toutes mes religions se rapportent réellement à la même chose. Tout est vrai. Tout devient vrai si on le pense comme vrai — à moins que ce ne soit un reste de mes jours de Pragmatiste. Mais c'est la beauté de la chose : Si quelqu'un comprend les détails essentiels, il peut avoir une religion toute fraîche chaque matin, comme des petits pains.

– Eh bien, vous avez raison sur un point : rien ne semble avoir changé ici, dit Hale en regardant autour de la salle une fois de plus. Je ne vois pas un seul visage qui soit nouveau pour moi. Il y a Bryant, et le vieux M. Jones, avec son visage tout rouge dans son assiette, et Mme Burns avec ses deux filles, me tracassant sans cesse pour me les faire peindre. Ah, au fait, où est Jackson ? Je dois récupérer son studio au dernier étage, à côté de la pièce vide que Mme Crewe occupait d'habitude. J'avais oublié que Jackson était parti. Je n'aurais jamais cru qu'il quitterait Washington Square, mais je suppose qu'il est devenu riche et a tout vendu en trouvant faveur au pays des Philistins...

Madame Oberhaus étendit ses bras dodus en signe de dénégation. Le mince visage de Mlle Hallett s'anima, elle ouvrit la bouche mais la referma, irrésolue. Le Colonel renifla et se servit un peu du vin clairet de sa bouteille.

– Je ne peux imaginer ce lieu sans Jackson, continua Hale. Il n'a jamais eu l'habitude de manquer un repas et — Bryant est assis à sa place, aussi. Ne reviendra-t-il pas un jour ? ?

– Jackson est mort, Hale, dit madame Oberhaus.

– Mort ? s'exclama Hale avec étonnement. Jackson est mort ? Impossible, il avait la bonne santé des vieux célibataires, le genre de gars qui ne meurt jamais. On se sentait rajeuni de dix ans rien qu'en lui serrant la main. Ce fut soudain ?

– En juin dernier, dit madame Oberhaus évasivement. Il n'était plus célibataire. Il avait été marié...

– Deux jours, précisa acerbement Mlle Hallet.

Les voix s'éteignirent, et un grand silence tomba sur la salle à manger. La conversation mourut ; le cliquetis des couverts sur les assiettes devint de plus en plus monotone. Hale sentit l'arrivée de quelqu'un dans le couloir derrière lui. Une femme entra et passa devant lui.

Elle était petite, légère et mince. Ses cheveux étaient d'un brun pâle, tirés en arrière. Ses yeux étaient gris. Elle était vêtue de noir, et en marchant elle inclinait la tête légèrement vers l'avant, comme si elle avait été brisée une fois et devait toujours marcher délicatement.

– Par Saint George ! murmura Hale, blanc comme un linge. Qui est-ce ? Madame Oberhaus suspendit le convoyage d'une timbale vers ses lèvres, et dit sans tourner la tête :

– Chut ! C'est madame Jackson. Qui pensez-vous qu'elle soit ?

– La — la Madone de la galerie de Florence, balbutia Hale confusément. De quelle couleur est son aura ? continua-t-il follement, sans savoir pourquoi.

– Couleur de sang, dit madame Oberhaus. Son mari s'est tiré une balle avec le revolver de Mme Crewe.

Hale monta les escaliers vers sa nouvelle chambre, celle de Jackson, à l'étage supérieur, surplombant les turbulents quartiers italiens de Bleecker et Thompson Street. C'était un appartement pittoresque, vieillot, construit apparemment avant que la science de l'architecture n'ait normalisé les maisons en divisant leurs espaces en parallélogrammes. En longueur il s'étendait sur toute la largeur de la maison, et le bas du toit en pente formait de nombreux angles excentriques avec les murs irréguliers. Jackson l'avait utilisé comme atelier pendant plusieurs années. Il ne s'agissait pas d'une salle de séjour, le lit et le bureau avaient été relégués dans un coin obscur, à côté de l'unique robinet, et cachés derrière un paravent, laissant un grand espace vide aux murs bleu délavé et au plancher nu.

La pension de famille, située sur le côté sud de la place, faisait partie d'une rangée d'immeubles anciens et non rentables, dont les chambres sans meubles avaient été louées à des peintres désargentés, des sculpteurs, des modeleurs d'argile, des faiseurs de vitraux et toute sorte d'artistes et d'écrivains besogneux. En contraste frappant avec la misère des maisons voisines, la pension avait été rénovée et remeublée par Mme Crewe, qui la dirigeait modestement et ainsi rendait l'entreprise profitable.

Le lit derrière l'écran était soigneusement fait, mais tout autour, Hale était conscient qu'un voile de poussière recouvrait tout. La mélancolie et la désolation s'accrochaient aux chevrons vermoulus, au plancher craquant, au châssis de fenêtre cliquetant. L'atmosphère même de la pièce semblait comme infectée par la mentalité de l'homme mort qui avait vécu ici autrefois. Une vieille pipe carbonisée appartenant à Jackson reposait sur un coin de la cheminée, la poussière blanche des cendres étaient encore dans son fourneau et s'écoulaient à côté. Il y avait des éraflures d'allumettes sur le mur, dont le bleu pâle était défiguré par nombre de fissures dans le plâtre friable.

Hale regarda dehors par la fenêtre ouverte. Sur sa gauche se dressait la haute tour Judson, dominant le cours malpropre à l'opposé. De là lui parvenaient les voix querelleuses de femmes italiennes sans corset, les piaillements de nourrissons et les hurlements de chiens enchaînés et abandonnés, rassemblés dans une série de crescendos aigus et accompagnés par le grondement sourd du métro aérien sur la voie en courbe de la Sixième Avenue. Quatre pieds plus bas se trouvait le toit plat d'une extension, qui s'allongeait vers la fenêtre d'un appartement de la maison voisine, séparée par un espace de deux pieds ou à peu près, formant une sorte de ruelle menant du Square vers l'arrière-cour.

Comme Hale se tenait là, la fenêtre de la chambre de la maison d'en face s'ouvrit et une jeune fille apparut. Elle portait une robe bleue, partiellement recouverte par un grand tablier taché de peinture et tenait un pinceau à la main. Elle se pencha de suite, reposant ses bras sur le rebord de la fenêtre. Puis elle aperçut Hale.

– Bonsoir, monsieur le peintre ! dit-elle en agitant gaiement le pinceau. Ainsi vous êtes revenu à la maison !

– Est-ce vous, Bleuet ? appela-t-il.

– C'est moi, bien sûr, répondit-elle en s'installant dans le cadre de la fenêtre, balançant tranquillement ses pieds au-dessus de l'allée en contrebas. Où avez-vous été tout ce temps ? J'ai pensé que vous ne reviendriez jamais.

– Prenez garde de ne pas tomber. J'étais en Europe toute l'année passée ou presque — Paris et l'Italie.

– Paris et l'Italie ? Ma parole, mais vous avez pris du bon temps ! railla-t-elle. Vous ne m'avez pas dit au revoir avant de partir, reprit-elle vivement en fronçant les sourcils. Votre ami, ici, a dû me présenter des excuses jusqu'à ce que je vous pardonne. Vraiment, vous avez été extrêmement mal poli avec moi. M. Jackson était beaucoup plus gentil que vous. Et vous allez prendre sa chambre et vivre ici, maintenant ?

– Oui, pour le moment, dit Hale distraitement.

– La jeune fille cessa de balancer ses pieds et le regarda avec curiosité.

– C'est certain, vous n'êtes plus du tout gentil, dit-elle avec emphase. Je suis restée bouclée dans ce petit New York toute cette année et plus pendant que vous voyagiez, repensant aux bons moments passés tous trois ensemble, et je me demandais si vous reviendriez jamais, et si je devais vous pardonner ou non si vous reveniez — Et maintenant vous ne semblez pas vraiment content de me voir, et je ne crois pas que vous vous souciez de savoir si je vous ai pardonné ou pas. Vous en souciez-vous ? Que peignez-vous en ce moment ? Je suis retournée à la nature morte. Je viens sur votre toit comme je faisais avant. Regardez !

Elle se dressa, prête à sauter.

– Prenez garde, cria Hale. Ne tombez pas. Je n'essayerai pas de passer ici si j'étais vous, c'est dangereux.

Elle s'arrêta d'un coup, en le regardant avec méfiance.

– Bon, dit-elle, l'Europe ne vous a certainement pas amélioré. Je n'allais pas sauter, inutile d'avoir peur de moi. Je vous trouve odieux. Je ne veux plus vous voir ni même vous parler.

Elle redescendit dans sa chambre et ferma la fenêtre bruyamment. Hale devint sombre, et avec la montée du crépuscule son sentiment de mélancolie et de peur prit de la force. Tout au long de cette nuit, il rêva de Jackson, comme il se tournait et se retournait dans ce lit étranger, incapable de dormir. Il le vit sous mille formes, dans une pittoresque et médiévale robe florentine, à arpenter la pièce, pistolet à la main. Et il était toujours en colère, et toujours soucieux de le presser le long de certains couloirs secrets et vers de sombres et mystérieux passages menant à un dessein inconnu.

*

Mme Jackson parlait peu aux personnes dans la pension de famille et n'y était pas populaire, mais elle payait bien pour les deux chambres qu'elle occupait au second étage, et Mme Crewe, en souriant, parait les attaques des calomniateurs.

— Il y a quelque chose d'étrange autour d'elle, déclamait Mlle Hallett. Elle me donne la chair de poule.

— Elle a un autel dans sa chambre intérieure, dit Mme Burns. La femme de ménage y a glissé un œil l'autre jour, et Mme Jackson lui a claqué la porte au nez. Mary en pleurait. Elle garde la porte verrouillée nuit et jour. Il doit y avoir plus là-dedans qu'on ne le croit, ou elle ne serait pas si honteuse de le laisser voir — voilà ce que *je* dis. Et l'encens qu'elle brûle ! L'autre soir, j'étais sûre que la maison était en feu. Je sentais l'odeur de brûlé aussi clairement que je vous vois. Alors, j'ai mis un peignoir et je suis sortie pour voir, et qu'est-ce que vous supposez que c'était ? Rien d'autre que ce truc dégoûtant qui sortait de là par nuages entiers !

— Je dois dire que je n'aime pas du tout ce prêtre qu'elle avait à dîner la semaine dernière, déclara Mlle Hallet. Il marche si doucement et il est si sournois, et il a un tel regard, sinistre et donnant le frisson. Je me suis presque cognée à lui dans les escaliers deux ou trois fois une après-midi, juste comme il faisait de plus en plus sombre. Il me fait frémir, littéralement.

Hale avait rencontré une fois le prêtre devant la porte de Mme Jackson, un homme maigre, au visage pâle, sombrement habillé de noir, les lèvres pincées et le bout de ses doigts minces joints sur le crucifix en bois qui pendait sur sa poitrine. Hale avait voulu lui souhaiter un bon après-midi mais le prêtre était passé devant lui avec un geste hâtif et sommaire de salutation.

– Je vous dis une chose, déclara Mlle Hallett en hochant la tête, ce prêtre est amoureux d'elle. Vous pouvez vous moquer de moi, je le savais dès la première minute où je les ai vus assis côte à côte à table.
Le Colonel leva les yeux avec un grognement.
– Simple bon sens, grommela-t-il. Je serais amoureux d'elle moi-même si j'avais vingt ans de moins et si elle avait un peu plus de viande sur les os.
– Horrible bonhomme ! déclara madame Oberhaus, enjouée, en lui tapant sur les doigts avec sa cuillère à dessert.
– Et ce que je dis, conclut Mlle Hallett, tant pis si on m'entend : ce n'est pas une bonne chose pour tout homme de passer des heures dans sa chambre, et la porte fermée, prêtre ou pas prêtre. Si elle veut une consolation spirituelle, elle peut l'obtenir dans le salon.
Hale repoussa sa chaise et quitta brusquement la table. La conversation lui répugnait, d'autant plus que cette vieille fille exprimait justement certains de ses propres soupçons auxquels il n'avait même pas encore osé penser. Il se rappelait comment il avait vu, alors qu'il passait dans l'escalier, la main lisse du prêtre — il détestait les mains blanches et lisses chez les hommes — s'attarder un instant pour caresser l'épaule de Mme Jackson, et comment une jalousie irraisonnée s'était éveillée en lui à cette vue. Le soir même, il se rendit auprès de Mme Oberhaus, déterminé à obtenir d'elle qu'elle les présentât.
– Mais, Hale, cela ne vous fera pas de bien, lui répliqua-t-elle, alors qu'ils étaient assis dans le salon. Elle ne se soucie pas de lier connaissance, et d'ailleurs vous ne tenez pas vraiment à lui être présenté. Vous vous l'imaginez seulement. Il vaudrait beaucoup mieux que vous ne le soyez pas. Elle va son chemin et ne tourmente personne. Allez le vôtre. Vous savez que vous seriez déçu ?
– Bien sûr, mais je suis préparé à être déçu.
– Peintre insensé ! Je vous ai déjà dit qu'il n'y a rien du tout de mystérieux au sujet de votre Madone, que sa vie est monnaie courante et couramment pratiquée. Elle va à l'église le dimanche et met quelque chose dans la collecte, elle lit rarement des romans, hait toutes les notions avancées, comme le divorce et l'émancipation des femmes, tombe évanouie à l'odeur de la fumée de tabac, mène une vie utile, enfermée entre ses petits devoirs et son intérêt pratique, et par-dessus tout, elle est brisée par la mort de Jackson et occupée par les consolations de sa religion.

– Tout cela peut-être vrai, dit Hale. Mais si je discerne en elle la qualité de séduction que j'ai vu dans la Madone, sa réplique à Florence, alors elle existe, pour autant que je sache. Je crois que la Joconde de Léonard de Vinci était un personnage banal dans sa vie de tous les jours, mais cela n'a pas empêché le peintre de l'immortaliser de telle manière qu'elle est devenue le type de la Femme Triste. Je dois rechercher cette déroutante et affolante qualité, quelles que puissent être les conséquences, pour l'analyser, l'étiqueter, pour pouvoir dire : c'est cela ou ce n'est pas cela. Il poursuivit avec sérieux : Je dois le découvrir ou je vais perdre la raison. Je ne peux pas travailler. Je ne peux penser à rien sauf à la réalisation de cette chose intangible et insaisissable qui me laisse perplexe.

– Ah, intangible, dit madame Oberhaus. C'est le mot juste, Hale. Parce que vous êtes un artiste vous voulez la marmite d'or sous l'arc en ciel et la fleur dans le battement d'aile du papillon. Alors vous devrez attacher l'arc en ciel et partir à la recherche de l'or, et vous devrez capturer le papillon dans un filet, et quand bien même vous réussiriez vous ne trouveriez rien. Ces choses ne peuvent pas être obtenues dans la vie. N'avez-vous pas appris que quand on attrape le papillon ses couleurs se fanent ?

– Mais je suis prêt à perdre la couleur pour attraper le papillon.

– Plutôt que d'en tirer de l'inspiration ? Réfléchissez, Hale — à supposer que vous ne deviez jamais lui parler ? Bien — Vous la voyez trois fois par jour. Elle baisse la tête en marchant, comme ce petit ange de Botticelli dont vous m'avez parlé. Elle a une expression de ravissement, comme cette femme de Raphaël. Ce sont des joies perpétuelles pour vous, trois fois par jour, et de l'endroit où vous êtes assis, vous pouvez la regarder sans en avoir l'air, comme on regarderait un tableau. Et vous prétendez vraiment vouloir détruire cela pour la satisfaction d'en découvrir la signification, comme l'enfant qui met une montre en pièces pour savoir pourquoi elle fait tic-tac ?

– Oui, c'est ce que je veux. Comme vous dites, ces choses ne sont pas réelles, je sais.

– Pardonnez-moi, Hale, je ne dis pas cela. Elles *sont* réelles — ce sont les choses les plus réelles du monde. Elles sont tellement réelles qu'elles transcendent les perceptions de tous, sauf de quelques-uns. Elle se pencha et posa sa grosse main endiamantée sur sa manche. Hale, reprit-elle vivement, les gens ne sont pas censés se mêler de ces choses. Elles ne sont pas du tout pour notre pauvre monde en trois dimensions. Les gens qui les possèdent

sont comme de la dynamite dans un trou, inoffensive tant que l'on ne s'en mêle pas. Ne vous mêlez pas d'elle. Jackson s'en est mêlé, le pauvre homme. Il n'avait pas votre sensibilité, mais il avait quelques lueurs, et il a essayé et essayé et essayé encore de la comprendre, et alors —
– Il s'est tué pour ça ? demanda Hale d'une voix rauque.
– Oui , répondit Mme Oberhaus, hochant la tête lentement. J'ai essayé de l'avertir, comme je vous averti, mais il ne m'a pas écoutée. Il a tenté de comprendre jusqu'au moment où il faillit devenir fou, puis il a pris le revolver de Mme Crewe dans le tiroir du bureau de sa chambre vide et s'est fait sauter la tête. Abandonnez, Hale.
Il secoua la tête.
Quelqu'un entra dans le salon. Ils se levèrent d'un seul mouvement.
– Madame Jackson, dit madame Oberhaus, permettez-moi de vous présenter M. Hale, notre artiste.

*

– La force de l'Église Catholique, dit le prêtre pensivement, en joignant le bout de ses doigts minces, réside dans sa compréhension intime de l'imperfection de l'humanité. Ce n'est pas dans ses doctrines, ni dans ce qu'elle impose à notre acceptation et qui peut répugner au sens commun et à la crédibilité. Ce fardeau de doutes, nous le lui laissons, elle le porte sur ses épaules. Sa force réside dans la reconnaissance des forces élémentaires du mal, un mal bien réel pour chacun d'entre nous, qui doit être combattu. Nous savons que la nature humaine est trop faible pour le combattre sans aide, et nous devons reconnaître que nous avons résisté aux tempêtes de près de deux mille ans — de scepticisme aristotélicien, de scolastique médiévale, de jansénisme et de la prétendue Réforme — de même que nous devrons résister à celles de la philosophie spéculative que vous appelez aujourd'hui la Science.
Il était assis dans la chambre de Hale, vers la fin d'une après-midi d'hiver, apparemment pas pressé d'affronter les rafales du blizzard qui faisait rage au dehors. Hale l'avait rencontré inopinément alors qu'il montait l'escalier. Le prêtre prenait congé de sa *protégée* [2] à sa porte, il tenait son visage entre ses mains et lui caressait les cheveux paternellement. D'un coup, ils avaient aperçu Hale, et elle s'était éclipsée en fermant la porte rapidement, laissant les deux hommes l'un en face de l'autre.

---

(2) En français dans le texte.

Avec une soudaine détermination, le peintre avait invité le prêtre dans sa chambre et celui-ci avait accepté, évidemment sous le coup de l'embarras et soucieux de se justifier par la démonstration de son sang-froid rétabli avant de partir. Il avait parfaitement réussi. La conversation, à bâtons rompus au début, s'était animée, et ce fut au tour de Hale de se sentir à son désavantage en présence de ce prélat doux et confiant.

– Vous voulez dire que nous sommes assujettis jusqu'à l'obsession par ces pouvoirs particuliers dont nous parlons ? demanda-t-il.

– Je veux dire, répondit le prêtre, que la lutte avec le mal est une véritable guerre menée sans relâche tout au long de la vie dans l'âme de chacun de nous. Même moi, sans les remparts de ma foi, je faillirais souvent à lui résister ! Les puissances du mal et du bien sont si finement équilibrées que seuls la plus grande fermeté et le courage, assortis de l'aide divine, peuvent sauver l'homme. N'oubliez pas : pour Ses desseins insondables, Dieu a créé Satan juste un peu moins puissant que Lui, et l'homme est seulement un peu au-dessous des anges déchus. Je connais une âme, dit-il pensivement, qui a été particulièrement éprouvée. Pourtant, ferme dans sa foi et nullement vacillante, elle a résisté à l'extrême détresse sans résignation.

Hale savait de qui son compagnon parlait. Il savait aussi que le prêtre ne l'ignorait pas.

– C'est une femme de la plus noble nature, continua le prêtre, avec un soupçon d'onction. Elle se maria jeune fille et perdit son mari par accident, le matin suivant la cérémonie. Sept ans plus tard, elle se maria pour la seconde fois. Une fois encore ses espoirs et sa vie furent anéantis par une horrible catastrophe. Son mari se tua lui-même...

– Elle était déjà veuve quand Jackson l'a épousée ? s'écria Hale avec horreur.

Il s'arrêta et rougit, conscient qu'il s'était trahi lui-même. Le prêtre repoussa son intervention d'un geste de la main.

– Contrairement à ce qu'on aurait pu attendre, poursuivit-il sans se soucier de l'interruption, cela ne fit que l'adoucir. Elle est une de ces âmes qui appartiennent naturellement à Dieu. Sa souffrance la conduit à retourner à l'intimité offerte par l'Église à toutes les natures de sa sorte, intimité dont elle n'aurait jamais dû sortir. Depuis lors elle évite tous les hommes. En fin de compte, j'espère être en mesure de lui faire prendre le voile.

Etait-ce une menace ou un avertissement ? Hale senti monter sa colère.

– Au moins, elle pourrait attendre que sa douleur se soit apaisée pour réfléchir à tout cela, répondit-il. C'est le monde, avec toute sa beauté, et non pas le cloître, dont elle a besoin.

– Je ne crois pas, dit le prêtre en souriant doucement. Eh bien, la tempête semble s'être arrêtée, et je dois reprendre mon chemin.

Il sortit, de son pas léger et discret, laissant Hale seul, à rêver et méditer. Pourquoi le prêtre avait-il prononcé cet avertissement, subtilement transmis, mais sans ambigüité ? Pourquoi, aussi, avait-il lui-même entrepris de sauver cette étrangère des desseins du prêtre — lui qui ne savait rien ni de l'un ni de l'autre ? À croire que quelque chose semblait le contrôler et le pousser sur des chemins inconnus à des fins insoupçonnées...

Avoir été présenté à la veuve ne l'avait nullement aidé. Il lui avait demandé la permission de s'entretenir avec elle et cela lui avait été refusé. Elle n'était là pour personne excepté son directeur de conscience, lui avait-elle dit. Elle ne se souciait pas de s'entretenir avec quiconque si peu après la mort de son mari. Sa vie était brisée. Et la porte de sa chambre s'était obstinément refermée derrière elle.

De ce fait il ne lui était plus resté comme occasions de parler avec elle que des conversations expéditives sur les marches, dans le hall, devant la porte, bref partout où ils se rencontraient par hasard.

Parfois, conscient de l'attention silencieuse de madame Oberhaus, il se forçait à la chasser de sa pensée pendant quelques heures. Mais il ne pouvait plus peindre ; et trois fois par jour, après que l'horrible tintamarre de la cloche ait attiré les pensionnaires dans la salle à manger, il la voyait en face de lui à travers la table d'à côté, silencieuse, tête baissée et visage pitoyable de Madone.

Elle le hantait et le tenait, comme si d'invisibles et fines chaînes l'entravaient. Ce fut vers cette époque que ses rêves de Jackson prirent une forme plus cohérente ; il commença à éprouver la trouble sensation d'être un acteur dans une tragédie monstrueuse qui était renouvelée chaque nuit entre trois personnages — lui-même, la femme et l'homme mort.

Dans ces longues et interminables pièces, d'où il s'éveillait la gorge sèche et brûlant de fièvre, c'était toujours Jackson qui jouait le premier rôle. Il arrivait, débordant de jalousie et de haine envers la femme que sa substance immatérielle l'empêchait de pouvoir posséder. Et Hale se réveillait avec le cœur palpitant follement, les bras tendus, debout devant la porte ou la fenêtre, comme s'il s'apprêtait à partir pour des régions mystérieuses où l'attendait quelque besogne inconnue.

Il était résolu à une chose : il affronterait le prêtre sur son propre terrain. Il ne laisserai aucune menace le faire fuir. Ce fut ainsi qu'il demanda à Mme Jackson la permission de la peindre, plaidant avec force sa cause et celle de l'art.

– M. Hale, vous insistez tellement, répliqua-t-elle vivement. Cela ne se fait pas — Aucune femme qui se respecte ne devrait recevoir de la compagnie si peu de temps après une affliction telle que la mienne. Des larmes lui vinrent aux yeux. D'ailleurs, dans ma position actuelle, ce ne serait pas tout ; et Mme Crewe pourrait y voir à redire — et peut-être me demander de partir. J'ai été si contente ici. Elle se retira, le laissant perplexe et conscient d'une sensation de défaite totale et définitive.

Mais, et à son grand étonnement, elle vint à lui d'elle-même le lendemain...

– M. Hale, commença-t-elle, j'ai parlé au Père Darragh, et il m'a autorisée à accéder à votre requête. Il pense que cela peut être bon pour moi, une sorte de moment de détente dans la monotonie de ma vie. Elle lui sourit pour la première fois, et Hale sentit son cœur faire un bond. Je vous donnerais une heure chaque jour — l'après-midi.

Hale saisit l'occasion avec impatience, ressentant cependant une étrange perplexité. Quel pouvait être le motif du prêtre en lui accordant ainsi en cadeau ce qu'il avait demandé en vain, en lui cédant après l'avoir pourtant déjà vaincu sur ce terrain ? Était-ce par mépris, pour démontrer la sûreté de l'emprise dans laquelle il tenait sa victime ?

*

Elle l'attendait l'après-midi suivant et il porta son chevalet dans son appartement. Hale regarda autour de lui ; c'était son idée de recueillir une partie de la mentalité de ses modèles par le moyen de leur environnement. La chambre était meublée simplement, coussins et tentures apportant une touche féminine. Sur les étagères, quelques livres, pour l'essentiel de nature religieuse. Une photographie agrandie de Jackson était suspendue à un mur. L'*ensemble* était tristement classique.

La porte qui menait à la chambre intérieure était verrouillée ; il pouvait voir le pêne dans son cadre d'acier.

– Asseyez-vous ainsi, dit-il, en la plaçant devant un fond de draperies. Il savait d'instinct l'attitude qu'il désirait, la façon dont la tête devait être baissée, les épaules voûtées, les mains jointes. D'un seul coup, l'explication s'imposa à lui. Il la souhaitait dans la pose de la Madone du peintre inconnu.

Ce fut la première de plusieurs séances. Sous son pinceau l'image prenait vie, bien mieux que ce qu'il avait imaginé. Il sentait l'ardeur créatrice le consumer avec une flamme si intense que l'extase pure balayait tous ses doutes et ses interrogations. Elle était à lui ! Il l'aimait ! Il pouvait lui communiquer cette étincelle divine de la passion qui devait la sortir de ses fantaisies morbides et solitaires, de ses méditations de recluse et de la domination étroite du prêtre pour l'amener dans le plein soleil de l'amour. Le charme qui planait semblait atténuer son insensibilité. Il semblait que son cœur, gelé si longtemps, était sur le point de lui livrer son précieux secret. Il laissa soudain tomber son pinceau et lui prit les mains.

– Je veux vous comprendre, lâcha-t-il. Dites-moi votre secret. Ils y étaient enfin, les yeux dans les yeux. Hale avait conscience de la présence d'une émotion intense et irrésistible. Il se pencha vers elle, ne voyant que ses yeux, comme des étoiles, et sa bouche rouge. Un instant — et le visage de la femme se figea, les yeux agrandis par la peur et regardant craintivement par-dessus son épaule, derrière lui. Hale se retourna. Le prêtre se tenait dans l'embrasure de la porte.

– Partez ! dit-elle à Hale, montrant le couloir.

Le charme était rompu et elle était impérieuse dans son ressentiment.

Les traits du prêtre avaient une expression de mépris triomphant.

Hale ramassa son chevalet et sortit avec lassitude.

Une heure plus tard il était assis devant la toile dans sa propre chambre. Il n'avait pas conscience de s'être rendu là, ni d'avoir ressenti l'écoulement du temps. C'est une voix douce qui le tira de sa méditation. Deux bras étaient posés sur le rebord de la fenêtre et un visage le regardait par-dessus eux.

– Puis-je regarder ? demanda la jeune fille en bleu.

Il réagit confusément, en posant sur elle un regard de détresse profonde et insondable.

– Cela fait trois quarts d'heure que je vous regarde depuis chez moi, dit-elle. Je vous ai appelé deux fois, mais vous ne me sembliez pas entendre. J'ai donc fait le saut que vous m'avez dit de ne pas faire et je suis venue sur votre toit pour voir si je pouvais vous aider et pour savoir ce que vous peignez .

Il ne répondit pas, mais la regarda avec hésitation, rassemblant les fragments désordonnés de ses pensées.

– Je suis désolée, j'ai été tellement odieuse envers vous l'autre soir, dit la jeune fille en bleu, pleine de remords et triturant son tablier de peintre taché. Mais je suis absolument désolée maintenant. Elle jeta un coup d'œil sur le chevalet. O-oh ! dit-elle, s'accrochant à la fenêtre.

Il regarda involontairement la peinture. Elle était là, la Madone céleste de la galerie de Florence, brillant de toute sa beauté et sa jeunesse, portant dans ses yeux le secret immortel qui serre le cœur des hommes.

– Qu'y a-t-il ? murmura-t-il.

– Qui est-elle ? s'écria la jeune fille. Qui est-elle?

Hale rit.

– Qui est-elle ? répondit-il. Je vais vous le dire, Bleuet. Elle représente le type de l'éternelle bonté et de la beauté. Elle est l'incarnation de tout ce qui est noble et pur chez la femme. Elle apparaît rarement sur cette terre, de siècle en siècle, pour dépeindre cette lumière divine de l'âme qui brille comme une lampe à travers la chair. Mais pourquoi elle existe, ou comment elle vrille les nerfs du cœur, le menant à l'agonie, à l'extase ou à l'adoration, Bleuet, je ne peux pas vous le dire.

Elle fixa Hale avec horreur. Ses lèvres laissaient passer entre eux un souffle lourd.

– Aimable et belle, dites-vous ? s'exclama-t-elle. Oh, monsieur le peintre, qu'avez-vous créé ? Qu'est-ce qui vous a possédé ? Ne voyez-vous pas qu'elle est diabolique ? Je ne peux pas la regarder plus longtemps, elle me fait peur !

– Pardon ? cria-t-il.

– Ne voyez-vous donc pas ce que vous avez fait ? C'est un démon, une âme perdue qui connaît son propre malheur insupportable et éternel. Et vous la croyez divine ?

Elle posa ses calmes yeux bleus sur lui, répondant à son appel muet. Il regarda un moment dans leurs profondeurs sereines, puis se tourna vers la peinture. Et pour un instant, brièvement, mais avec certitude, un voile s'ôta de sa vue, comme un rideau que l'on enroule. Tout de suite, une vision étrange lui vint. Il vit sous le visage du portrait l'apparence d'un crâne, sous les traits fins il devina les contours des os, et le rictus de joues décharnées dans les creux des pommettes. Tout à coup, le secret lui était révélé. Ce déguisement piteux de Madone, ce visage semblable à une fleur, n'était que le masque et le leurre de la Mort, cette porte vers laquelle convergent toutes les voies de la vie. C'était la mort incarnée dans toute beauté, partout, comme Madame Oberhaus l'avait dit.

Il se laissa tomber lourdement sur une chaise. Il passa sa main sur son front. Et puis, en regardant une fois encore vers le portrait, il la vit de nouveau, la Madone du peintre inconnu dans toute sa beauté incomparable.

La jeune fille en bleu serrait les lèvres. Elle joignit les mains. Il y avait une peine infinie dans ses yeux bleus, dans la lente et douloureuse cadence de sa voix.

– Oh, si je pouvais vous aider ! dit-elle par à-coups. Comment pourriez-vous avoir créé une chose si terrible, monsieur le peintre ? Je la connais et je sais que vous êtes amoureux d'elle. Je n'est pas ce qui m'importe, croyez-le bien. Mais elle n'est pas bonne, sinon vous ne pourriez pas l'avoir peinte de cette façon la. Comment pourriez-vous peindre et aimer une chose pareille, quand dans chacun de ses traits se décèle le mal ? Et il y a d'autres... Elle assura sa prise et tendit un bras à travers la fenêtre. Hale se leva et prit la main dans la sienne.

– Je sais qu'il s'agit d'un adieu, dit-elle calmement. Je ne peux plus venir ici ou vous appelez comme je le faisais avant. Ce n'est pas cela qui me rend triste à en pleurer. Mais vous êtes en difficulté — Je l'ai vu depuis longtemps, depuis que vous êtes revenu — et je ne peux pas vous aider. Mais je vous aiderai lorsque vous en aurez le plus besoin, monsieur le peintre. Cette peinture signifie qu'il va vous arriver de terribles choses. Quand cela sera le cas, pensez à moi pendant une minute et mes pensées iront vers vous et je pourrais vous aider, peut-être même vous sauver... Hale sentit une ombre derrière lui. La jeune fille se dégagea avec un petit cri et disparut. Hale se retourna. Le prêtre était debout près de lui.

– Cette jeune fille vous aime, dit le prêtre tranquillement.

– En quoi cela vous regarde-t-il ? demanda Hale farouchement. Vous comptez un peu trop sur les droits conférés par votre robe, il me semble. La dernière fois, j'ai réussi à me maîtriser, mais là, c'en est trop !

– Cette jeune fille vous aime, répéta le curé, fixant Hale fermement. Êtes-vous aveugle au point de la repousser et de courir ainsi à votre ruine ?

– À ma ruine ? ricana Hale avec mépris.

– À votre ruine, répéta le prêtre. Je vous le dis, reprit-il en haussant le ton, je vous dis que la femme que vous recherchez n'est pas pour vous, qu'elle ne pourra jamais l'être. Vous autres, les hommes, vous ne tenez donc jamais compte d'un avertissement ?

– J'ai d'abord pensé que vous vouliez l'enfermer dans un couvent, répondit Hale avec un calme dangereux, mais maintenant, je suis tenté de croire que vous êtes amoureux d'elle.

À son grand étonnement, le prêtre ne montra aucun colère. Il se laissa tomber lourdement sur une chaise et baissa la tête en silence sur sa poitrine. La honte et l'humiliation se lisaient sur son visage.

– Je le suis, répondit-il simplement après un temps, levant lentement les yeux vers Hale. Oui, je l'ai aimée dès que je l'ai connue. Mais le Christ m'est témoin que j'ai combattu cette passion sans cesse, nuit et jour, année après année, pour l'étouffer, l'étrangler, la vaincre, avec l'aide divine. Sans cela, Dieu sait qu'elle m'aurait maîtrisé depuis longtemps. Je l'aime, M. Hale.

– Et si je ne l'aimais pas, je ne serais jamais venu à vous, avouer ma propre faiblesse et faire appel à ce qu'il y a de meilleur en vous. Je ne sais comment je dois vous parler. Vous m'avez mal compris, me croyant un ennemi, un intrus, quand tout le temps, par tout ce que j'ai de plus sacré, mes pensées ont été pour elle seule. Si je devais essayer de vous dire ce que nous, prêtres, avons vu, vu hors de tout doute, de l'immanence du mal, des terribles forces du mal qui prennent corps et se meuvent dans et autour de nous, vous me prendriez pour un fou.

Je dis seulement que je me bats pour son âme. Vous ne pouvez pas imaginer sa situation. Je me suis battu pour elle au quotidien, année après année, gagnant, perdant, gagnant, perdant, mais sans jamais hésiter, conscient de l'aide sans faille de mon divin Maître. Et vous, reprit-il amèrement, vous ne pensez qu'à vous seul, qu'à votre amour, qu'à votre bonheur.

Je vous ai laissé la peindre, plutôt que de lui paraître trop rigoureux dans ma tutelle. Qu'auriez-vous fait ? Qu'est-ce que vous auriez fait si, grâce à la Providence, je n'étais pas entré à ce moment-là ? Vous auriez enlacé son âme dans la servitude de l'homme une fois de plus, la détournant de l'Église. Cela ne vous aurait pas aidé. Croyez-vous que les Puissances du Mal auraient été tolérantes avec vous — que vous auriez été mieux traité que Jackson ?

Vous pensez que vous ressentez de l'amour. Ce n'est pas de l'amour. Il s'agit d'un piège du diable. Il est synonyme de mort pour vous et de mort pour son âme à elle. Cette jeune fille vous aime. Allez à elle, M. Hale, vers son innocence, sa pureté et sa bonté, et ne tentez pas d'avoir ce que vous ne pourrez jamais atteindre.

Le soleil s'était couché, une étoile brillait dans le ciel. Hale se retourna. Contre le ciel de l'est assombri, la beauté mortelle du visage de la Madone brûlait comme une flamme. Il revint avec fureur vers le prêtre.

– La peste soit de vous et de vos paroles creuses ! cria-t-il, sans se rendre compte de ce qui sortait de ses lèvres. Je ne supporterai pas d'interférence de votre part. Livrez vos propres batailles, mais ne venez pas pleurnicher devant moi pour vous aider à déshonorer l'uniforme que vous portez...

Le prêtre se leva.

– Je vais vous pourtant sauver, en dépit de vous-même, répondit-il. Il salua froidement et sortit doucement de la pièce. Hale s'écroula dans un fauteuil. La nuit vint. Les heures sonnaient comme un glas aux horloges de la ville. Il ne bougea pas.

*

Était-ce bien la mort, ce secret ? Et devait-il passer par cette porte avant de pouvoir atteindre son mystère et de le comprendre ? Mieux valait la mort, alors, que ce désir inextinguible qui courait comme de l'ichor dans ses veines.

Il se savait endormi. Il lui semblait errer dans un espace vide, cherchant à atteindre la Madone à travers un labyrinthe de passages dont il avait oublié le secret. Et Jackson vint à lui, mais sans colère. Il avait une tristesse sans espoir dans les yeux. Il le prit par la main et l'emmena, mais avec précaution, lentement, de peur qu'il ne s'éveille.

De pâles visages observaient leur passage — les visages de ses amants morts. Rejoignez-nous, ne faites qu'un avec nous, semblaient-ils dire. Il y avait les ducs et les seigneurs de l'ancienne Italie, et le Cardinal, dans son habit pontifical, avec le visage du prêtre. Et là, un peu à l'écart des autres, le visage d'un beau jeune homme, les yeux fermés dans la mort, une plaie béante à la tempe — le visage du peintre inconnu — *son* propre visage !

Puis ils avancèrent pendant des siècles, descendirent de sombres escaliers et de secrets passages jusqu'à ce qu'ils arrivent à une porte entrouverte. Là, il la vit, enfin, sa Madone. L'ancien feu palpitait dans ses yeux, elle tendit les bras vers lui. Il s'avança.

Alors, comme un clair tintement de cloche, quelque chose traversa l'obscurité. C'était la voix de la jeune fille en bleu.

Il se réveilla avec un choc, le cœur battant lourdement dans sa poitrine. Il était debout et fouillait dans le tiroir d'un bureau. C'était celui de la chambre inoccupée de Mme Crewe, et la lune pâle qui filtrait à travers la fenêtre éclairait, dans sa main crispée, quelque chose de lourd et de froid, en acier brillant.

Il jeta la chose à terre et courut en bas, alourdi de sommeil, son cœur battant d'une peur insupportable. La porte d'entrée de l'appartement de Mme Jackson était entrouverte et celle-ci n'était pas dans sa chambre. Hale entra et se tint titubant comme un homme ivre, sans défense, soutenu par quelque chose d'inexplicable qui semblait diriger ses pas.

Alors, pour la première fois, il vit que la porte de la chambre intérieure était ouverte. Il entra.

Il ne voyait rien, à part l'autel où elle faisait ses dévotions. Le reste de l'appartement était dans les ténèbres, mais la lumière de six cierges de cire éclairait la figure d'un saint et le grand crucifix qui pendait au-dessus. Ce crucifix avait quelque chose de curieux. Hale regarda de plus près. Il était inversé, la tête en bas. Et le saint — était-ce là l'objet de sa dévotion, cette figure cornue au regard mauvais, derrière les bougies ?

Puis, en un éclair, il sut. Il s'était rendu, à Paris, dans l'un de ces endroits où les athées, pour se moquer de Dieu, célébraient leur culte diabolique en une farce répugnante. Mais ceci était bien réel : ce n'était pas une farce, cet autel coûteux, ces bougies, ces témoignages du culte visibles aux alentours. Une horreur s'empara de lui, il se secoua, ses genoux tremblaient, et avec un haut-le-cœur, il se détourna pour fuir.

Mais il resta cloué sur place car la porte du couloir venait de s'ouvrir, et la femme de Jackson arrivait, le prêtre sur ses talons. Ils s'arrêtèrent sur le tapis de la première pièce. Ils étaient en pleine discussion — elle plaidant, le prêtre l'admonestant.

La femme murmura.

– Je vous le dis, cela ne sert à rien. Vous ne pouvez pas me sauver. J'ai lutté trop longtemps. Pour si peu de repos, si peu de bonheur, si peu de cette paix dont les autres femmes jouissent. J'ai prié, j'ai pleuré, j'ai jeûné. Maintenant, je irrémédiablement fatiguée de tout cela...

Hale entendit alors le prêtre murmurer à son tour des reproches. Il ne pouvait pas distinguer ses paroles, mais il semblait plaider, avec éloquence d'abord, puis par saccades. Prudemment, il s'approcha de la porte. Il vit le prêtre raidi, comme hypnotisé, il vit sa main tâtonner en une vaine tentative pour atteindre la croix de bois qui pendait sur sa poitrine, puis il le vit se calmer, soudain immobile, l'extase transfigurant son visage. Et sur celui de la femme brillait la lumière du visage de la Madone de Florence.

Hale entendit à nouveau un murmure.

– Allons ! Venez, je vais vous montrer pourquoi vos prières sont inutiles. J'ai trouvé un Dieu plus doux que le vôtre. Pendant trop longtemps, j'ai lutté contre Lui, et Il m'a puni.

Elle prit le prêtre par la main et l'entraîna vers la porte intérieure. Hale recula précipitamment dans l'obscurité. Ses pieds traînèrent sur le plancher, mais ils ne l'entendirent pas. Ils s'arrêtèrent devant l'autel.

– Voici mon Dieu, dit-elle, scrutant le visage de son compagnon.

Une expression d'angoisse mortelle et d'agonie transperça les traits du prêtre. Il s'efforça de crier, de bouger. Il leva la main, trois fois, et trois fois le bras lui retomba le long du corps, inerte. La femme ouvrit les bras. Lentement, le prêtre s'approcha — il baissa la tête et posa ses lèvres sur les siennes.

Alors le charme fut rompu. Elle releva la tête et se mit à rire, d'un rire fort et clair. Etait-ce l'imagination, ou réellement, l'espace d'un instant, sa fine silhouette s'était-elle agrandie et un flux de sang neuf avait-il coulé dans ses lèvres pâles, ses joues et son front ?

Le prêtre pivota, titubant comme un homme ivre, se tenant la tête. Puis, avec un gémissement qui semblait briser son être, il leva le bras et balaya les cierges d'un seul coup. Ils crépitèrent et sifflèrent sur le tapis, le visage illuminé du saint ricanant fut soudain plongé dans le noir. Haletant, le prêtre sortit de la chambre.

Hale bondit de sa cachette et le suivit, le rattrapa et le saisit par la manche. Mais le prêtre se dégagea brusquement, possédé par une force presque surhumaine, et descendit vers le rez-de-chaussée, Hale le suivit, comme dans un rêve. Devant la porte de la rue, il sembla hésiter un instant, puis il l'ouvrit et sortit.

Il avait neigé et les flocons avaient rapidement blanchi le sol. Ils allèrent côte à côte dans le dédale des ruelles qui mènent à Bleecker Street au travers du quartier italien. Au coin d'une rue, le prêtre s'arrêta un instant, arracha de son cordon le crucifix en bois et le cassa en deux. Il jeta les morceaux dans la neige.

– Il n'y a pas de Dieu, murmura-t-il en s'éloignant.

Il répéta ces mots à plusieurs reprises comme dans un songe. Hale se tint à ses côtés, lui prenant le bras souvent, mais en vain. Aux yeux de son compagnon, il aurait tout aussi bien pu ne pas être là. Ils passèrent ainsi dans Bleecker Street. Le grondement des trains du métro aérien devenait audible. En arrivant à la gare de Bleecker Street, le prêtre obliqua, et, d'une démarche lente, commença à monter l'escalier. Il laissa tomber un ticket dans la boîte et se dirigea vers le quai du côté centre-ville. Hale s'arrêta un instant pour acheter un ticket à l'agent ensommeillé et courut rejoindre son compagnon, au moment où un train approchait du sud, balayant la neige devant lui en nuages blancs.

Puis, soudain, comme poussé par une force invisible, avec un mouvement convulsif, le prêtre se jeta sur la voie ferrée, directement devant le train qui approchait. Le machiniste le vit et tira frénétiquement sur son levier. Il était trop tard. À l'instant où Hale atteignit le quai, il vit la grande masse du monstre mécanique se soulever et retomber sur le corps vêtu de noir placé sur son chemin, il le vit l'attraper, jouer avec lui, le déchirer et le jeter au loin, culbuté et froissé, un tas sans vie de chair inerte et de lambeaux de vêtements trempés et tachés.

Hale se retourna. Une lueur montait dans le ciel devant lui.

*

Il ne sut jamais comment il était rentré à la maison. Au moment même où le train arrachait une vie de son jouet, le sortilège s'évapora, l'ancien attrait du démon mourut en lui et dans son cœur, se leva un amour passionné et une adoration pour la jeune fille en bleu, avec son âme pur et ses yeux tranquilles. L'instant d'après, se précipitant au bas de la plate-forme du quai, il descendit les marches et se rua à travers la neige sur le chemin du retour.

Pendant qu'il courait, il vit des flammes dans le ciel, envoyant des gerbes d'étincelles, rugissantes et engloutissant les étages supérieurs de la vieille maison sur la place. Il courut désespérément, le souffle coupé, ravagé par la peur. Il arriva enfin sur la place. Des gens l'interceptèrent et tentèrent de le retenir, mais il les repoussa.

– Tout le monde est en sécurité, criaient-ils, tous sauf une, mais elle était déjà morte quand les pompiers sont arrivés à elle. Vous ne pouvez pas la sauver !

Mais ce n'était pas à cette femme qu'il pensait.

Hale se rua dans la maison, dans l'escalier, à travers les flammes et la fumée étouffante, les marches s'écroulant derrière lui et les planchers s'effondrant sous ses pieds. Quand il atteignit enfin l'étage supérieur, le feu souffla sur lui son haleine brûlante. Hale fit irruption dans sa chambre — un moment de répit avant que les flammes ne parviennent à lui. Il brisa la vitre d'un coup.

– Bleuet ! appela-t-il, malade de peur.

Mais l'autre maison était hors de danger ; la menace s'était éloignée. Le vent qui soufflait de l'ouest avait détourné l'incendie.

– Bleuet ! appela-t-il de nouveau.

Il entendit alors sa voix, il vit ses bras tendus, il vit son visage apparaître devant lui sur le fond des toits.

– Viens ! dit-elle, en posant ses mains dans les siennes.

Titre original : *Jackson's Wife,*
Traduit par Philippe Aes

Bibliographie française de Victor Rousseau

– «Chapelle ardente» («Chapelle Ardente», in *Red Book Magazine,* jan. 1915, USA), nouvelle teintée de fantastique, in *La Canadienne* de juil. 1920, Québec.
– «Le roman de Fanchette» («The Wooing of Fanchette», in *Blue Book Magazine*, fev. 1915, USA), nouvelle non fantastique, in *La Canadienne* d'août 1920, Québec.
– «Comment s'accomplit un miracle» («The Curé's Love Story», originale peut-être in *Everywoman's Magazine,* 1917, Canada), nouvelle non fantastique, in *La Canadienne* de jan. 1921, Québec.
– «La main du cadavre» («The crooked finger», originale peut-être in *Fiction Magazine*, 12 août 1917, USA), nouvelle policière, in *Mon magazine policier* #1, fév. 1941, Québec.
– «Quand veillent les dieux morts» («When Dead Gods Wake», *Strange Tales of Mystery and Terror*, USA), nouvelle fantastique in *13 histoires de sorcellerie*, Marbabout, Verviers, Belgique, 1975.
– *L'Œil de Balamok*, (*The Eye of Balamok, All-Story Weekly,* Jan 17, jan 24, jan 31 1920, USA) court roman fantastique, coll. L'Or du Temps, Ed. Antarès, 1991.
– «La femme de Jackson» («Jackson's Wife», *The Smart Set,* mai 1909, USA), nouvelle fantastique in *Wendigo* #1, 2010.

Fantômes, pirates et aventurières
voguent sur la Rivière Blanche !
Embarquez à bord de la collection Baskerville
et explorez des villes enchantées,
des mondes perdus et des trésors ensorcelés !

RIVIERE BLANCHE
www.riviereblanche.com

L'HORREUR DES PROFONDEURS

par Morgan Robertson

Le nom de Morgan Robertson restera pour toujours associé à la tragédie du Titanic *en avril 1912, non pas en temps qu'une de ses victimes célèbres mais comme celui de l'homme qui avait écrit quatorze ans auparavant un court roman d'aventures maritimes intitulé* Futility *(1898) où il décrivait un naufrage identique dont était victime un immense et révolutionnaire paquebot anglais, techniquement très proche du* Titanic *et qui s'appelait... le* Titan *! Pour en savoir plus, lire l'article d'Yves Lignon qui suit cette nouvelle...*

Né en 1861, cet auteur américain fut d'abord officier de marine marchande, tout comme l'avait été son père. Fatigué et ulcéré par les brutalités et la mauvaise ambiance sur les bateaux, il quitta la marine en 1886, après neuf ans de service. Un trajet qui sera un peu plus tard celui de William Hope Hodgson...

De retour dans sa ville natale d'Oswego, dans l'État de New York, Morgan Robertson y ouvre un magasin d'horlogerie. En 1888, il part s'installer à New York, travaillant cette fois dans la confection de bijoux en diamant. Il en profita pour reprendre des cours du soir pour améliorer ses connaissances générales et se maria en 1894. C'est aussi cette année-là que Morgan Robertson publia ses deux premiers textes, deux poèmes. Sa première nouvelle « Extracts from Noah's Log », (donc déjà en quelque sorte une histoire de marine... et qui titillait sur le mode humoristique la conduite de Noé sur son Arche) sortit dans les pages de The Truth Seeker *du 18 mai 1895. Mais ce fut l'année suivante qu'il vendit «* The Survival of the Fittest *» à* McClure's Magazine, *entrant ainsi dans le monde de la « grande édition » populaire.*

Fin 1896, Morgan Robertson était devenu un auteur à plein temps, ayant vendu déjà une vingtaine d'histoires et plusieurs articles, déjà souvent inspirés par sa connaissance de la mer et de la vie des marins. Très vite il commença à faire partie des milieux littéraires en vue de New York, à défaut de devenir riche, et à figurer au sommaire des meilleurs magazines et journaux de l'époque. C'est ainsi qu'il devint l'ami d'auteurs vedettes tels que Booth Tarkington, Robert W. Chambers, Irvin S. Cobb, Joseph Conrad, John Kendrick Bangs ou Arthur T. Vance, mais aussi de grands rédacteurs en chef comme Robert H. « Bob » Davis.

Ses premiers livres, le recueil Spun Yarn *et le court roman* Futility, *furent publiés en 1898. Dix autres allaient suivre jusqu'à sa mort en 1915, dont seulement deux romans,* Masters of Men *(1901) et* Sinful Peck *(1903). Car Morgan Robertson était avant tout un auteur de nouvelles. Il en écrivit environ 120 au cours de sa carrière, dont ses neuf recueils publiés offrent un excellent aperçu. Vers 1910 sa santé et sa carrière commencèrent à décliner et il fallut l'intervention de ses fidèles amis comme Irving S. Cobb pour que sa femme Alice et lui ne soient pas expulsés de leur appartement new-yorkais en 1913.*

On aurait pu croire que l'affaire du Titanic *fasse celle de Morgan Robertson en propulsant* Futility *sur la liste des best-sellers, mais ce ne fut pas vraiment le cas même si la réimpression en 1914 du court roman sous le titre de* The Wreck of the Titan, *obtint bien plus qu'un succès d'estime et permit au couple de revivre décemment. Ce fut le dernier livre publié du vivant de Morgan Robertson qui fut retrouvé mort dans une chambre de l'hôtel Alamac à Atlantic City, près de New York, le 24 mars 1915. Terrassé sans doute par une crise cardiaque, on le découvrit sans vie, debout, appuyé contre une commode au-dessus de laquelle s'ouvrait une fenêtre donnant sur l'océan que l'ancien marin semblait fixer pour la dernière fois...*

Sans sa «prémonition» du destin du Titanic, *Morgan Robertson ferait partie de la cohorte d'écrivains injustement oubliés. Ce fut pourtant un brillant auteur d'histoires de la mer, des histoires souvent prenantes et maîtrisant parfaitement à la fois le folklore et le côté vécu de l'aventure maritime.*

Cette puissance d'évocation fait que nombre de ses histoires relèvent plus ou moins de l'horreur non fantastique, comme par exemple « The Grain Ship » (1909). La nouvelle qui suit est, elle, au carrefour de l'horreur, de la SF et de la cryptozoologie. Elle fut écrite en 1913, alors que la santé de son auteur allait en déclinant et que sa fin était proche en raison de problèmes de plus en plus sérieux relevant de l'alcoolisme et de la dépression nerveuse.

Morgan Robertson écrivit également des nouvelles appartenant à l'anticipation scientifique ou à la « proto-SF », elles aussi marquées par la thématique de la mer, comme « Beyond the Spectrum » (1909), une «future war story» entre le Japon et les Etats-Unis tournant autour d'une arme mystérieuse et d'une attaque japonaise ayant plus que quelques similitudes avec celle organisée sur Pearl Harbor et d'autres endroits stratégiques en décembre 1941... Enfin, juste avant sa mort, il vit deux de ses histoires adaptées au cinéma muet par la société Vitagraph Company of America.

Mais Morgan Robertson était de ces écrivains qui dépassaient les frontières de la vie ordinaire. C'était un inventeur (bien que jamais reconnue officiellement, sa contribution à l'élaboration du périscope pour les sous-marins semble indéniable) et il apparaît qu'il n'était pas étranger à tout ce qui touchait la métapsychie, le nom d'alors pour la parapsychologie. Certains de ses proches amis ont témoigné qu'il était apparemment convaincu qu'il écrivait sous les conseils d'un « secrétaire invisible », d'une entité désincarnée, histoire qui m'a inspiré, entre autres, pour le scénario de Titanic, *album BD dessiné par Patrick A. Dumas (Soleil, 2009) et dont Morgan Robertson est un des deux héros. Bref, un auteur comme on les aime ici, avec leur part de mystère, et qu'on reverra au sommaire de la revue.*

Pour en savoir plus sur Morgan Robertson, deux livres sont incontournables. Le premier est Morgan Robertson : the man *(1915), un recueil de contributions sur lui réunies juste après sa mort par ses proches amis du milieu littéraire, disponible en téléchargement gratuit sur le net, et le second, presque introuvable car édité à compte d'auteur aux Etats-Unis, est* The Titan and the Titanic : the life, works and incredible foresight of Morgan Robertson *par John Vess (Pleasant Valley Publishers, Chapmansboro, Tennessee, USA, 1990). – RDN.*

Je l'avais connu comme peintre de renom, un maître de son art, dont les tableaux, qui se vendaient au prix fort, ornaient les musées, les salons des gens riches et qui, lors des expositions, étaient accrochés en bas, bien en vue. En outre, je le connaissais comme photographe émérite, un « photographe d'art », comme on dit, quelqu'un qui abordait cette branche de l'industrie comme une marotte, un amusement, et qui produisait des images dont la composition, les lumières et les ombres rivalisaient avec ses œuvres au pinceau.

Ses appareils photographiques étaient les meilleurs que le marché pût fournir, et pourtant il était capable, grâce à ses connaissances en optique et en chimie, de les améliorer pour son usage personnel bien au-delà des capacités prévues par leurs créateurs. Son studio était empli d'exemples de son travail tout comme son esprit l'était d'informations et d'opinions sur des sujets allant de la politique internationale au problème de l'exploitation des jeunes filles de maison.

C'était un homme du monde, un gentilhomme qui avait réussi sa vie, âgé d'une soixantaine d'années, affable et bien éduqué et qui, avec cette bonté et cette amabilité, m'avait accordé la grâce de son amitié et l'accès à son studio chaque fois que j'avais envie de lui rendre visite.

Pourtant, il ne m'était jamais venu à l'esprit que les merveilleuses scènes marines maîtrisant bien la technique et suspendues à ses murs étaient dues à autre chose qu'une consciencieuse étude du sujet par l'artiste, et seules sa légère erreur de prononciation du mot « sous-le-vent », que les terriens prononcent comme cela s'écrit, mais qui roule sous la langue d'un marin, fût-il ancien débardeur ou officier de la navale, comme « soulevant », ou sa façon d'appuyer sur les voyelles des mots « brevet » et « palans » me poussèrent à lui demander s'il avait jamais été en mer.

– Mais oui ! répondit-il. Jusqu'à mes trente ans, je n'avais d'autre ambition que de commander quelque navire, mais je n'y suis jamais parvenu. Le mieux que j'ai fait, ce fut d'être engagé comme premier officier pour un voyage... qui fut mon dernier ! Un voyage où j'appris quelque chose sur les mystérieuses propriétés de la lumière, ce qui fit de moi un photographe, puis un artiste. Et tu as tort lorsque tu dis qu'un projecteur ne peut pénétrer le brouillard...

– Mais on a essayé ! Rétorquai-je.

– Avec une lumière ordinaire. Oui, bien sûr, sujette à la réfraction, la réflexion et l'absorption par les millions de minuscules globules d'eau qu'elle rencontre.

Nous avions discuté du naufrage du *Titanic*, le plus épouvantable désastre maritime de l'histoire, des erreurs de construction et de gestion, et des propositions ultérieures d'amélioration telles que le surbaissement des bateaux et la localisation de la glace dans le brouillard.

Au nombre de ces considérations, il y avait aussi le projet d'emporter un puissant projecteur dont le rayon éclairerait la route d'un paquebot voguant à vingt nœuds et rendant les objets visibles à temps pour les éviter. A ce sujet, j'avais objecté qu'un projecteur ne pouvait pénétrer le brouillard et que, s'il y parvenait, il ferait autant de mal que de bien en aveuglant et troublant les officiers de quart et les vigies d'un autre vaisseau.

– Mais quel autre genre de lumière peut-il être employé ? Demandai-je, en réponse à sa mention de lumière ordinaire.

– Une lumière invisible, répondit-il. Je ne veux pas parler du rayon de Röntgen, ni des émanations du radium, qui sont tous deux invisibles, mais dont aucun n'est une lumière, dans le sens ou aucun ne peut être réfléchi ou réfracté. Tous deux pénétreront de nombreux genres de matériaux, mais il faut réflexion ou réfraction pour rendre visible l'objet rencontré. Tu comprends ?

– Pas vraiment, répliquai-je d'un air de doute. À quelle sorte de lumière visible penses-tu, si ce n'est pas celle issue du radium ou le rayon de Röntgen ? On peut prendre des photos avec l'un ou l'autre, n'est-ce pas ?

– Oui, mais pour voir ce que tu as photographié, tu dois d'abord développer la pellicule. Et on n'a pas de temps pour cela à bord d'un vapeur rapide fonçant à travers le brouillard et la glace. Non, c'est une simple théorie, mais j'ai dans l'idée que la lumière ultraviolette — les rayons actiniques dépassant la limite violette du spectre, comme tu le sais — pénétrerait le brouillard sur une plus grande profondeur et, en dépit de sa capacité de réfraction plus puissante déformant et agrandissant les objets, ce serait mieux que rien.

– Mais qu'est-ce qui te fait penser qu'elle pénétrerait le brouillard ? M'enquis-je. Et si elle est elle-même invisible, comment pourrait-elle éclairer un objet ?

– Pour ce qui est de ta première question, répondit-il en souriant, les chirurgiens savent bien que la lumière ultraviolette pénétrera le corps humain sur une profondeur d'un pouce, alors que les rayons visibles sont reflétés à la surface. Et depuis cinquante ans les photographes savent que cette lumière — facile à isoler par dispersion à travers des prismes — agira sur une plaque sensible dans une pièce totalement noire.

– D'accord, fis-je. Mais qu'en est-il de la seconde question ? Comment peux-tu voir grâce à cette lumière ?

– Là, tu me tiens, répondit-il. Il faudrait un développement plus rapide que tout ce que nous connaissons maintenant — une pellicule spéciale, par exemple, qui montrerait l'image d'un iceberg ou d'un vaisseau avant qu'il soit trop tard pour l'éviter — une pellicule spéciale sensibilisée par un actif chimique plus rapide que tous ceux que l'on utilise maintenant.

– Alors pourquoi ne pas creuser la question ? Demandai-je. Ce serait une merveilleuse invention !

– Je suis trop vieux, répondit-il d'un ton rêveur. L'œuvre de ma vie est presque achevée. Mais d'autres hommes plus jeunes reprendront le flambeau. Nous avons fait de grandes avancées en optique. La pellicule de cinéma est une réalité. Les photographies en couleur sont possibles. Le microscope ultraviolet nous montre des objets jusque là invisibles car plus petits que la longueur d'onde de la lumière visible. Nous finirons par utiliser cette lumière pour voir à travers des objets opaques. Nous verrons des couleurs que l'esprit humain n'a jamais imaginées, mais qui ont existé depuis le commencement de la lumière.

Nous verrons de nouvelles nuances dans les couchers de soleil, dans les arcs-en-ciel, dans les fleurs et le feuillage des forêts et des prairies. Nous pourrions peut-être voir dans l'air des créatures auparavant invisibles.

Nous verrons certainement des créatures des profondeurs marines, là où la lumière visible ne peut parvenir. Des créatures dont la substance est de telle nature qu'elle ne réagira pas à la lumière à laquelle elle n'a jamais été exposée, une substance qui sera absolument transparente parce qu'elle n'absorbera rien et paraîtra noire ; qui ne réfléchira rien et présentera une variété de couleur ; et qui ne réfractera ni ne distordra pas les objets vus à travers elle.

– Quoi ! M'exclamai-je. Penses-tu vraiment qu'il y ait des créatures invisibles ?

 Il me regarda un moment d'un air grave, puis dit :

– Tu sais qu'il y a des sons inaudibles pour l'oreille humaine, à cause de leurs vibrations trop rapides et d'autres qui sont audibles pour certains, mais pas pour tous. Il y a des hommes qui ne peuvent entendre le grésillement d'un grillon, le pépiement d'un oiseau ou le grincement d'une roue de chariot. Tu sais qu'il y a des courants électriques bien plus puissants en voltage que nécessaire pour nous tuer, mais dont la longueur d'onde est si rapide que les tissus humains ne réagiront pas, et nous pouvons recevoir de tels courants sans le moindre choc. Et moi *je sais*, dit-il avec véhémence, qu'il y a dans les profondeurs marines des créatures d'une couleur invisible pour l'œil humain, car j'ai non seulement senti une telle créature, mais j'ai vu sa photographie prise à la lumière ultraviolette !

– Dis-moi... demandai-je, le souffle coupé. Des créatures solides, mais invisibles ?

– Des créatures solides et invisibles car absolument transparentes. Cela fait longtemps que je n'ai plus raconté cette histoire. Les gens refusaient me croire, et ce fut une expérience si horrible que j'ai essayé de l'oublier. Pourtant, si cela te dit vraiment, et si tu es disposé à perdre le sommeil cette nuit, alors je te la raconterai...

Il prit sa pipe, la bourra et commença à fumer, et tandis qu'il parlait en fumant, une partie de l'éclat et du vernis de l'artiste arrivé et de l'homme du monde le quitta. Il était redevenu un vieux marin narrant une histoire.

– C'était il y a une trentaine d'années, commença-t-il, ou, pour être précis, vingt-neuf ans en août prochain, au moment du grand tremblement de terre de Java. Tu en as entendu parler — et de la façon dont il a tué soixante-dix mille personnes, dont trente mille ont été noyées par la lame de fond.

Ce fut un curieux phénomène : l'Ile du Krakatoa, une immense montagne conique se dressant du fond du Détroit de Sunda, a cessé d'exister, tandis qu'à Java une chaîne de montagne était rasée, et que des entrailles de la terre jaillit une forme d'iceberg — si l'on peut dire — qui flotta au long de cent miles sur un torrent de lave en fusion avant de fondre.

Je n'étais pas là-bas. J'étais à deux cents miles au sud-ouest, premier officier d'un de ces anciens brigantins en pin tendre — trois mâts de la même longueur, tu sais — avec le mât principal à bâbord de la quille pour laisser de la place à la dérive, un vaisseau qui ne pouvait virer ni vent debout ni vent arrière, ni cingler ou s'empanner comme un navire décent.

Mais il avait plusieurs avantages : il était neuf et bien peint, pont, flancs supérieurs et fond. Ainsi, sa charpente et ses planches n'étaient pas imbibées d'eau. Il était assemblé par des « chevilles », non par des clous et des boulons, et ses cordages étaient en chanvre.

Peut-être n'y avait-il pas un quintal de fer à bord alors que le chanvre, quoique plus lourd que l'eau, était lui plus léger que le cordage métallique, si bien que quand un remous de cette lame de fond nous frappa de plein fouet, nous ne coulâmes pas, même si la frêle coque fut salement secouée d'un bout à l'autre et que toutes les écoutilles furent arrachées.

J'ai parlé de remous, mais nous avons peut-être en fait ramassé notre propre lame de fond car, même si nous ne savions rien de l'effroyable catastrophe de Java, il y avait eu depuis des jours plusieurs secousses sismiques sous-marines tout autour de nous, projetant du fond de la mer des fontaines d'eau, des bulles de vapeur et de la boue projetée jusqu'à la surface.

Comme les sondages indiquaient plus de deux mille brasses dans ces parages, tu peux imaginer quelles forces sismiques étaient à l'œuvre en-dessous de nous. Il n'y avait pas eu de vent depuis des jours, et pas de mer, à part les mouvements causés par les séismes. Le ciel était d'une morne couleur de boue, et le soleil semblait n'être qu'une boule rouge sombre se levant jour après jour à l'est pour passer au-dessus de nos têtes et se coucher à l'ouest. L'air était chaud, lourd et étouffant, et j'avais du mal à faire travailler les hommes de notre gros équipage.

Ces conditions auraient éprouvé l'humeur de n'importe qui, et j'avais des problèmes à régler. Il y avait un passager à bord, un Allemand, grand, gros, très éduqué — savant et explorateur à la fois — que nous avions embarqué dans une petite ville de la côte Ouest-Australienne et qui devait nous quitter à Batavia où il pourrait prendre un vapeur pour l'Allemagne.

Il avait tout un laboratoire avec lui, avec des instruments scientifiques dont j'ignorais les noms, des cartes qu'il avait établies, des animaux et des oiseaux empaillés qu'il avait tués, et quelques autres qu'il gardait vivants dans des cages et dont il s'occupait personnellement dans la cale inoccupée ; car nous voyagions à vide, sans même du lest à bord, nous rendant à Batavia pour y prendre une cargaison.

Ce fut après quelques éruptions du fond des mers que l'Allemand commença à nous empoisonner. Il s'intéressait vivement aux étranges poissons morts et aux créatures indéfinissables qui avaient été rejetées des profondeurs. Il les déclara nouveaux, inconnus de la science, et vint à bout de ma résistance à force de supplier qu'on les hissât à bord pour les examiner et les classifier.

Je me pliai donc à ses désirs un certain temps jusqu'au moment où les ponts se retrouvèrent empuantis par les poissons morts et où les hommes furent au bord de la mutinerie. Sur ce, je refusai de servir davantage les intérêts de la science et, malgré son excitation et ses suppliques, m'opposai à continuer à voir les ponts jonchés de ces saletés. Mais notre homme n'eut pas longtemps à attendre avant de se retrouver avec tout ce qu'il voulait en matière d'inclassable et d'inconnu...

Comme tu le sais, raz de marée est le nom que nous donnons à n'importe quelle très grosse vague, et qui n'a pas nécessairement de liens avec les marées. Cela peut être la troisième grosse vague d'une série — juste un peu plus grande que la normale ; ou bien la neuvième, la dixième et la onzième vague rassemblées en une seule et énorme lame déferlante par une pression inégale du vent ; cela peut-être le contrecoup d'un tremblement de terre dévastant la côte la plus proche ou encore — comme je le soupçonne dans notre cas — une vague envoyée par un soulèvement du lit océanique. En tout cas, nous l'avons essuyé juste après un formidable jaillissement d'eau et de boue et l'apparition d'un épais nuage de vapeur à l'horizon nord.

Nous vîmes une sorte de montée de l'horizon, comme causée par la réfraction, explication vite éliminée sitôt que les détails apparurent — ses sillons d'eau et de boue, son sommet irrégulier, les rouleaux qui se formaient occasionnellement sur ce sommet, et la terrifiante vitesse de son approche. C'était une vague, rien d'autre, et qui arrivait sur nous à au moins quarante nœuds !

Nous ne pouvions pas faire grand chose ; il n'y avait pas de vent, et nous voguions vers l'ouest en présentant notre flanc. J'expédiai pourtant mes hommes aux poulies, cargues et agrès des petites voiles, mais avant qu'un seul ait pu quitter le pont pour ferler, cette montagne mouvante nous percuta et nous submergea sur place alors que je criai :
« Attachez-vous, tous !»

Sur ce je dus penser à ma propre sécurité et m'enroulai dans le câble du perroquet de fougue fixé à un taquet lorsque le cataclysme nous frappa. Durant les deux minutes qui suivirent — qui semblèrent durer une heure — je ne pus ni parler, ni respirer, ni penser, à moins que ma prise instinctive sur la corde relevât d'un soupçon de pensée. J'étais submergé, il n'y avait plus qu'un grondement de tonnerre dans mes oreilles, une douleur dans mes poumons et de la terreur dans mon cœur...

Puis le tumulte s'atténua, un calme momentané, et je me relevai pour découvrir que le navire gisait sur le flanc, avec un tiers environ de la coque hors de l'eau et qu'il pouvait se retourner à tout moment sous le poids des gréements pouvant sombrer lorsqu'ils sont imbibés d'eau.

J'étais suspendu à ma boucle de corde fixée au taquet, les pieds ne touchant pas le pont perpendiculaire à moi, les oreilles déchirées par les cris de ceux des hommes passés par-dessus bord et qui appelaient à l'aide — des hommes qui ne s'étaient pas attachés. Je savais qu'il y avait parmi eux le capitaine, un petit homme plutôt calme, et le second officier, lui un rustre incompétent de Portsmouth qui m'avait causé beaucoup d'ennuis en maltraitant les hommes et en comptant sur moi pour le soutenir.

Il n'y avait rien à faire pour eux : ils glissaient sur la paroi d'une montagne d'eau mouvante qui culminait à trente degrés au-dessus de l'horizon à bâbord, alors qu'une autre montagne mouvante, aussi grosse que la première, arrivait à tribord, provoquée par la chute dans la mer de l'eau qui venait d'être soulevée.

Es-tu jamais tombé par-dessus bord tout habillé ? Si oui, tu sais quel déploiement de force est nécessaire pour remonter. J'étais à l'époque un homme robuste et en bonne santé, mais jamais je ne fus si éprouvé de toute ma vie. Je saisis enfin le taquet et me reposai ; puis, avec un effort qui provoqua une douleur physique, je levai mon pied vers le bastingage et je me reposai encore; puis, peut-être par une force plus de volonté que physique — car j'aimais la vie et je voulais vivre — j'accrochai du pied droit le bastingage, grimpai encore à la corde, me reposai à nouveau, et me hissai sur le mât d'artimon, ou je restai quelques instants assis pour reprendre mon souffle, penser et regarder autour de moi.

À l'avant, je vis des hommes qui s'étaient attachés au bastingage tribord, et ils luttaient comme je l'avais fait, pour remonter du côté à plat du navire. Ils y parvinrent mais pour le moment ils ne m'étaient d'aucune utilité. Les marins obéissent aux ordres, s'ils les comprennent, mais nous étions dans une situation critique dépassant les limites de la simple navigation...

Des hommes se noyaient à bâbord ; d'autres, comme je l'avais fait, se hissaient vers l'asile provisoire qu'offraient les accastillages du navire couché. Et à l'arrière, sur la coursive, se trouvait notre professeur allemand, pas du tout attaché mais en sécurité dans cet étroit espace, une jambe passée dans la fenêtre d'une cabine, et les deux mains serrant le bastingage. Il beuglait comme un taureau, pas pour lui mais pour sa ménagerie dans la cale vide.

Il n'y avait guère d'espoir pour les grands animaux — encore moins que pour nous —, restés sur le pont supérieur du navire chaviré, et encore moins pour les pauvres diables à bâbord, dont certains s'étaient agrippés au gréement à demi-submergé et appelaient à l'aide.

Nous ne pouvions les aider car c'était un vaisseau yankee et il n'y avait pas de bouées ni de ceintures de sauvetage à bord; et puis qui, avec l'arrivée d'une nouvelle grosse vague, serait parti à la nage sous le vent accroché à une corde ?

Les gens de la terre, surtout les femmes et les enfants, m'ont souvent demandé pourquoi un navire en bois, rempli d'eau, coule même s'il n'est pas alourdi par une cargaison. Certains marins se le sont aussi demandé, sachant qu'un petit bateau construit en bois et assemblé avec des clous flottera même s'il est rempli d'eau.

La réponse est simple. La plupart des gros vaisseaux sont construits en chêne ou en pin dur et assemblés avec des pointes et des boulons en fer — soixante tonnes au moins pour une goélette de trois cents tonnes. Au bout d'un an ou deux, ce bois lourd et dur s'imprègne d'eau et, avec les clous et les boulons en fer, il est plus lourd que l'eau et coulera si la cale est inondée.

Notre navire était comme un petit bateau construit en bois tendre et léger, avec des chevilles à la place des boulons et sans fer à bord à part les ancres et un cabestan. En conséquence, même éventré, retourné, brisé et désintégré, il flottait toujours sur le flanc...

Mais les cordes en chanvre et les voiles imbibées d'eau pouvaient suffire à elles seules à entraîner le navire par le fond et, cette crainte présente à l'esprit, je décidai d'agir promptement. Criant aux hommes de tenir bon, je me dirigeai vers l'arrière, où nous avions une hache, logée sur ses crochets contre la cabine arrière. Avec celle-ci, j'attaquai les cordes d'artimon, les tranchants nets, puis remontai vers le mât principal.

J'eus beau travailler de toutes mes forces, j'avais à peine tranché la dernière corde que la seconde vague se dressa et s'abattit sur nous. J'eus à peine le temps de me glisser dans une boucle de corde pour me sauver mais dus abandonner la hache ; elle m'échappa des mains et glissa vers les dalots de bâbord.

Cette seconde vague eut à peu près le même effet que la première, sauf qu'elle redressa le navire. Nous fûmes recouverts par l'eau, étouffés et à demi noyés; mais lorsque la vague fut passée, le mât d'artimon et le mât principal, sans le soutien des gréements que j'avais tranchés, se cassèrent proprement trois pieds environ au-dessus du pont Le grand navire à fond plat se redressa, soulevant le poids du mât de misaine et de ses gréements, et il se stabilisa sur sa quille, voile de misaine, voile d'étai et foc déployés, et cornes de misaine et de hunier, et clinfoc repliés, tandis que les débris de mâts heurtaient notre flanc bâbord.

Nous flottions, mais avec la cale inondée et quatre pieds d'eau au beau milieu du pont, qui claquaient en faisant l'aller et retour d'un bastingage à l'autre dès que le navire se mettait à rouler. Toutes les écoutilles avaient été arrachées et nos trois canots s'étaient détachés de leurs cales sur le rouf.

Six hommes se dégagèrent de leurs attaches du gréement avant, et trois autres, qui étaient passés par-dessus bord avec la première vague et avaient agrippé les câbles supérieurs pour être ensuite soulevés en l'air quand le vaisseau s'était redressé, redescendaient tandis que le professeur vociférait toujours sur la coursive.

– Tenez bon, criai-je, une autre vague arrive !

Elle arriva, mais passa sur nous sans faire de dommages supplémentaires et, même si une quatrième, une cinquième et une sixième suivirent, chacune était moins forte que la précédente, et il fut enfin possible de lâcher sans risque le bastingage pour marcher dans l'eau, même si nous trébuchions avec ce qu'il restait de remous.

Par chance, il n'y avait pas de vent. Je n'ai jamais compris pourquoi car les tremblements de terre sont généralement accompagnés de rafales. Pourtant, même avec du vent, nos voiles auraient été inutiles car, plein d'eau comme nous l'étions, nous n'aurions pu faire un nœud à l'heure, ni manœuvrer, même avec toute la voilure déployée. Tout ce que nous pouvions espérer, c'était voir apparaître un autre navire qui remorquerait notre coque éventrée et ralinguée jusqu'au port ou qui, au moins, nous prendrait à son bord.

Et donc, tandis que je cherchais la hache et que le professeur scrutait les profondeurs sous l'écoutille principale en quête d'un signe de vie de sa ménagerie — noyée assurément jusqu'au dernier animal — le reste de l'équipage abaissa la voile de misaine et les focs, les arrimant de leur mieux.

Je retrouvai la hache, et cela juste à temps car je fus attaqué par ce qui ne pouvait être autre qu'un petit serpent de mer qui avait été propulsé à la surface et jeté à notre bord. Il ne faisait que six pieds de long, mais il avait une gueule de bouledogue et une rangée de piquant sur son dos qui auraient pu couper la jambe d'un homme.

Je parvins à le tuer avant qu'il me blessât, et le jetai par-dessus bord malgré les protestations du professeur, qui déclara que je ne portais aucun intérêt à la science.

– Non, aucun, lui dis-je, j'ai vraiment d'autres choses aux quelles penser. Et vous aussi : vous feriez mieux de descendre pour nettoyer vos instruments ou vous les retrouverez rongés par l'eau salée...

Il me regarda d'un air triste et plein de reproche, et se mit à patauger vers l'arrière. Mais il s'arrêta sur l'escalier avant et se retourna car un hurlement de souffrance montait du pont du gaillard d'avant, où les hommes descendaient des focs, et je vis que l'un d'eux se tordait, couché sur le dos, comme pris de convulsions, tandis que les autres restaient sur place, l'air stupéfait.

Le pont du gaillard d'avant était juste hors d'eau et il n'y avait pas de vagues. Pourtant l'homme qui se tordait en hurlant glissa tête la première et plongea dans l'eau du pont principal.

Je me ruai à quatre pattes vers l'avant, serrant toujours la hache, et les hommes se laissèrent tomber dans l'eau à la suite du gars ; mais nous ne parvînmes à nous approcher de lui. Nous pouvions le voir sous l'eau, bougeant faiblement, mais sans nager. Et pourtant il s'élançait de ci et de là, et cela plus vite qu'aucun homme pût jamais le faire en nageant ! À un moment, lorsqu'il passa près de moi, je remarquai une plaie béante à son cou, d'où le sang coulait à flot — un flot semblable à un courant qui ne se mêlait pourtant pas à l'eau pour la décolorer...

Bientôt, ses mouvements cessèrent, et je pataugeai vers lui. Mais il fila rapidement loin de moi et je ne le suivis pas car quelque chose de froid, de gluant et de ferme m'avait touché la main, quelque chose dans l'eau, mais que je ne pouvais voir...

Je reculai dans l'eau, tenant toujours la hache, et criai aux hommes de ne pas s'approcher du cadavre, car l'homme était sûrement mort à présent. Il gisait près de la brèche de perroquet du gaillard d'avant, du côté tribord, et lorsque les hommes se rassemblèrent autour de moi, je donnai ma hache à l'un d'eux et dit au reste du groupe de s'en procurer d'autres pour découper les débris inutiles qui heurtaient notre flanc bâbord... Inutiles car cela dépassait toute compétence navale que de vouloir rafistoler cette coque qui avait tout d'un panier percé, d'écoper l'eau et de hisser un mât de fortune.

Tandis qu'ils s'attelaient à la tâche, je décrochai une longue gaffe de ses attaches et, rejoint par le professeur, me dirigeai prudemment du corps gisant devant moi.

Alors que j'approchai du mort, la gaffe me fut soudain arrachée des mains, une extrémité piquant vers le pont tandis que l'autre se dressait au-dessus de l'eau; puis elle glissa, tomba et flotta près de moi. Je la saisis à nouveau et me tournai vers le professeur.

– Qu'en pensez-vous, *Herr* Smidt ? Demandai-je. Il y a quelque chose là-dessous que nous ne pouvons voir... Quelque chose qui a tué cet homme ! Vous voyez le sang ?

Il examina de près le cadavre qui, sous quatre pieds d'eau, semblait bizarrement tordu et écrasé. Mais le sang n'était plus un fin ruisseau sortant de son cou; il s'était aggloméré en une masse informe à environ deux pieds de celui-ci.

– Absurde, répondit-il. Une chose vivante que l'on ne peut voir est contraire aux lois de la physique. Cet homme a dû tomber et se blesser, ce qui explique le sang. Puis il s'est noyé sous l'eau. Voyez-vous ?... *Mein Gott* ! Qu'est-ce que c'est ?

Soudain il plongea à son tour sous l'eau et, lâchant la gaffe, je l'empoignai par le col et tirai de toutes mes forces. Quelque chose essaya de me l'arracher, mais je parvins à lui sortir la tête de l'eau et il bafouilla:

– À l'aide! Retenez-moi ! Quelque chose a saisi mon pied droit.

– Donnez-moi un coup de main ! Criai-je aux hommes.

Quelques-uns me rejoignirent et l'empoignèrent par ses vêtements. Ensemble, nous luttions contre cette force invisible et finalement nous partîmes d'un coup tous en arrière, professeur et marins, nous noyant presque avant de nous remettre sur pieds. Puis, alors que l'eau agitée redevenait lisse, je vis distinctement la masse rouge avancer lentement et disparaître dans l'obscurité sous le pont du gaillard d'avant.

– Vous aviez raison, *mein* ami, dit le professeur qui, malgré ce qu'il venait de vivre, gardait son sang-froid. Il y a quelque chose d'invisible dans l'eau... Une chose dangereuse, une chose qui viole toutes les lois de la physique et de l'optique. Oh, mon pied, que j'ai mal !

– Allez à l'arrière, répondis-je, et regardez voir ce qui vous fait mal comme ça. Et vous, les gars, ajoutai-je à l'adresse des hommes, vous restez à l'écart du gaillard d'avant. Quoi que ce soit, c'est parti en dessous.

Puis j'empoignai à nouveau la gaffe, glissai prudemment son crochet dans les vêtements du mort et, avec l'aide des hommes, le tirai en arrière sur la poupe, où le professeur, qui nous avait précédés, examinait sa cheville. Il y avait une grosse marque rouge qui l'entourait, avec au milieu une énorme bulle de sang. Il la perça avec son couteau, puis remonta sa chaussette et nous rejoignit alors que nous soulevions le corps.

– Grand dieu, monsieur ! s'exclama Bill, le maître d'équipage. C'est Frank ? Je ne l'aurais pas reconnu.

Frank, le mort, avait été fort, robuste, et bien bâti. Mais il ne ressemblait plus à celui qu'il avait été de son vivant. Il gisait là, ratatiné, diminué et changé, une expression de souffrance peinte sur son visage émacié, et les mains serrées et pas tendues comme celle d'un noyé.

– Je croyais que les noyés ça enflaient, hasarda un des hommes.

– Il ne s'est pas noyé, dit *Herr* Smidt. Il a été pressé comme un citron. Peut-être ne reste-t-il dans tout son corps pas une once de sang, ni de lymphe ni d'aucun autre liquide.

Je saisis un taquet en fer, le glissai dans sa chemise et nous le fîmes immédiatement passer par-dessus bord; car, face à cette horreur, nous n'étions pas d'humeur pour un service funèbre. Nous étions là, onze hommes sur une coque pleine d'eau, à la dérive sur une mer lourde et graisseuse, avec au-dessus de nous un soleil rouge sombre qui perçait dans un ciel boueux. Et à l'avant, il y avait une *chose* qui pouvait se saisir de n'importe lequel d'entre nous quand cela lui plaisait, dans ou en dehors de l'eau, car Frank avait été saisi puis entraîné au fond.

Cependant, j'ordonnai aux hommes, cuisinier, commis et tous les autres, de rester à la poupe et — la cambuse étant à l'avant — de ne compter sur aucun repas chaud, puisque nous pouvions subsister un certain temps avec la nourriture froide en conserve de la réserve et celle entreposée dans la lazarette.

Suite à une friction passée entre les hommes et le second officier, notre capitaine aimable et pacifique avait interdit à l'équipage de porter des couteaux à gaine ; mais au vu de l'urgence de la situation, j'abrogeai le décret. Tandis que le professeur descendait dans sa cabine inondée pour soigner sa cheville et s'occuper de ses instruments, je raflai donc tout ce que je pus dans le magasin et armai chaque homme d'un couteau à gaine et d'une ceinture ; car, même si nous ne pouvions voir la créature, nous pouvions la sentir — et un couteau vaut mieux qu'une arme à feu dans un corps à corps.

Puis nous restâmes assis là, à attendre, tandis que le ciel se faisait plus boueux, le soleil plus sombre, et que l'horizon au nord s'éclairait d'une lueur rouge plus forte que le soleil. C'était le tremblement de terre de Java mais ça nous l'ignorâmes encore pendant longtemps.

Bientôt, le professeur apparut et annonça que ses instruments étaient en bon état, et rangés sur des étagères en hauteur, au-dessus de l'eau.

– Cependant, je dois re-sensibiliser mes plaques, dit-il. L'eau salée les a abîmées ; mais *mein* appareil photo doit simplement sécher ; et *mein* télescope, ma machine électrostatique *und* mes bouteilles de Leyde, eh bien, l'eau ne les a pas touchés.

– Parfait, répondis-je. C'est très bien. Mais à quoi serviront-ils dans cette situation critique ? Pensez-vous pouvoir photographier quelque chose maintenant ?

– Peut-être. J'ai un peu réfléchi.

– Avez-vous déterminé ce qu'est cette créature, là-bas, à l'avant du bateau ?

– En partie. C'est une créature arrachée du fond de la mer et jetée à notre bord par la vague. La lumière, comme le mouvement des vagues, disparaît à une certaine profondeur, vous savez. Et nous avons plus de douze mille pieds en dessous de nous. À cette profondeur, c'est l'obscurité absolue, mais nous savons que des créatures vivent en bas, et se battent, et mangent, et meurent.

– Mais alors ? Pourquoi ne pouvons-nous voir cette chose ?

– Parce que, au cours des âges écoulés lors de son évolution depuis le stade originel, elle n'a jamais été exposée à la lumière — je veux parler de la lumière visible, de la lumière qui contient les sept couleurs du spectre. Donc, elle ne peut réagir aux trois propriétés de la lumière visible — la réflexion, qui lui donnerait une quelconque couleur ; l'absorption, qui la ferait paraître noire ; ou la réfraction qui, en l'absence des deux autres propriétés, déformerait les choses vues à travers elle. Car elle doit être transparente, vous savez.

– Mais que peut-on faire ? Demandai-je d'un ton impuissant, car je ne pouvais sur le moment comprendre ce qu'il voulait dire.

– Rien, sauf que le prochain homme attaqué doit utiliser son couteau. S'il ne peut voir la créature, il peut la sentir. Et peut-être — je n'en sais rien encore — peut-être pourrions-nous la voir en un sens... avec sa photographie.

Je le fixais d'un œil perplexe, pensant qu'il avait dû devenir fou, mais il poursuivit :

– Vous savez, dit-il, que des objets trop petits pour être vus au microscope, car plus petits que l'amplitude de la plus courte onde de la lumière visible, peuvent être vus lorsqu'on les expose à la lumière ultraviolette — la lumière noire dépassant le spectre ? Et vous savez que cette lumière est ce qui réagit le mieux en photographie ? Qu'elle dévoile sur une plaque sensible de nouvelles étoiles du ciel invisible à l'œil même avec le plus puissant des télescopes ?

– Je n'en sais rien, répondis-je. Mais si vous trouvez un moyen de nous tirer du pétrin où nous sommes, allez-y !

– Je dois réfléchir, fit-il d'un ton songeur. J'ai une lentille en cristal de roche qui est perméable à cette lumière, et que je peux placer dans *mein* appareil. Il me faut un miroir concave, pas en verre, qui est opaque pour cette lumière, mais en métal.

– Pour quoi faire ? M'enquis-je.

– Pour projeter la lumière ultraviolette sur la bête. Je peux la générer avec *mein* machine électrostatique.

– Un de nos réflecteurs de lanterne ferait-il l'affaire ? Ils sont en étain poli, je crois.

– Bien ! Je peux en repolir un.

Nous avions une lanterne de pont, plus grande que la normale, avec un réflecteur métallique qui concentrait la lumière en un rayon, tout à fait comme les projecteurs actuels. Je la sortis de la lazarette et il la déclara opérationnelle. Puis il disparut pour bricoler son appareillage.

La nuit tomba, et j'allumai trois lampes à hisser au mât de misaine, pour informer tout vaisseau de passage que nous étions en détresse ; mais, comme je ne pouvais envoyer aucun homme à l'avant pour ce travail, j'y allai moi-même, sondant prudemment mon chemin avec la gaffe. Par chance, j'évitai tout contact avec la créature et je revins à la poupe, où nous partageâmes un souper froid avec les réserves de conserves.

Le haut de la dunette était sec, mais il faisait froid, surtout que nous étions trempés jusqu'aux os. Le commis remonta toutes les couvertures qu'il y avait dans la cabine — car même une couverture humide vaut mieux que rien — mais il n'y en avait pas assez pour tous, et un homme se porta volontaire, contre mon avis, pour aller à la proue et ramener à l'arrière les couvertures du gaillard d'avant.

Il ne revint pas ; nous entendîmes son cri, qui se finit en gargouillis ; mais dans ces ténèbres profondes, seulement atténuées par la lueur rouge au nord, aucun de nous n'osa s'aventurer à son secours. Nous savions qu'il serait mort, de toute manière, avant que nous ayons pu le rejoindre... Et donc nous montâmes la garde, partageant les couvertures que nous avions lorsque venait notre tour de dormir.

Ce fut une nuit affreuse que nous passâmes là en haut de cette dunette. Il se mit à pleuvoir avant minuit, les lourdes gouttes tombant presque en vagues solides ; puis le vent se leva du sud, froid et mordant, avec des véritables vagues qui balayaient même la dunette, nous forçant à nous attacher. La lueur rouge du nord fut cachée par la pluie et l'écume et, pour accroître notre inconfort, nous fûmes arrosés de cendres qui, en dépit du vent de surface venant du sud, avaient du être apportées du nord par un courant aérien supérieur.

Nous ne retrouvâmes pas le mort lorsque pointa la faible lumière du jour ; et il nous était donc impossible de dire s'il avait ou non utilisé son couteau. Son corps avait dû être poussé par-dessus bord par la mer, et nous espérions que le tueur invisible était parti lui aussi. Mais nous nous faisions des illusions. Avec un courage puisé dans cet espoir, un homme partit à l'avant pour descendre les lanternes du mât, sondant son chemin avec la gaffe.

Nous le suivîmes attentivement du regard, la gaffe dans une main, son couteau dans l'autre. Mais il tomba sous les gréements de proue sans même un cri, emportant la gaffe avec lui alors que, même de loin et à travers les eaux troublées, nous pouvions voir qu'il avait les bras collés contre ses flancs et qu'il ne faisait aucun mouvement à part filer rapidement ici et là. Au bout d'un moment la gaffe remonta à la surface mais le corps de l'homme, vidé sans doute de ses fluides légers, resta au fond, sur le pont.

Ce fut une heure plus tard, utilisant la gaffe pour tâter le terrain, que nous osâmes approcher du corps, le saisir avec le crochet et le tirer en arrière. Il ressemblait à celui de la première victime, un squelette revêtu de peau, avec la même expression d'horreur peinte sur le visage. Nous lui fîmes les mêmes funérailles qu'à l'autre et restâmes à la poupe, toujours trempés par la pluie diluvienne, martelés par les eaux et étouffés par les cendres tombant du ciel.

Lorsque l'averse de cendres s'épaissit, il fit sombre comme au crépuscule et, même si les trois lanternes haut-perchées s'éteignirent vers midi, j'interdis à tout homme d'aller à la proue pour les descendre, me contentant d'une lampe à pétrole que je sortis de la lazarette et remplis de combustible, paré à l'allumer si les lumières d'un navire apparaissaient. On ne fut pas arrivé au milieu d'après-midi qu'il faisait déjà noir comme en pleine nuit. Et en bas, dans l'eau jusqu'à la taille, le professeur allemand travaillait toujours.

Il remonta à l'heure du souper, fredonnant joyeusement, et annonça qu'il avait remplacé la lentille de son appareil photo par le cristal de roche, que la lanterne, avec son réflecteur et une étincelle bleue dans son foyer, constituait un instrument remarquable pour projeter les rayons invisibles sur la bête et qu'il était fin prêt, mais que ses plaques, re-sensibilisées avec une substance phosphorescente dont j'ai maintenant oublié le nom, devaient sécher. Et puis, il lui fallait un peu de lumière pour travailler lorsque le moment viendrait, expliqua-t-il.

— Et aussi une autre victime, suggérai-je d'un ton amer, car il n'avait pas été sur le pont lorsque les deux derniers hommes étaient morts.

— J'espère que non, dit-il. Lorsque nous pourrons la voir, il sera possible de la faire bouger en lançant des objets vers l'avant ; puis, lorsqu'elle remuera l'eau, nous pourrons tirer.

— Il vaut mieux mettre au point un moyen de la tuer, répliquai-je. Tirer un coup de feu ne marchera pas car l'eau arrête une balle avant qu'elle n'ai parcouru un pied.

— Le seul moyen que je peux imaginer, répondit-il, c'est que le prochain homme attaqué — vous m'entendez tous ? — plonge son couteau à l'extrémité du sang, là où il forme un bloc. C'est l'estomac de la créature et c'est un endroit vital.

– Souvenez-vous en, les gars, fis-je en riant, pensant au dernier pauvre diable, les bras plaqués contre ses flancs. Lorsque vous aurez perdu assez de sang pour en voir une poche, plantez votre couteau dedans.

Mais à mon rire répondit un hurlement. Un homme arrimé au mât d'artimon par une anse de corde ceignant sa taille, se tordait et se soulevait sur le dos, tout en frappant de son couteau ce qui semblait être son propre corps. Mon couteau également en main, je m'élançai vers lui et cherchai à tâtons ce qui l'avait saisi. C'était une chose froide, dure, semblable à du cuir, au niveau de sa taille.

Calculant soigneusement mon coup, je plantai mon couteau, mais je doute qu'il pénétrât la nageoire, ou la queue ou la patte invisible du monstre, car celui-ci s'écarta de l'homme qui hurlait, et une seconde plus tard je reçus un coup au visage qui me projeta six pieds en arrière, à plat sur le dos. Puis je sombrai dans l'inconscience.

Lorsque je repris connaissance, le reste de l'équipage m'entourait, mais l'homme n'était plus là — arraché à la boucle de corde qui l'avait retenu contre la force de la mer déchaînée puis entraîné sur le pont principal inondé où il était mort comme les autres. Il faisait trop sombre pour voir ou faire quoi ce fût ; alors, quand je retrouvai la parole, j'ordonnai à tous les hommes sauf un de rentrer dans la cabine inondée où, sur les couchettes supérieures et le dessus de la table, il y avait quelques endroits secs.

Je remplis et allumai une lanterne et la donnai à l'homme de garde avec pour instruction de la suspendre au moignon du mât d'artimon et de demander la relève au bout de quatre heures. Puis, portes et fenêtres fermées, nous nous endormîmes, ou tentâmes de nous endormir. J'y parvins tout d'abord, il me semble, car dans mes derniers souvenirs conscients, j'entendais les hommes marmonner ; lorsque je m'éveillai, ils étaient tous endormis, et la pendule de la cabine, bien au-dessus de l'eau, me dit que, même s'il faisait toujours noir, il était six heures du matin.

Je montai sur le pont ; la lanterne brûlait toujours sur le moignon du mât d'artimon, mais le garde avait disparu. Il n'avait pas vécu assez longtemps pour être relevé. Je l'appris au retour en découvrant que personne n'avait été appelé. Nous étions maintenant six — un marin et le maître d'équipage, le cuisinier et le commis, le professeur et moi.

Le vieil artiste se tut, tandis qu'il bourrait et allumait sa pipe. Je remarquai que la main tenant l'allumette tremblait perceptiblement, comme si le souvenir de cette affreuse expérience avait affecté ses nerfs. En tout cas son récit avait affecté les miens car quand je me joignis à lui pour fumer, mes mains tremblèrent aussi.

– Pourquoi, demandai-je, après un moment de silence, si c'était une créature du fond des mers, n'est-elle pas morte à cause de la pression trop faible à la surface ?

– Pourquoi les hommes ne meurent-ils pas au sommet des montagnes ? répondit-il. Ou lorsqu'ils font une ascension en ballon ? Le record est une altitude de sept miles, je crois; mais ils ont survécu. Ils ont souffert du froid et du manque d'oxygène — dans la mesure où, aussi vite ou profondément qu'ils inhalaient, ils n'en avaient jamais assez. Mais le manque de pression ne les a pas affectés ; le corps humain sait s'adapter.

À l'inverse, pourtant, une augmentation de pression peut être fatale. Un homme entraîné à plus de cent cinquante pieds de profondeur peut être écrasé et un poisson de surface envoyé au fond des mers peut mourir lui aussi sous la pression. C'est simple, c'est comme la différence entre un poids dont nous sommes soulagés et un poids ajouté.

– Cette chose a-t-elle tué d'autres hommes ? M'enquis-je.

– Tous sauf le professeur et moi, et elle m'a presque tué. Regarde là.

Il enleva sa cravate et son col, descendit sa chemise et révéla deux cicatrices blafardes, d'environ un pouce de diamètre, et deux d'écart.

– J'ai perdu tout le sang que je pouvais donner par ces deux trous, dit-il, en rajustant sa chemise, mais j'en ai gardé assez pour rester en vie.

– Continue ton récit, demandai-je. Je te promets que je ne dormirai pas cette nuit...

– Peut-être ne dormirai-je pas moi-même, répondit-il avec un sourire triste. Il faudrait pouvoir oublier certaines choses, mais comme je t'en ai déjà assez dit, je peux aussi bien aller jusqu'au bout, et en finir.

– Ce fut dû en partie à la passion du marin pour le tabac, en partie à notre état, trempés et frigorifiés. Un marin restera calme s'il est affamé, mais deviendra fou s'il est privé de fumée. On sait bien en mer qu'un capitaine qui n'hésitera pas à quitter le port avec de la nourriture pourrie ou en quantité insuffisante pour ses hommes n'osera pas prendre ce risque sans une bonne provision de tabac dans le magasin.

Mais notre magasin était sous l'eau, et le tabac complètement inutilisable. Je n'en consommais pas à l'époque, mais j'en récupérai un peu pour les autres ; on ne pouvait le sécher pour le fumer, et le sel qu'il contenait empêchait de le mâcher. Mais le maître d'équipage avait une couchette surélevée dans le gaillard d'avant, où il y avait deux livres de tabac à chiquer, et lui et le marin en discutèrent jusqu'à ce que leur besoin de fumer surmontât leur peur de la mort.

Bien sûr, à ce stade, toute discipline avait cessé, et tous mes ordres et mes prières furent vains. Ils affutèrent leurs couteaux et, se mettant d'accord pour aller à l'avant, l'un par tribord, l'autre par bâbord, et pour que chacun vînt à l'aide de l'autre s'il entendait un appel, ils s'enfoncèrent dans la noirceur des cendres et de la pluie. J'ouvris la fenêtre de ma cabine, qui dominait le pont principal, mais je ne pus rien voir.

Cependant, je pus entendre... J'entendis deux cris à l'aide, l'un après l'autre — l'un venant de tribord, l'autre de bâbord, et je sus qu'ils s'étaient fait prendre. Je fermai la fenêtre, car il n'y avait plus rien à faire pour eux. Une chose qui pouvait saisir deux hommes si éloignés presque au même moment, cela dépassait l'imagination.

Je parlai au commis et au cuisinier, mais ne trouvai que peu de réconfort. Le premier était un Jap, l'autre un Chinois, et ils étaient de la vieille école — ce qu'ils ne pouvaient voir de leurs yeux, ils n'y croyaient pas. Tous deux pensaient que tous ces hommes étaient morts soit noyés soit des suites d'une chute. Aucun ne comprenait — et, en fait, moi non plus — les théories de *Herr* Smidt. Celui-ci avait cessé de fredonner joyeusement à présent, et s'affairait avec ses instruments.

– Cette chose, lui dis-je, doit être capable de voir dans le noir. Elle n'a certainement pas pu entendre ces deux hommes, par-dessus le bruit du vent, de la mer et de la pluie.

– Pourquoi pas ? répondit-il, tout en manipulant ses fils. Les chats et les hiboux peuvent voir dans l'obscurité, et l'explication acceptée est que, par leur capacité à dilater les pupilles, ils admettent plus de lumière sur la rétine. Mais cette explication ne m'a jamais satisfait. Vous avez remarqué, pas vrai, que les yeux d'un chat brillent dans le noir, mais seulement lorsque le chat vous regarde ?... Autrement dit, lorsqu'il regarde ailleurs, vous ne voyez pas les yeux briller.

– Oui, répondis-je. Je l'ai remarqué.

– Les yeux du chat sont des projecteurs, mais ils produisent une lumière visible, comme celle générée par les lucioles et certains poissons. Et il y a des poissons dans les affluents supérieurs de l'Amazone qui ont quatre yeux, les deux du haut étant des projecteurs, et les deux du bas étant des organes de perception visuelle. Mais la lumière visible n'est pas la seule lumière. Il est possible que cette créature sur le pont génère une lumière invisible et puisse voir grâce à elle.

– Mais à quoi cela nous mène-t-il ? Demandai-je avec impatience.

– Je vous l'ai dit, répondit-il calmement. Cette créature peut vivre dans une atmosphère de lumière ultraviolette, que je peux moi-même générer. Lorsque mes plaques seront sèches et qu'il fera assez clair pour que je voie ce que je fais, je pourrai la prendre en photo. Lorsque nous saurons ce que c'est, nous pourrons trouver un moyen de la tuer.

– Dieu veuille que vous réussissiez ! Répondis-je avec ferveur. Elle a tué assez d'entre nous.

– Mais, comme je l'ai dit, la chose tua tout le monde sauf le professeur et moi. Et cela arriva pour l'autre raison que j'ai évoquée... l'état où nous étions, trempés et frigorifiés. S'il y a une chose qu'un Oriental aime plus que ses ancêtres, c'est son estomac ; et nous étions tous las des conserves de nourriture froide. Vers midi, un peu de lumière perça le déluge de cendres et de pluie, et le cuisinier et le commis se mirent à parler de café chaud.

Nous avions la torche à pétrole pour chauffer de l'eau et un peu de café, en hauteur et au sec sur une étagère de la remise du commis, mais aucune casserole, ni récipient ou ustensile de cuisine quelconque dans la cabine. Et donc, ces deux pauvres païens, malgré mes protestations — un peu faibles, je l'avoue, car l'idée d'un café chaud dissipa une partie de mon bon sens — montèrent sur le pont et partirent vers l'avant, dans l'eau jusqu'à la taille, de l'eau rendue boueuse par l'averse de cendres.

Je les vis entrer dans la cambuse pour prendre la cafetière, mais j'eus beau guetter à la fenêtre jusqu'à la tombée des ténèbres, je ne les vis pas ressortir. La chose devait être dans la cambuse.

La nuit tomba et, avec sa venue, le vent et la pluie cessèrent, même s'il y avait toujours une légère averse de cendres. Mais cela prit fin vers minuit, et je pus voir les étoiles dans le ciel et un horizon dégagé. Tout sommeil, m'était devenu impossible tant j'étais nerveux et surmené ; mais le professeur, après avoir eu la brillante idée d'utiliser la torche à pétrole pour sécher ses plaques, s'était allongé sur sa couchette presque plus du tout humide en m'annonçant qu'il serait prêt à prendre des clichés sur le pont au matin.

Mais je le réveillai bien avant le matin. Je le réveillai lorsque je vis par ma fenêtre la tête de mât et deux lampes latérales d'un vapeur qui s'approchait par tribord, à environ un mile de distance. Je n'avais pas osé monter pour accrocher la lanterne au moignon du mât d'artimon mais, cette fois, je me forçai à le faire avec la torche, le professeur me suivant avec ses instruments.

– Espèce de cinglé au sang froid, lui dis-je, en agitant la torche.

J'admire votre dévouement pour la science, mais vous ne seriez pas en train d'attendre que cette chose se saisisse de moi ?

Il ne répondit pas, mais installa son appareillage sur le haut de la cabine. Il avait une machine de Wimshurst — pour générer une étincelle bleue, tu sais — et il l'avait attachée à la grosse lampe du pont, dont il avait enlevé le verre opaque. Il avait aussi son appareil photo, avec sa lentille en cristal de roche.

Il braqua les deux vers l'avant et attendit, tandis que j'agitais la torche, debout près du moignon de mât, une boucle de corde nouée autour de moi par sécurité au cas où la chose se saisirait de moi ; et à cette pensée j'ajoutai l'espoir absurde, né des théories du professeur, qu'avec la lumière aveuglante de la torche, la chose aurait peur de s'approcher de moi, comme c'est le cas pour les animaux sauvages.

Mais sur ce dernier point, je me trompais. À peine y eut-il un sifflement de cheminée indiquant que le vapeur avait vu la torche, qu'une chose froide, gluante, semblable à du cuir, s'enroula à mon cou. Je laissai tomber la torche et sortis mon couteau, tandis que j'entendais bourdonner la machine électrostatique que le professeur venait de mettre en marche.

– Votre couteau, *mein* ami ! lança-t-il. Utilisez votre couteau et visez tout le sang que vous verrez !

Je savais qu'il ne servait à rien d'appeler à l'aide et que j'avais peu de chances de pouvoir utiliser le couteau. Cependant, je parvins à garder libre ma main droite, avec laquelle je le tenais, tandis que cette chose froide et semblable à du cuir s'enroulait encore autour de mon cou et de ma taille. Je frappai comme je pus, mais sans grand résultat; et bientôt je sentis une nouvelle pression autour de mes jambes, ce qui me fit tomber sur le dos.

Une autre sangle s'enroula autour de moi et j'avais beau être sorti chaudement vêtu, avec chemise de laine et veste courte, je sentis que ces vêtements m'étaient arrachés. Puis je fus entraîné vers l'avant, mais la boucle de corde ayant glissé à ma taille, je fus simplement plié en deux.

Pendant tout ce temps, l'Allemand faisait tourner sa machine et me criait de frapper là où je voyais du sang. Mais je n'en voyais pas ! Pourtant, je le sentais bel et bien partir... Deux points sur ma poitrine se mirent à picoter puis à brûler comme si des fers chauds me transperçaient. Je frappai frénétiquement, à droite et à gauche, parfois sur les anneaux qui m'enserraient, parfois dans le vide. Puis tout devint noir.

Je me réveillai sur la couchette d'une cabine, trop faible pour lever les mains, un goût d'eau-de-vie dans la bouche, et le professeur debout au-dessus de moi, une bouteille à la main.

– *Ach !* c'est bien, dit-il. Vous vous remettrez. Vous avez simplement perdu du sang, mais vous avez fait ce qu'il fallait. Vous avez planté votre couteau dans le sang et vous avez tué la créature. J'avais raison. Cœur, cerveau et toutes les parties vitales étaient dans l'estomac...

– Où sommes-nous maintenant ? Demandai-je, car je ne reconnaissais pas la cabine.

– À bord du vapeur. Lorsque vous vous êtes relevé pour tituber vers l'avant, j'ai su que vous l'aviez tué, et je vous ai apporté mon aide. Mais vous vous êtes évanoui. Et j'ai deux ou trois beaux négatifs que je suis en train d'imprimer. Ils seront une magnifique contribution au monde scientifique.

J'étais heureux d'être en vie, mais pas assez en vie pour poser d'autres questions. Mais le jour suivant, il me montra les photographies qu'il avait imprimées.

– Au nom du Ciel, qu'est-ce que c'était ? Demandai-je d'une voix excitée, tandis que le vieil artiste se taisait pour vider et re-bourrer sa pipe.

– Rien qu'un calmar géant, ou une pieuvre. Sauf qu'elle était plus grosse qu'aucune autre jamais vue auparavant, et invisible à l'œil nu, bien sûr. As-tu jamais lu la terrible histoire de Victor Hugo sur le combat de Gilliat contre une pieuvre ?

Je l'avais lu et je hochai la tête.

– L'imagination de Hugo ne pouvait lui donner une créature — si formidable fût-elle — dépassant une envergure de quatre pieds. Celle-là avait trois tentacules autour de moi, deux autres serraient les bastingages bâbord et tribord, et trois enserraient le moignon du mât principal. Elle avait une envergure de quarante pieds, je pense, en la comparant au poutrage du navire.

Mais il y avait une partie de chaque image, mal définie et absente. Mon couteau et ma main n'étaient pas visibles. Ils étaient enfouis dans une tache sombre, qui ne pouvait être que le sang de mes veines. Inconscient, mais me débattant toujours, j'avais frappé le point faible du monstre, et j'avais frappé juste !

Titre original : *From the darkness and the dephts*
Traduction Martine Blond

BIBLIOGRAPHIE FRANÇAISE DE MORGAN ROBERTSON

– *Le naufrage du* Titan*, ou la futilité* (*Futility,* M. S. Manfield & Co., 1898, USA), roman d'aventures maritimes « prémonitoire » à propos du naufrage du *Titanic*. Presses de Valmy, 1999. Réédité en 2000 par Corsaire Éditions sous le titre de *Le naufrage du* Titan et dans une autre traduction.
– « L'horreur des profondeurs » (« From the darkness and the dephts », *New Story Magazine*, janvier 1913, USA), nouvelle fantastique maritime in *Wendigo* #1, 2010.

LES ÉDITIONS DE L'ŒIL DU SPHINX
PRÉSENTENT :

A travers cette autobiographie imaginaire, Jacky Ferjault brosse le portrait inédit d'un Lovecraft humain, drôle et spirituel, conscient de ses propres contradictions et curieux du monde moderne. L'exact contraire de l'image de spectre pâle ou d'ésotériste triste que traîne encore ce maître de la littérature fantastique et de science-fiction....

CHEZ L'ÉDITEUR POUR 20 € PLUS 4,05 € DE FRAIS DE PORT PAR CHÈQUE À L'ORDRE DES EDITIONS DE L'ŒIL DU SPHINX.

DU «*TITAN-IC*» DE M. ROBERTSON AU GLOBAL CONSCIOUSNESS PROJECT

par Yves Lignon

Yves Lignon, qui a été professeur de mathématiques à l'Université de Toulouse-Le Mirail, est un spécialiste des statistiques. C'est aussi, depuis les années 1970, un des rares scientifiques en France à n'avoir pas peur d'étudier la parapsychologie de manière rigoureuse, l'outil statistique se prêtant bien à ce type d'enquête. Il y a bien longtemps que la « prédiction » de Morgan Robertson concernant le Titanic *le passionne et nul n'était donc mieux placé que lui pour rappeler ces faits déconcertants aux* lecteurs de Wendigo. *Pour une approche fantastique de cette histoire, avec Morgan Robertson comme personnage central, lire aussi l'album de BD* Titanic *scénarisé par moi-même et dessiné par Patrick A. Dumas aux éditions Soleil (2009).*

Yves Lignon est l'auteur, seul ou en collaboration avec Marie-Christine Lignon ou Jocelyn Morisson, de plusieurs ouvrages de référence sur la parapsychologie parus chez Calmann-Levy, Albin Michel, Milan, Michel Lafon et plus récemment aux éditions Les 3 Orangers. Son essai Quand la science rencontre l'Étrange *(Belfond, 1994, réédité dans une version remise à jour aux Éditions Les 3 Orangers en 2004) constitue une excellente approche tous publics de sa vision des relations entre la science et le paranormal...* – RDN

Nuit du 14 au 15 avril 1912, 2h 20 du matin. Au large de Terre-Neuve le superlativement luxueux *Titanic* coule avant d'avoir achevé son voyage inaugural. Avec environ 1500 victimes c'est l'une des plus grandes catastrophes de l'histoire maritime. C'est aussi un grave traumatisme social parce que le navire était réputé insubmersible (en grande partie à tort mais, dans de telles circonstances, seule importe l'opinion publique) et surtout parce qu'on compte sur la liste des victimes plusieurs bénits des dieux de l'époque, richissimes financiers, aristocrates, intellectuels, artistes ou personnalités politiques. Avec la perte du *Titanic*, la Nature et les erreurs humaines ont vaincu la technologie. Un tel évènement ne pouvait susciter que la réalisation de films (une bonne dizaine avant celui, fameux, de James Cameron en 1997) et l'écriture d'essais historiques ou de romans. La plus ancienne de ces œuvres de fiction est peut-être le *Futility* de Morgan Robertson paru en… 1898.

14 ans plus tôt, donc ! Les discussions autour de l'éventuel caractère prémonitoire de l'œuvre de Robertson ne datent pas d'aujourd'hui, d'autant qu'un éditeur astucieux (à défaut de pudique) n'hésita pas à la republier au moment voulu sous le titre *The wreck of the Titan*. Le *Titan*, nom du navire sur lequel se déroule une partie de l'action du roman et... bien évidemment, première similitude frappante avec la réalité. Le lecteur[1] en trouvera vite d'autres dont voici quelques exemples :

1) Pavillon. Titan : britannique - Titanic : britannique.

2) Déplacement. Titan : selon les éditions 45 0000, 70 000 tonnes, 75 000 tonnes - Titanic : 66 000 tonnes.

3) Longueur. Titan : 800 pieds, soit environ 240 mètres - Titanic : 882,5 pieds, approximativement 269 mètres.

4) Nombre de moteurs : Titan : 3 - Titanic : 3 plus une turbine.

5) Nombre d'hélices : Titan : 3 - Titanic : 3.

6) Vitesse : Titan : 24 à 25 nœuds - Titanic : id°

7) Compartiments étanches : Titan : 19, peut naviguer avec 9 inondés - Titanic : 15, peut naviguer avec 4 inondés.

8) Canots : Titan : 24 - Titanic : 20

9) Nombre de ceintures de sauvetage : Titan : 3000 - Titanic : 3560

10) Equipage : Titan : 1000 personnes - Titanic : 892 personnes.

11) Capacité en nombre de personnes : Titan : 3000 - Titanic : 3000.

12) Nombre de personnes à bord : Titan : 2000 - Titanic : 2230

13) Central téléphonique : Titan : oui - Titanic : oui.

14) Orchestres à bord : Titan : deux - Titanic : deux.

15) Heure de l'appareillage : Titan : midi - Titanic : entre midi et 13 heures.

16) Accidents : Titan : coupe en deux le " Royal Age "au début de la traversée - Titanic : manque télescoper le " New York " au moment du départ.

17) Le naufrage :

Titan : choc avec l'iceberg 5 secondes après l'avertissement de la vigie, ordre « arrière toute », en raison de la présence d'un banc de sable le navire n'aborde pas l'iceberg de front ce qui aurait évité des suites dramatiques. Choc à tribord. Chute de blocs de glace sur le pont. Le navire se dresse à la verticale au contact de l'iceberg, proue en l'air mais hélices hors de l'eau, puis s'affale sur tribord et coule.

Titanic : choc avec l'iceberg 37 secondes après l'avertissement de la vigie, ordres « stoppez, arrière toute, bâbord toute », le navire commence à virer. Choc à tribord. Chute de blocs de glace sur le pont. Selon des experts l'officier de quart a commis une erreur en ordonnant la marche arrière et un choc frontal aurait évité le naufrage. Le navire s'enfonce à la verticale, étrave d'abord (donc hélices hors de l'eau) tout en basculant sur tribord (témoignages des survivants).

19) Divers :

Titan : W. Rowland, le marin héros du roman, est accusé de vouloir enlever la petite Myra. Destination du navire arrivant au secours : Gibraltar et la Méditerranée.

Titanic : A bord se trouvait M. Navratil qui avait enlevé ses deux enfants à sa femme. Destination du navire arrivant au secours : Gibraltar et la Méditerranée.

Trop c'est trop... ! Certes le roman de Morgan Robertson n'est pas la copie conforme du récit du naufrage (le *Titan*, qui se dirige de New-York vers la Grande-Bretagne, en est à sa quatrième traversée et ses canots peuvent transporter 500 personnes tandis que le *Titanic* effectue son voyage inaugural de Southampton à New-York et dispose de 1178 places à bord de ses canots) mais malgré tout le texte de fiction ressemble bien trop à la réalité pour que l'on refuse de s'interroger. Peut-on parler de prémonition, de voyance dans l'avenir ?

Ecartons d'emblée le point de vue sceptique qui pose stupidement comme axiome que la voyance n'existe pas. [2] Reste un gros caillou dans le soulier : la documentation et les connaissances dont disposait Robertson qui, fils de marin, s'était spécialisé, comme écrivain, dans les récits d'aventures maritimes et exotiques après avoir lui-même longtemps navigué. A partir de là notre ami Bertrand Méheust a prétendu dans un article très fouillé [3] qu'il n'y avait pas grand chose de paranormal dans *Futility*. Nous lui avons répondu [4] que de l'avis même des spécialistes [5], aussi renseigné qu'il soit, un romancier ne pouvait concevoir le *Titanic* à la fin du XIXe siècle. L'exemple-type de paquebot de luxe naviguant à l'époque de la parution du roman est certainement donné par le *Kaiser Wilhem der Grosse*, un navire allemand lancé en 1897, qui ne mesurait que 199 mètres de longueur. Surtout nous avons voulu attirer l'attention sur un point laissé dans l'ombre par le débat sur la ressemblance entre *Titan* et *Titanic*. S'il s'était contenté d'utiliser son vaste savoir Robertson n'aurait pas fait couler le *Titan* à la suite du choc avec un iceberg. Pour la bonne et simple raison qu'il ne pouvait ignorer que le risque était considéré comme hautement improbable par les compagnies d'assurances (bien informées elles aussi, humeur des actionnaires oblige). Autrement dit le choix de la cause du naufrage du *Titan* est incompatible avec l'hypothèse d'un roman écrit exclusivement à partir de connaissances techniques tout comme l'intervention de la cause de la perte du *Titanic* était considérée comme quasi-impossible par les armateurs, les officiers et les assureurs. Seulement cette cause intervient dans les deux cas, dans la réalité et dans la fiction. Bertrand Méheust a bien voulu nous en donner acte dans son livre : " *Histoires paranormales du Titanic* ". [6] Et ce titre a été choisi parce que les choses ne s'arrêtent pas là.

Elles ne s'arrêtent pas là, en effet, car si la vision prémonitoire de Morgan Robertson est peut-être la plus ancienne et certainement la plus intense et la plus précise, elle n'est pas la seule. Méheust en a recensé beaucoup d'autres. Certaines comme celles revenant à plusieurs reprises dans les écrits du journaliste William Stead, mort — qui plus est — dans le naufrage circulaient dans le milieu des chercheurs en parapsychologie sans atteindre le grand public. D'autres apparaissaient, à tort, comme anecdotiques. Il n'en reste pas moins qu'elles existent et que force est de le constater : de nombreuses personnes ont eu connaissance du naufrage sans avoir pu en être informées.

Ceci amène à prendre en compte un autre angle d'approche et à ne pas se limiter à la perte du *Titanic*. Existerait-il, à l'échelle de l'humanité, une possibilité de prise de conscience d'un événement concernant (d'une manière ou d'une autre) l'ensemble des êtres vivants sur Terre à une date donnée, prise de conscience pouvant être antérieure à la réalisation temporelle de l'événement en question ? Les résultats, actuellement disponibles, d'un programme expérimental, initié en 1998 par Roger Nelson à l'université de Princeton et toujours en cours, incitent à répondre que oui...

BD Titanic *scénarisé parRichard D. Nolane et dessiné par Patrick A. Dumas aux éditions Soleil (2009).*

Le principe méthodologique de ce Global Consciousness Project est fort simple. Des ordinateurs, connectés en réseau et répartis dans le monde entier, jouent en permanence, 24 h sur 24, à pile ou face et statistiquement, parce que la programmation des machines le veut, le nombre de piles est égal au nombre de faces. Simultanément l'équipe de Nelson tient un registre d'événements planétaires [7] soit 236 pour la période 1998–2008. Pour 10 % de ces derniers les ordinateurs indéréglables se sont déréglés laissant apparaître un déséquilibre statistique entre le nombre de piles et le nombre de faces. Et le 11 septembre 2001 ce déséquilibre est apparu 4 heures avant que le premier avion percute les tours du World Trade Center.

Peut-être découvrira-t-on un jour qu'un romancier, totalement ignoré de son vivant par les chroniqueurs littéraires salonnards, a raconté des années auparavant l'histoire de l'attentat qui a constitué l'événement le plus marquant de la première décennie du XXIe siècle. Si cela devait être le cas nous serions quelques-uns, dans l'au-delà des chercheurs en parapsychologie, à ne pas être autrement étonnés parce qu'ayant connaissance d'un précédent : *Futility* de Morgan Robertson, publié en 1898 quatorze ans avant que le 14 avril 1912 à 23 h 40, par 41°46' Nord et 50°14' Ouest, Frederick Fleet, qui veillait sur le nid de pie du *Titanic*, s'écrie «Iceberg droit devant !» ...

NOTES.

(1) Deux éditions françaises ont accompagné la sortie du film de Cameron. Elles portent le même titre : *Le naufrage du Titan*. La première a été publiée en septembre 1999 par les Presses de Valmy (ISBN : 2 - 910733–47-5). La seconde, par Corsaire Editions (ISBN : 2 – 910475 – 14 –X), est peut-être préférable car précédée d'une «Chronique d'un naufrage annoncé» par Olivier Mendez, de l'Association Française du *Titanic*. Les deux volumes donnent des renseignements biographiques sur l'auteur.

(2) Ce point de vue a été notamment développé par le québecois Marco Bélanger dans *Sceptique ascendant sceptique*, éditions Stanké, Montréal, Canada, 1999. Cet auteur appuie fortement son argumentation sur le fait que la construction du *Titanic* aurait été annoncée dans la presse, accompagnée de la description du navire, dès 1892. Malheureusement pour lui, ce n'est qu'en 1907 que la compagnie maritime White Star, futur propriétaire du paquebot, a pris sa décision...

(3) Publié dans la revue *Prétentaine* (éditée par l'Institut de Recherches Sociologiques et Anthropologiques, Université Paul Valéry, Montpellier), numéro 11, janvier 1999.

(4) Voir notre texte «Le Titan-ic ?» in *La Gazette Fortéenne* #4, éditions de l'Œil du Sphinx, 2005.

(5) «Robertson raconte avec force détails un événement qui, lorsque le livre fut publié, ne pouvait pas arriver parce que la science n'avait pas encore atteint ce seuil technologique.» Olivier Mendez, op.cité.

(6) Editions J'ai Lu, collection Aventure Secrète, 2006.

(7) http://noosphere.princeton.edu

L'IDOLE DE PIERRE

par Seabury Quinn

Seabury Quinn (1889-1969) est né à Washington D.C. Il suivit des études de droit à la National University et devint avocat en 1910. Après son passage dans l'armée au cours de la Première Guerre Mondiale, il apprit la législation en matière médicale. Il publia son premier article en décembre 1917 et sa première nouvelle publiée fut « Demons of the night » en mars 1918 dans Detective Story Magazine. *En 1923, il entra dans* Weird Tales *avec « La ferme fantôme ». Il allait devenir l'auteur le plus prolifique et le plus populaire du magazine, notamment grâce aux presque 93 histoires, dont un roman,* La fiancée du Démon, *qu'il y publia et mettant en scène le détective de l'étrange Jules de Grandin, accompagné par son « Watson », le Dr Trowbridge. Lorsque Seabury Quinn abandonna sa carrière littéraire au début des années 1950, il avait publié environ 500 nouvelles !*

Par la suite, ses enquêtes de Jules de Grandin et un certain nombre d'autres de ses histoires fantastiques furent assez régulièrement rééditées aux États-Unis et à l'étranger. Parmi les dernières rééditions en date, il faut citer Night Creatures, *un recueil publié en 2003 aux États-Unis par Ash-Tree Press. Seabury Quinn s'étant attaqué par le biais de jules de Grandin à tous les sujets du fantastique, il n'y a rien d'étonnant à le revoir ressurgir encore maintenant dans des anthologies thématiques du genre...*

Responsable éditorial de revues professionnelles à New York puis à Washington depuis la fin des années 1910, Seabury Quinn alterna toute sa vie ses activités d'avocat et celles de journaliste, sa carrière littéraire passant au second plan. Il devint un spécialiste de la législation des pompes funèbres qu'il enseigna dans de nombreuses écoles de la profession. Il fut également rédac-

teur en chef durant 15 ans de la revue spécialisée Casket & Sunnyside *et écrivit dans les années 1940-1950 pour le* Dodge Magazine *147 courtes histoires tournant autour des pompes funèbres sous le pseudonyme de Jerome Burke* (This I Remember ; the memoirs of a funeral director, 2002). *C'est suite à cette activité un peu particulière que s'est développé la légende, allant comme un gant à quelqu'un affectionnant les histoires macabres, voulant que Seabury Quinn ait été croque-mort de profession !*

« L'idole de pierre », publié en 1919 dans le précurseur pulp américain spécialisé dans l'Étrange et le surnaturel, The Thrill Book, *est, jusqu'à preuve du contraire, la première histoire fantastique de Seabury Quinn. On y découvre déjà un certain docteur T(r)owbridge et elle est signée du nom complet de notre auteur : Seabury* Grandin *Quinn... – RDN*

Pourquoi, je vous le demande, faut-il toujours un revers à la médaille, un crapaud au miroir, une mouche dans la soupe ?

Par exemple, prenez Betty et moi. Si l'on m'autorise à emprunter le terme à nos amis Spiritualistes, je dirai que jamais il n'y eut rapport entre mari et femme plus profond qu'entre Betty et moi. Quand je la hèle depuis la salle de bain de l'étage pour lui demander où diable se trouve son « comment ça s'appelle déjà », elle comprend parfaitement que je m'enquiers du devenir de sa Crème Shalimah, dont je désire oindre mon visage fraîchement rasé. Lorsque Betty m'appelle depuis le salon du rez-de-chaussée afin que je lui lance mon « machin-chose », je sais, comme si elle me l'avait dit en toutes lettres, qu'elle souhaite mon couteau de poche pour retailler le crayon dont elle a mâchonné la pointe... Sur ce point, tout se passait à merveille entre Betty et moi.

Mais les divinités majeures, terriblement jalouses des bonheurs humains, trouvèrent une revanche détournée en nous affligeant, Betty et moi, de goûts divergents en matière d'art. J'ai un penchant pour les eaux-fortes, les pastels et les aquarelles — l'art propre de l'Occident — et je déteste tout ce qui a trait à l'Orient, du teck au thé. Betty, elle, raffole de broderies, sculptures et bronzes orientaux — d'où l'histoire que voici.

Un bel après-midi d'automne, alors que les fleuristes commençaient à proposer des chrysanthèmes [1] et que les brumes de septembre s'accrochaient aux sommets des collines du pays, Betty m'emmena pour une promenade le long de l'Avenue. Ses roucoulades aimables eussent dû m'avertir qu'elle mûrissait un complot terrible contre mon calme bon-

---

(1) Contrairement aux Français, les anglo-saxons ne réservent pas les chrysanthèmes aux tombes – NdT

heur, mais un époux soupçonne-t-il jamais combien profonde peut être la perversion de sa femme ? Ainsi, avant que j'aie pu courir ventre à terre demander la protection du poste de police le plus proche, je me retrouvai doucement mais fermement accompagné à la porte de certaine boutique où un descendant des Quarante Voleurs à la voix douce propose contre du bon argent des objets de métal laqué, de la porcelaine chinoise et d'autres pacotilles apparentées ; et j'y observai l'amour de ma vie muette d'admiration extasiée devant la plus horrible effigie en pierre taillée qui ait jamais offensé les yeux d'un homme civilisé.

Dans les très grandes lignes, la chose ressemblait à une créature humaine. C'est-à-dire qu'elle exposait autant de membres pelviques et pectoraux qu'en possède un homme normal, et que la ressemblance s'arrêtait là.

Sous un front aussi plat que celui d'un primate et aussi pentu qu'une mansarde, surplombant des joues bouffies, la créature jetait un regard d'agate empli d'une haine et d'une fureur inexprimables. De part et d'autre de son nez en bouton, de grandes défenses d'ivoire saillaient de lèvres peintes tordues dans un rictus de rage, et les mains griffues qu'elle brandissait au-dessus de sa tête évoquaient les serres de quelque vautour géant. C'était une vision de cauchemar, un monstre issu de l'Enfer de Dante, un Djinn sorti d'un conte horrifique oriental, tout cela en un, et ma femme se tenait devant cette chose en la regardant comme elle me regardait au temps de notre lune de miel !

– N'est-il pas *parfaitement* adorable ? soupira une Betty en extase.

J'octroyai à la chose hideuse un regard de profond mépris.

– Maintenant je comprends la chanson qui parle du païen dans son aveuglement [2], commentai-je en lui tournant le dos ostensiblement.

– Oui, missié, intervint le bandit à la peau couleur de Moka-Java qui possédait l'échoppe, c'i une sculpture trrès rrarre ; c'i li grrand dieu Fo, li dieu de l'airr. Citte statie, il n'a pas son parreil au monde.

– Je veux l'espérer, lui assurai-je. Puis je dis à Betty : quand tu auras fini d'admirer cette ode au délirium tremens, nous pourrons y aller. Et sans une pensée pour le millier de dollars de bric-à-brac menacé par l'envolée de mon manteau, je sortis du magasin, suivi d'une Betty parfaitement indignée.

Nous parcourûmes les cinquante mètres suivants dans un silence de plomb ; Betty dans cette fureur blême qui la faisait frémir depuis le dos jusque dans tous les membres ; moi, dans cet état d'esprit somme toute pas déplaisant qu'on éprouve en... sculptant des remarques cinglantes.

---

(2) *The Heathen in his blindness / Bows down to wood and stone* ("le païen dans son aveuglement s'incline devant le bois et la pierre") sont deux vers de *From Greenland's Icy Mountains*, chant religieux connu en particulier des Américains, composé par Reginald Heber au 19e siècle – NdT.

Au coin de la rue, j'avais fini de composer l'introduction d'une belle petite leçon, et j'étais sur le point de démarrer trois cent mètres d'un monologue appréciable, quand les mots moururent dans ma gorge. Betty était en pleurs, au beau milieu de l'Avenue, à quatre heures de l'après-midi !

– J-je te trouve p-parfaitement détestable, sanglota-t-elle tandis que de grandes perles de larmes se succédaient le long de ses joues tremblantes. T-tu sais c-combien je v-voulais cette adorable statuette, et tu as refusé q-que je l'aie, elle ou autre ch-chose, et je c-crois que tu ne m'aimes p-plus, et... La phrase s'acheva en sanglots, et si la femme de Loth se retourna et fut changée en statue de sel, la mienne, regardant désespérément la boutique que nous venions de quitter, faillit se dissoudre en eau salée.

– Peste ! Murmurai-je dans ma barbe tandis qu'une femme fort maquillée lançait à Betty un regard de commisération et que son accompagnateur me fixait comme s'il avait eu l'intention de me tordre le cou. Je dis tout haut :

– Pour l'amour de Michelange Casey, si tu arrêtes de pleurer, nous retournerons acheter cette horrible chose ; mais si nous finissons à l'hospice pour la payer, Betty Haig, ne me reproche pas de ne pas t'avoir avertie !

Les larmes de Betty s'évaporèrent avant qu'elle ait pu trouver cette ridicule pièce de broderie qu'elle appelle un mouchoir. Elle enserra mon bras dans les siens et posa sa joue contre mon épaule.

– Je savais que tu me l'achèterais, Phil, mon cher amour, roucoula-t-elle.

Bien sûr qu'elle le savait... Pour ce qui est de lire dans mon esprit, les plus grands voyants du monde peuvent prendre des leçons auprès de Betty.

Entre le salon et la salle à manger de notre demeure se trouve une pièce étroite et quelconque que l'agent immobilier avait qualifiée de « hall de réception » et que Betty a surnommé sa « fougeraie ». Elle y conserve une grande variété de fougères en pot, palmes et plantes luxuriantes, qui permettent de trébucher et se casser une jambe en un minimum de temps et d'effort. À une extrémité de cette pièce exiguë s'élèvent vers l'étage les escaliers qui mènent à nos chambres ; à l'autre bout, une étroite fenêtre aux vitres tachées décorait une petite baie. C'est contre cette fenêtre que Betty installa l'horreur pétrifiée venue d'Orient, où son rictus démoniaque m'accueillait chaque matin en descendant déjeuner, et son ombre contrefaite se projetait sur moi chaque soir quand je descendais dîner.

Les premiers jours qui suivirent l'installation de la chose détestable dans son alcôve, je me contentai de lui jeter des regards dégoûtés lors de mes passages ; mais mon aversion passive se cristallisa en une détestation active avant que trois jours n'aient passé.

C'est la rencontre de Chang avec la chose qui me fit réaliser la violence de ma haine envers elle.

Chang était le chat siamois de Betty, et aucun mistigri n'a jamais parcouru notre clôture au clair de lune ou défié un cerbère de passage avec plus de bravoure. Je l'ai vu, pour les faveur de sa dame féline, affronter deux rivaux en même temps et les mettre en déroute l'un et l'autre ; je l'ai vu charger un *bull terrier* deux fois plus gros que lui et le mettre en fuite, glapissant sous un véritable déluge de coups de griffes comme des sabres et d'invectives félines dignes de Billingsgate [3] ; pourtant, face à cette effigie orientale, toute sa combativité fondit et s'envola.

Je m'étais arrêté devant la statue un matin pour lui présenter mes respects profanes, quand Chang, qui m'aimait beaucoup, s'en vint de la salle à manger pour exercer son droit de frotter sa tête contre mes chevilles. Pendant son tour de mes jambes, il se retrouva face à face avec le masque mauvais de l'idole, et s'arrêta net. Son poil se hérissa de sa queue à sa tête, ses petites oreilles s'aplatirent contre sa tête, sa gueule s'ouvrit lentement et en silence, et il se ramassa sur ses pattes jusqu'à ce que le pelage de son ventre touche le sol. Pendant un long moment, il garda sur la statue ce regard féroce et muet que seul possède un chat menaçant ; puis du fond de sa gorge provint un long grondement, le cri de guerre d'un félin sur le point d'attaquer un adversaire. Lentement, comme à l'affût d'un oiseau, il rampa, le ventre au sol, vers la base de l'idole ; sa truffe noire touchant presque la pierre, il s'arrêta, levant la tête vers le visage malfaisant, puis soudain, comme frappé par une arbalète, se retourna et s'enfuit, miaulant, dans les escaliers. Je n'avais jamais vu Chang fuir devant quoi que ce soit, mort ou vif, et la vue de sa terreur abjecte sema le trouble en moi. Qu'un guerrier aussi vaillant pût détaler devant un morceau de pierre taillée était au-delà de ma compréhension. Mais Chang était sage ; lui aussi venait d'Orient, et il *savait*.

Le matin suivant, nous trouvâmes Chang mort aux pieds de la créature de pierre, une plaie fort laide barrant le pelage bleu-gris de son flanc, et sur les lèvres déformées de la statue ainsi que sur ses défenses d'ivoire luisantes, il y avait une tache terne, couleur de brique, du genre que laisse le sang en séchant.

---

(3) Sans doute l'ancien marché aux poissons de Billingsgate, à Londres, dont le nom évoque aujourd'hui encore un langage peu châtié, à l'image du Brive-la-Gaillarde de Brassens – NdT.

Betty fut inconsolable d'avoir perdu son petit animal, mais elle refusa d'en tenir l'idole pour responsable.

– Le pauvre Chang la détestait tant qu'il s'est jeté sur son visage et se sera tué sur ses défenses, expliquait-elle entre deux sanglots.

Je ramassai le petit corps de Chang et caressai doucement sa fourrure grise et raide.

– Il est mort comme le gentilhomme chevaleresque qu'il était, en défendant son sol contre l'invasion barbare, dis-je, montrant le poing au visage hideux qui me souriant en réponse. Écoute-moi, chérie, et fais débarrasser cette chose bestiale avant qu'elle ne cause davantage de dégâts.

– Il n'en est pas question ! répondit Betty. Je suis désolée pour le pauvre Chang, mais je ne vais pas me séparer de mon adorable idole juste parce qu'il s'est suicidé. Puis elle ajouta avec une feinte gravité : Tu ferais mieux de ne pas traiter mon idole de *chose bestiale*, Phil ; qui sait si elle n'a pas le pouvoir de meurtrir ses ennemis ?

Aussi légèrement que ces mots fussent dits, ils causèrent en moi un frisson ; car ils exprimaient une pensée qui avait vaguement pris forme dans mon subconscient.

– Le jour sera funeste à l'un de nous deux quand cette chose de pierre et moi nous affronterons, promis-je avec grandiloquence en emportant le corps de Chang.

Le second membre de notre entourage éliminé par notre intrus de pierre fut notre cuisinière, Nora McGinnis. Nora, véritable virtuose en matière culinaire, était entrée à notre service au deuxième mois de notre résidence, et faisait la fierté de Betty ainsi que le désespoir du voisinage. Elle était si dévouée à Betty et moi que les offres de gages accrus de plusieurs maisons voisines n'avaient résulté qu'en refus indignés de sa part et en ruptures de relations diplomatiques par Betty. Cependant, Nora était trop profondément celtique pour arriver à partager un toit avec cette abomination orientale. Avant le meurtre de Chang, elle l'évitait comme un chat méfiant évite un groupe d'enfants un jour de neige ; après, elle se signait avec dévotion à chaque fois qu'elle passait par le hall. Finalement, elle vint voir Betty pour lui annoncer son intention de partir séance tenante.

– J'avons cuisiné pour vous, j'avons lavé pour vous, et j'vous aimons bien tous deux, expliqua-t-elle, mais vient-y pas que c'te chose païenne là-bas — elle pointa du pouce vers le hall — m'a cligné d'l'œil quand j'passions à l'instant, et j'pourrions point dormir une

nuit d'plus dans la même maison que c'te chose, alors je l'f'rai point !
Et elle ne le fit point.

Si une prédisposition à la calvitie et trois ans de vie conjugale
n'avaient rendu l'opération quasi impossible, je m'en serais arraché
les cheveux.

— Regarde dans quoi que ta précieuse statue nous met maintenant,
m'emportai-je contre Betty. D'abord elle a tué Chang, maintenant elle
chasse Nora et j'imagine que nous allons tous deux mourir de fa-
mine...

Les lèvres de Betty formèrent une moue entêtée.

— Je cuisinerai moi-même jusqu'à ce que nous trouvions une autre domestique, promit-elle.

— S'il te plaît, Betty, l'implorai-je, prenons pension complète dans un
hôtel en attendant la nouvelle cuisinière.

Je dus passer le reste de la matinée à expliquer cette remarque à une
épouse hautement offensée. Mais nous allâmes à l'hôtel en fin de
compte.

Nous mîmes en péril notre digestion par des allers et retours
jusqu'à l'hôtel pendant près d'une semaine avant de trouver une
jeune fille suédoise qui cuisina nos dîners, brisa notre porcelaine
la plus fine, et eut pour l'idole de pierre un degré constant d'indifférence bovine. La voir passer près de la chose haineuse sans
même la gratifier d'un coup d'œil avait sur mes nerfs un effet
apaisant qui compensait largement le chaos que ses mains mal-
adroites causaient dans notre vaisselle Royal Minton. Après environ une semaine à observer son indifférence, moi aussi j'étais
capable de longer le monstre de pierre sans même un mouvement
de désapprobation.

La violence de mon aversion pour l'idole aurait pu se réduire à un seul
dégoût artistique si l'engouement de Betty n'avait pas semblé progresser en raison géométrique du temps écoulé. Elle restait à fixer la
laide figure peinte pendant des minutes entières, presque en état
d'hypnose, au point que j'en devins réellement jaloux.

Si son admiration s'était portée sur un bel exemple de l'art grec ancien, je l'aurais compris et j'aurais encouragé sa dévotion, car Betty
est une petite esthète, qui apprécie intensément la beauté. Mais sa
considération pour ce piège de pierre...

– Ma parole, chérie, lui dis-je un jour, quelque peu irrité par son attitude, je crois bien que tu laisses ce cauchemar oriental faire de toi une idolâtre.

Betty rit, un peu nerveusement, trouvai-je.

– Je ne sais pas ce qui rend cette chose si fascinante, confessa-telle. Parfois je pense que je la hais autant que tu la hais, Phil. Mais — elle hésita une seconde, comme si elle estimait peu sage de me mettre dans la confidence — mais parfois, quand je la regarde pendant un certain temps, j'ai l'impression que je devrais m'agenouiller devant elle…

– Et si jamais je te surprends à faire une chose pareille, répondis-je, je me retrouverai au poste de police pour avoir battu ma femme !

Quelques jours après cette conversation, alors que je descendais pour déjeuner, je fus surpris et irrité par une faible odeur de cochonnerie chinoise flottant dans l'air de la salle à manger.

L'encens sous toutes ses formes m'est détestable ; à tel point que je n'assiste jamais aux offices religieux si je peux l'éviter, et de toutes les senteurs qui peuvent agresser le nez d'un homme, je déteste particulièrement celle des chinoiseries. Nous n'avons jamais allumé de bâtons d'encens dans la maison même sous le prétexte de faire fuir les moustiques, l'odeur était là, aussi présente que celle du chou les jeudi où l'on cuisine à la mode de la Nouvelle Angleterre.

Je reniflai l'air un instant comme un chien de meute, puis en conclus que mes nerfs olfactifs m'avaient joué une farce, et oubliai l'affaire. Mais l'odeur persista. Elle était plus prononcée certains jours que d'autres — parfois elle était faible au point de n'être qu'une réminiscence désagréable — mais elle était toujours présente.

Il semblait y avoir un lien subtil, également, entre les variations d'intensité de l'odeur parfumée et la santé de Betty. Les matins où les effluves doux-amers traînaient comme un brouillard invisible autour des chevrons au plafond de la salle à manger et du hall, de grands cernes violets entouraient la chair pâle sous ses paupières, et ses yeux eux-mêmes étaient sombres et ternes, comme si elle avait eu le sommeil troublé. Lorsque l'odeur piquante de l'encens déclinait et disparaissant de la maison, son visage retrouvait les couleurs attendues, et la brillance passée revenait à ses yeux.

L'odeur mystérieuse me déconcertait, et les changements chez Betty m'inquiétaient. De sorte que, comme tous les philosophes modernes, je réfléchis beaucoup, bus beaucoup, et fumai beaucoup sur ce problème, pour n'arriver à rien.

Betty aussi était soucieuse, au sujet du parfum car il me tracassait, et à son propre sujet car mis à part des rages de dents, la rougeole et autres maladies infantiles, elle n'avait jamais été malade de sa vie. Betty n'est ni un lilas coupé, ni une violette fanée [4]. Elle peut passer le matin dans les boutiques, assister à une matinée et danser le foxtrot la moitié de la nuit, un contrat [5] largement trop élevé pour que je j'ose le suivre. De plus, elle sait manœuvrer un canoë comme un Peau-Rouge, nage comme un natif des Îles Sandwich et pratique un tennis assez puissant pour forcer le respect de n'importe quel homme. Et voilà qu'elle enchaînait crises nerveuses, migraines et phases d'indolence, comme si elle était une femme quelconque et non plus mon épouse.

– Je crois que je vais aller voir le docteur Towbridge, annonça-t-elle. Cela ne me ressemble pas d'être épuisée dès le déjeuner.

J'approuvai avec enthousiasme. Une Betty malade était la pire chose que je pusse imaginer, juste après pas de Betty du tout.

Quand elle revient de chez le docteur, elle était plus interloquée qu'avant. Il n'a rien trouvé d'anormal, dit-elle, et ça m'inquiète d'autant plus, car les gens ne se retrouvent pas dans cet état quand ils n'ont rien.

Le matin suivant, le docteur Towbridge et moi roulions au centre-ville et je l'implorai alors de me donner quelque indice sur l'état de Betty.

– Eh bien... répondit-il, sur le ton qu'adoptent tous les médecins quand ils se sentent au pied du mur, je ne crois pas que je me permettrais d'affirmer sans hésitation de quoi souffre madame Haig. Médicalement, elle a une santé de cheval, mais elle semble souffrir d'une baisse de vitalité, peut-être due à de l'insomnie. Et j'ai aussi constaté des traces d'hystérie.

– De l'insomnie ! Rétorquai-je. Enfin, mon ami, Betty dort comme une souche, aussi bien que moi ; et ce serait presque plus facile de faire lever Lazare que moi.

Le docteur Towbridge alluma un cigare neuf et observa pendant une minute les rangées de villas pseudo-coloniales qui défilaient à la fenêtre de la voiture. Est-ce que madame Haig a jamais marché durant son sommeil étant enfant ? demanda-t-il. Le somnambulisme peut avoir le même effet que l'insomnie, vous savez.

---

(4) Les formules *"broken lily"* et *"drooping violet"* sont extraits de *Dick's Sweetheart*, un roman publié en 1855 par Margaret Wolfe Hungerford sous le num de plume de *The Duchess* – NdT.
(5) Il faut sans doute entendre ici un contrat de bridge – NdT.

En fait, Betty et moi nous connaissions depuis à peine trois mois quand nous nous mariâmes ; je ne savais donc pas si elle avait marché dans son sommeil étant enfant, pas davantage que je ne connaissais la couleur des tabliers qu'elle avait portés lors de ses premières années d'école. Mais la question du docteur Towbridge me donna à réfléchir. Imaginer que Betty soit somnambule ! Et nos chambres étaient au second étage. Seigneur, et si elle passait par une fenêtre ouverte ! Je décidai à l'instant d'assurer une surveillance attentive cette nuit-là.

Mais si le vieux proverbe qui traite du devenir ultime des bonnes résolutions est vrai, alors les miennes ont sans doute pavé plusieurs longueurs d'avenues infernales ; car à minuit j'étais dans mon lit, célébrant Morphée par des nasalités prononcées.

A deux heures, cependant, je fus éveillé, et pour de bon.

Je m'assis dans mon lit. La grande lune blanche de novembre, naviguant légèrement sur une mer de nuages écumeux, jetait des embruns intermittents de lumière argentée sur le sol poli de la chambre. Dehors, le vent faisait naître des reproches gémissants dans les branches du grand marronnier qui jouxtait la maison, et en haut des escaliers planait le parfum âcre, immanquable, de bâtons d'encens allumés.

Je regardai le lit de Betty. Les couvertures étaient rejetées et un creux marquait le centre de son oreiller ; son kimono pendait à sa place habituelle sur le dossier de sa chaise. Mais de Betty, point.

– Encore cet encens infernal ! M'exclamai-je en sortant de mon lit pour me précipiter vers l'escalier. Il se passe quelque chose de diabolique dans cette maison.

En quelques pas furieux, je fus au palier ; deux de plus, j'entamais ma descente. Là, je m'arrêtai, contemplant le sourire démoniaque de l'idole de pierre. Devant elle se tenait Betty, vêtue seulement de son pyjama et de ses pantoufles, allumant le dernier des sept bâtons d'encens disposés en éventail dans un vase posé au sol. Le bâton s'enflamma et étendit sa volute de fumée tortueuse vers la tête de l'idole, et Betty, les mains croisées sur sa poitrine, presque pliée en deux, recula de trois pas, s'arrêta et s'aplatit au sol ; puis elle se releva, recula de cinq pas, et répéta sa génuflexion ; enfin elle se redressa de toute sa taille, rigide elle-même comme une statue.

Les bras raides le long du corps, elle continua à regarder fixement les yeux d'agate du monstre tandis qu'elle sortait ses pieds roses de ses pantoufles et s'avançait d'un pas, les pieds nus. Levant les mains, les paumes en avant, à hauteur de ses oreilles, elle s'agenouilla et s'inclina lentement en avant jusqu'à ce que ses mains et son front touchassent le sol. Une fois, deux fois, trois fois elle recommença lentement ; puis ses prostrations prirent de la vitesse au point que les chocs assourdis de son front et ses mains sur le sol ressemblaient au tic-tac d'une pendule.

En balançant d'avant en arrière dans son acte d'adoration démente, elle récitait en haletant :

– Ô formidable Fo,

Ô puissant Fo,

Ô Fo qui tiens les cieux aux mille étoiles dans ta main comme une ombrelle,

Ô toi qui gouvernes la lune et les marées,

Ô toi qui fais naître les vents terribles sur les mers immenses,

Ô toi qui courbes les cieux sur la terre, aie pitié de moi.

Ô Fo, qui commande au soleil et à toutes les lumières du ciel,

Ô Fo, qui fais rugir les lions et taire les petites créatures,

Ô Fo, dont l'étreinte est comme la foudre et la voix comme le tonnerre dans les nuées,

Ô Fo, qui te tiens sur les sommets enneigés et t'étends dans les vertes vallées,

Ô Fo, dont la fureur assèche les rivières et qui noies les terres de tes flots, je me prosterne devant toi.

Peu à peu elle s'était avancée sur les genoux jusqu'à la base de l'idole, et cette abomination de pierre, ce rejeton bâtard de l'Orient païen observait, triomphant, Betty, ma Betty, posant ses douces lèvres sur ses pieds contrefaits.

– Par l'enfer et ses démons ! Hurlai-je, couvrant la distance entre Betty et moi d'un seul bond. Je vais briser cette statue maudite, dussé-je en mourir !

Avant de mettre ma menace iconoclaste à exécution, je me penchai sur la malheureuse recroquevillée sur le sol, assez fou de rage pour l'écraser du pied.

Je la saisis par les épaules et la mis debout de force, prêt à la secouer comme un terrier excité secoue un rat. Mais ma vengeance mourut aussitôt. Les yeux de Betty fixaient les miens sans les voir ; son visage arborait l'expression vide, figée d'une femme en transe hypnotique.

Elle dormait profondément les yeux ouverts, hermétiquement plongée dans le somnambulisme.

– Betty ! Betty chérie, murmurai-je, contrit, serrant son petit corps svelte contre moi en reposant sa tête contre mon épaule.

Elle frissonna, et se mains serrèrent mon bras au point que les ongles vernis entaillèrent ma chair à travers ma manche, et elle enfouit son visage contre mon torse.

– Oh, Phil ! Phil chéri, je viens de faire un cauchemar terrible, gémit-elle. Prends-moi dans tes bras, chéri, j'ai si peur. Et ses chaudes larmes imprégnèrent la soie de ma robe de chambre.

Réconforter une Betty en sanglots hystériques et la porter à l'étage pour la remettre au lit ne me laissa pas de temps pour briser des statues cette nuit-là, mais avant que Betty se rendorme en serrant ma main dans les siennes, nous convînmes d'expulser le démon de pierre de la maison avant la nuit suivante.

Cependant, se débarrasser d'une statue, particulièrement une comme la nôtre, est souvent plus vite dit que fait. Premièrement, la chose ne pesait pas loin de deux cent livres ; deuxièmement, elle était fragile à un degré incroyable et nécessitait d'être manipulée avec autant de prudence qu'un explosif ; enfin, elle nous avait coûté près de cinq cent dollars, et nous n'avions pas fini de la payer. J'aurais fait fi du solde pour le plaisir de briser en morceaux l'horrible chose ; mais l'âme économe de Betty se révolta à cette simple suggestion. Aussi prête qu'elle fût à se mettre sur la paille — et moi avec — pour quelque nouveauté, Betty aurait cependant donné un bras plutôt qu'endurer une perte sur un article en sa possession.

Et puis la statue aurait dû être emballée et mise en caisse avant qu'un transporteur n'accepte de s'en charger ; aussi, en attendant le moment où elle pourrait être correctement préparée pour son voyage vers les salles de vente, nous l'empaquetâmes dans des tapis et la plaçâmes dans un coin reculé de l'arrière-cour, où elle fixa de sa furie encapuchonnée le mur nu du garage, et attira le regard intrigué de tous les garçonnets des environs.

J'avais l'intention de prendre une journée de congé pour mettre la chose proprement en caisse, mais comme cet homme qui devait réparer les fuites de son toit tout en accusant le temps inclément de l'empêcher de le faire quand il pleuvait, et plaidait l'inutilité quand il faisait beau, je reportais l'opération de jour en jour, laissant l'idole en l'état, emballée dans ses tapis.

– Tu devrais faire venir quelqu'un de la ville pour mettre cette chose en caisse aujourd'hui, me conseilla Betty un matin, trois semaines environ après l'expulsion de la statue.

– Hmm ? Répondis-je, absent, perdu dans une combinaison de toasts, de café et de lecture du journal du matin.

– Ou tu le fais, répéta-t-elle, ou bien je quitte la maison. Regarde ! Elle pointa à travers la fenêtre de la salle à manger vers l'arrière-cour.

Je regardai, et posai aussitôt mon journal en avalant plusieurs goulées d'air.

– Ça ne se peut pas ! m'exclamai-je.

– Apparemment si, insista Betty.

Apparemment oui en effet. La statue était plus proche de la maison qu'elle n'était la veille, de vingt bons pieds.

– Comment diable est-elle arrivée là ? demandai-je aigrement, à personne en particulier.

– J-Je ne sais pas, hésita Betty. Mais sa voix tremblante et ses yeux écarquillés me disaient qu'elle avait son opinion.

– Eh bien, elle n'a certainement pas marché, tu sais, dis-je.

– N-non, bien sûr que non, acquiesça Betty un rien trop vite.

Je sortis enquêter sans prendre le temps d'enfiler un pardessus ou un chapeau. Il n'y avait aucun doute : la chose s'était approchée de la maison depuis la veille au soir.

– Des garçons du voisinage nous auront joué une farce en déplaçant la chose dans la nuit, expliquai-je après avoir observé le sol. Ils escomptaient sans doute la placer sur la pelouse devant la maison mais ont abandonné en constatant son poids.

– Oui, ça doit être ça, acquiesça une Betty plutôt chancelante. Elle ne peut pas avoir marché toute seule, répéta-t-elle, comme anxieuse de se convaincre de l'impossibilité qu'une telle chose eût pu arriver.

Avec l'assistance de notre domestique suédoise, aussi forte qu'un homme et deux fois plus maladroite, nous ramenâmes la statue à sa place et retournâmes à la maison, moi pour finir de déjeuner, et Betty pour babiller joyeusement sur les détails du bal auquel nous allions nous rendre ce soir-là.

A mon retour à la maison ce même jour, j'avais développé l'un des pires rhumes dont j'aie eu l'infortune de souffrir, causé par mon excursion du matin tête nue dans la cour. Je reniflais une inspiration sur deux, et chaque fois que je parlais, mon propos était ponctué d'un éternuement. Dans de telles conditions, assister à un bal était parfaitement impossible.

– Encore une chose que je dois à cette statue maudite, marmonnai-je en jetant mon cinquième mouchoir du jour et en dépliant le sixième. L'affection de Betty pour moi n'avait d'égale que sa déception de rater le bal.

– Rater le bal ? Répétai-je en entamant mon septième mouchoir. Qui a dit que tu devais rater le bal ? Tu peux y aller avec Frank et Edith Horton dans leur voiture, et ils te déposeront ici au retour.

– Et ça ne te gênera pas de rester seul ici, malade, mon chéri ? demanda Betty en décrochant le téléphone pour dire aux Horton de passer la prendre. Je sais que le docteur Towbridge sera là-bas ce soir, et je le ramènerai en rentrant si tu le souhaites.

Je secouai de nouveau vigoureusement le remède maison contre la toux que je préparais.

– Si tu ramènes un toubib dans cette maison ce soir, Betty Haig, la menaçai-je, il y a des chances que je lui casse quelque chose... J'ajoutai un peu plus de sucre candi dans la bouteille de whisky.

– Tu seras dans un état avancé d'ébriété bestiale quand je rentrerai, pas de doute là-dessus, fit Betty en regardant, dubitative, la bouteille de grog, mais que ça ne t'empêche pas de nouer ces rubans pour moi maintenant. Et elle posa un pied menu et chaussé de satin rose sur mon genou.

Je laçai les rubans autour de ses chevilles fines et embrassai son omoplate gauche en posant son manteau de soirée sur une robe de bal qui, comme l'uniforme de Gunga Din, « n'était pas grand-chose sur le devant, et pas même la moitié de ça sur le derrière. »

Une fois Betty partie, j'enlevai mon veston pour passer un gilet et m'installai sur le sofa devant le feu pour lire, fumer et traiter mon rhume par de nombreuses rasades de la mixture que j'avais préparée.

Aussi efficace que soit le grog pour soigner un rhume, il présente un gros inconvénient : il a tendance à faire perdre le compte du nombre de doses consommées. Après ma septième ou neuvième dose — je ne suis plus sûr — je cessai de compter. J'adoptai la formule simple d'une dose par éternuement et je me surpris parfois à éternuer sans raison légitime.

Quelques heures de ce traitement, combinées au grésillement et au craquement des bûches dans la cheminée, me conduisirent à dodeliner de la tête.

– C'te vieille statue de'pierre s'plaît pas dehors dans l'froid. C'te vieille statue d'pierre est jalouse pasque j'laisse pas Betty la vénérer — elle veut revenir dans la maison s'venger d'moi, marmonnai-je, à demi saoul, avant de laisser tomber ma pipe et mon livre au sol, et ma tête au creux d'un coussin du sofa.

Combien de temps je dormis, je ne le sais pas. Certainement plusieurs heures, car quand j'ouvris les yeux et me relevai en sursaut, le feu s'était consumé en un tas de cendres ternes dans le foyer, et le froid s'était insinué dans le salon. Ma liseuse, elle aussi, s'était épuisée et s'il n'y avait eu la lueur intermittente d'un éclairage public voisin, la pièce aurait été plongée dans le noir.

Étendu là dans ce *no man's land* entre sommeil et éveil, j'entendis la pendule de grand-père sonner la demie, et me levai ensommeillé.

– Quelque chose et demie, baillai-je, c'est tard. Je me demande quand Betty va rentrer ?

La pendulette française de fantaisie dorée que Betty conserve dans le parloir, et qui retarde toujours d'une demi-heure, égrena douze tintements nerveux. Cela signifiait que nous étions au milieu de cette heure inquiétante qui n'appartient ni au jour passé ni au jour à venir et que, faute de mieux, nous appelons minuit.

Les vapeurs du grog que j'avais consommé plus tôt dans la soirée emplissaient toujours ma tête, affaiblissant ma perception et troublant un peu ma vision. Dans la lumière incertaine du lampadaire il me semblait détecter un mouvement au milieu des objets inanimés dans la pièce.

J'ouvris grand la bouche dans un gigantesque bâillement et tendis mes bras dans un étirement puissant, pour essayer de chasser les restes de mon sommeil. Avant d'avoir fini l'un ou l'autre, cependant, j'étais assis droit sur le sofa, attentif au bruit qui était venu de la véranda. C'était un raclement lourd et lent, une sorte de cognement ; le genre que produirait un objet lourd qu'on traîne, un coffre pesant qu'on déplace, ou les pattes énormes de quelque animal.

Boum, boum, boum, les pas — si c'en était — résonnèrent sur les lattes du porche, au coin de la maison, le long de la façade, jusqu'à la porte même du vestibule. Puis le silence, dix fois plus terrible en fait que le bruit.

L'air dans mes poumons et ma gorge sembla soudain saturé de vapeurs nitrées, m'étranglant et me brûlant à la fois, et des gouttelettes de sueur froide naquirent sur mon front et mes mains tandis que j'étais assis là dans le noir, fermant résolument mon esprit à l'idée de ce qui attendait dehors à la porte.

« D-r-r-ring ! » le tintement aigu de la sonnerie brisa ma veille terrifiée. Je me relevai avec un sourire soulagé. Les sonnettes sont des choses réconfortantes en ces moments-là ; il y a quelque chose de moderne et d'humain en elles, de rassurant.

Je me levai, presque enthousiaste, et cherchai l'interrupteur électrique. Mes doigts tâtonnants le trouvèrent assez vite, mais sa pression n'engendra aucun flot de la chaude lumière jaune. Comme il arrive fréquemment, le courant était coupé.

Dans l'obscurité, donc, je progressai le long du hall vers la porte d'entrée. Cette horreur vague et sans nom que nous ressentons tous parfois en entrant seul dans une salle obscure m'imprégna tandis que recherchais la poignée. Très précautionneusement, je tirai le rideau au panneau de verre de la porte et scrutai le vestibule sombre. Je n'y vis rien.

– Hmpf ! Grognai-je. Personne dehors. Mes oreilles m'auront joué un tour ; la cloche n'a pas sonné du tout. Encouragé par le vestibule vide, j'ouvrai la porte en grand d'un coup.

– Qui est là ? Demandai-je, quasi sûr que mon défi ne rencontrerait aucune réponse.

Un instant plus tard, je regrettai ma témérité. À la porte, à peine découpée par la lumière contre l'obscurité nocturne, se tenait accroupie une créature disgracieuse et courtaude. Ses yeux effrayants me regardaient de leur phosphorescence infernale ; ses défenses d'ivoire luisaient entre ses lèvres tordues rouge sang ; son hideux visage peint se tordait en un rictus de haine mortelle.

– Ma parole, c-c-c-'est la statue ! Bégayai-je niaisement.

C'était la statue. La même statue qui avait frappé le pauvre petit Chang ; le même monstre de pierre qui avait forcé Betty à le vénérer ; et pourtant, pas le même. Son vidage bouffi et détestable changeait d'expression ; il était vivant !

Sais d'une terreur tremblante, je reculai dans le hall.

Aussi vive que fut ma retraite, elle ne le fut pas assez. D'un bond gauche et flottant, la chose fut sur moi. Ses grandes mains, cruelles et mobiles comme les anneaux d'un serpent, se fermèrent sur mon cou, me coupant le souffle ; ses énormes yeux féroces, vengeurs, fixaient les miens ; ses longues défenses luisantes visaient mon cou pour m'ôter le sang des veines.

Des bras, des jambes, le dos arqué, je luttai contre le monstre, tentant de dénouer les mains cruelles qui m'étouffaient, repoussant en vain l'étreinte terrible qui m'attirait toujours plus près des dents blanches claquantes qui saillaient de la figure contrefaite si proche de la mienne.

Tandis que je luttais contre cette chose maudite qui m'écrasait dans son enlacement sans frein, je pensai avec terreur, « voilà comment Chang est mort ! » et je pressai mon genoux contre son ventre gonflé.

La sueur acide et froide ruisselait de mon front et coulait dans mes yeux ; mes poumons allaient éclater sous la pression emprisonnée ; il me semblait entendre de grands gongs sonores ; des lumières clignotèrent devant mes yeux ; et les murs du vestibule semblaient s'abattre sur moi.

La statue et moi oscillâmes ainsi dans cette étreinte mortelle, puis nous chutâmes ; il y eut un fracas, un éclair aveuglant, mes mains relâchèrent leur prise sur les épaules de pierre, je sentis le malaise monter de mon ventre…

— Amenez-moi un autre linge froid ; il ira bien dans une minute, résonna la voix du docteur Towbridge près de mon oreille tandis que ses mains fermes et efficaces remplaçaient une bouillotte d'eau glacée sur mon front.

Je me relevai et regardai autour de moi. J'étais allongé sur le sofa dans le salon. Le docteur Towbridge était penché sur moi, et une Betty très effrayée se tenait à ses côtés, un linge dégoulinant d'eau froide à la main.

— Jeune homme, fit le docteur Towbridge en me gratifiant de son regard le plus strictement professionnel, la prochaine fois que vous ressentirez l'envie de priver un médecin honnête de son revenu mérité, évitez de risquer un coma alcoolique en consommant tout le grog disponible en ville.

— Mais je n'étais pas saoul ! M'écriai-je. Cette maudite idole…

— Oui, oui, nous sommes au courant de ça aussi. Nous l'avons trouvée brisée en pièces dans le vestibule, et vous n'avez pas cessé de délirer à son sujet cette dernière demi-heure. Les garçons du voisinage ont à l'évidence exécuté leur intention de placer cette chose devant votre porte, et quand vous avez ouvert, elle est tombée et s'est brisée. Dommage, d'ailleurs : c'était un remarquable exemple de bric-à-brac, n'est-ce pas ?

Je les regardai du coin de l'œil.

— Oui, répondis-je doucement. Si déjà ils me pensaient saoul, que diraient-ils quand je leur expliquerais comment en vérité la statue avait fini brisée ? Oui, reconnus-je, elle nous a coûté bien de l'argent ; mais je crois que nous ferons contre mauvaise fortune bon cœur.

Le docteur Towbridge avait peut-être raison. Peut-être avais-je abusé du grog cette nuit-là ; peut-être les enfants des voisins avaient-ils effectivement placé la statue à l'entrée. Il se pouvait que mon combat contre la chose effroyable ne soit que le fruit d'un délire causé par l'abus d'alcool. Mais il reste une chose que j'aimerais voir le docteur m'expliquer s'il le peut. Pendant la semaine qui a suivi cette horrible nuit, je conservai de grandes contusions pourpres à la gorge, là où j'avais cru que les mains terribles du monstre s'étaient refermées.

Titre original : *The stone image*
Traduction Albert Aribaud

BIBLIOGRAPHIE FRANÇAISE DE SEABURY QUINN

– *La fiancée du démon* (*The Devil's Bride*, en 6 épisodes dans *Weird Tales,* de février à juillet 1932), roman fantastique avec J. de Grandin, traduit chez Christian Bourgois, collection «Dans l'Épouvante» (1971) et repris dans *Jules de Grandin, le Sherlock Holmes du Surnaturel*, Fleuve Noir, coll. «Super Poche» #28, 1996.
– «La ferme fantôme» («The phantom farmhouse», *Weird Tales*, octobre 1923), nouvelle fantastique in *13 histoires de sorcellerie*, anthologie réunie par Jean-Baptiste Baronian et Albert van Hageland, André Gérard – Marabout, Belgique, 1975.
– «La malédiction des Phipps» («The curse of the house of Phipps», *Weird Tales,* janvier 1930), nouvelle fantastique avec J. de Grandin, in *Les Meilleurs Récits de Weird Tales T.1*, J'Ai Lu #579, 1975, repris dans *Les Meilleurs Récits de Weird Tales*, J'Ai Lu #2556, 1989.
– «La farce de Warburg Tantavul» («The Jest of Warburg Tantavul», *Weird Tales,* septembre 1934), nouvelle fantastique avec J. de Grandin, in *Les Meilleurs Récits de Weird Tales T.2*, J'Ai Lu, 1975, repris dans *Les Meilleurs Récits de Weird Tales*, J'Ai Lu #2556, 1989.
– «Routes» («Roads», *Weird Tales,* janvier 1938), nouvelle fantastique in *Les Meilleurs Récits de Weird Tales T.3*, J'Ai Lu #923, 1979.
– *Les archives de Jules de Grandin*, recueil à La Librairie des Champs-Élysées, coll. «Le Masque Fantastique», 2eme série, #20, 1979. Six nouvelles inédites : «Terreur au golf», première apparition de J. de Grandin («The horror on the links», *Weird Tales,* octobre 1925), «La malédiction d'Everard Maundy» («The curse of Everard Maundy», *Weird Tales,* juillet 1927), «Le poltergeist» («The Poltergeist», *Weird Tales,* octobre 1927), «Les descendants d'Ubasti» («Children of Ubasti», *Weird Tales,* décembre 1929) et «La mort venue de loin» («Stealthy Death», *Weird Tales,* novembre 1930), «La malédiction de Broussac» («The tenants of Broussac», *Weird Tales,* décembre 1925).
– *Jules de Grandin, le Sherlock Holmes du Surnaturel*, recueil au Fleuve Noir, coll. «Super Poche» #28, 1996. Deux nouvelles, dont une inédite, et un roman : «La malédiction de Broussac», «La chapelle de l'horreur mystique» («The chapel of mystic horror», *Weird Tales,* décembre 1928) et *La Fiancée du Démon*.
– «Le loup de Saint-Bonnot» («The wolf of St. Bonnot», *Weird Tales,* décembre 1930), nouvelle fantastique avec J. de Grandin, in *Le bal des loups-garous*, anthologie réunie par Barbara Sadoul, Denoël, coll. «Lunes d'encre» #5, 1999.
– «L'idole de pierre» («The stone image», *The Thrill Book,* 1er mai 1919), nouvelle fantastique, in *Wendigo* #1, 2010.

LE MÉDAILLON

par D. O. MARRAMA

*« Rien n'est angoissant comme cette limite confuse où l'esprit humain
côtoie la raison en même temps que la folie. Le drame que l'on va lire
est, à cet égard, aussi mystérieux, que tragique et ne déparerait pas l'œuvre géniale et maladive d'un Edgard Poe, car ce médaillon... »*
C'est ainsi que la rédaction du Dimanche Illustré *présentait la nouvelle
italienne qui suit, écrite par Daniele Oberto Marrama (1874-1912), un
auteur qui n'a taquiné réellement le Fantastique, mais avec talent, le
fantastique que l'espace d'un recueil paru en 1907,* Ritratto del Morto.
*Mort prématurément à 38 ans, D. O. Marrama fut avocat, journaliste et
critique d'art. Poète, dandy et polémiste virulent engagé contre la mo-
narchie au côté des anarchistes, il eut une brillante carrière d'auteur
sous plusieurs pseudonymes et dans des genres aussi différents les uns
des autres que le livret d'opéra, l'ouvrage politique, le pamphlet, ou encore le recueil de poésie. Les contes « bizarres » de* Ritratto del Morto
*constituent donc la petite facette fantastique de cette œuvre multiforme,
ce qui n'empêche pas le recueil en question, fort difficile à trouver de nos
jours car paru chez un modeste éditeur napolitain, de faire partie des livres importants du fantastique en Italie. Une autre nouvelle de D. O.
Marrama, vampirique et intitulée* « Le docteur noir » *sera au sommaire
du numéro 3 de* Wendigo. – RDN*

– Luigi, ordonna le professeur Salenti au gardien chargé de la surveillance des quatre cellules affectées à la mise en observation des délin-
quants envoyés à l'asile par les autorités judiciaires, accompagnez
Monsieur à la numéro 3.
– Tu verras, mon cher, ajouta-t-il en prenant congé de moi sur le seuil de
son bureau directorial, que nous nous trouvons cette fois en présence d'un
cas vraiment extraordinaire et qui, à coup sûr, mérite d'être approfondi. Il

s'agit d'un pauvre diable d'halluciné que tourmente une étrange hantise, une hantise dont il a été victime suite à un crime commis par lui pour une raison, elle aussi, fort étrange... Pendant la journée, il est on ne peut plus tranquille mais la nuit, il devient la proie des plus folles épouvantes. Le seul moyen de le faire rester relativement calme, c'est de lui laisser la lumière électrique tout le temps allumée. Malgré cela, il se refuse obstinément à supporter la compagnie d'un gardien. Du reste, il n'y a pas à craindre qu'il se fasse du mal, puisqu'il ne possède aucun moyen de s'en faire. Son unique préoccupation, je pourrais même dire son seul but dans la vie, est de veiller jalousement sur l'objet pour lequel il a commis son crime : un médaillon que nous avons volontairement laissé afin de pouvoir étudier son cas avec plus d'attention. Si on le lui enlevait, je suis sûr qu'il en mourrait sur le coup. Et, maintenant, va ! conclut le professeur en me serrant la main, toi qui te vantes d'être psychologue, tu vas être à même de contempler l'âme humaine sous l'un de ses aspects le plus terrible.

*

Ce fut un petit homme chétif, un peu contrefait et au visage terreux, que je vis se lever devant moi, avec une singulière expression de frayeur, lorsque la porte de sa chambrette s'entrouvrit pour me livrer passage. Les yeux surtout, deux yeux noirs excessivement brillant et mobiles, semblaient fureter sans cesse, comme pour découvrir on ne sait quel danger invisible, mais dont lui *devinait* la présence.
– Rassurez-vous, lui dis-je en entrant, je suis un ami qui s'intéresse à vous et qui vient vous demander si vous êtes bien soigné dans cet asile.
Il me regarda fixement, pour chercher, sans doute, à comprendre à qui il avait à faire. Mais, aussitôt après, un sourire contracta ses lèvres minces et exsangues qu'une courte barbe noire et clairsemée faisait paraître encore plus blêmes.
– Non, non... prononça-t-il d'une voix blanche, d'une voix sans timbre, qui semblait provenir de fort loin. Je le sais, vous êtes un de *ceux-là*. Vous êtes médecin, *comme les autres*. Vous voulez savoir, vous voulez que je vous raconte *la chose*, comme à eux tous... N'est ce pas ?
Je fis un geste vague avec la main et il poursuivit :
– À votre aise. Mais les médecins ne comprennent pas. Ils sont incapables de comprendre... Ils savent pratiquer une autopsie, et voilà tout. Il ne faut pas leur demander autre chose.

– Vous vous trompez, mon ami, interrompis-je, comprenant qu'il se déciderait plus à volontiers à parler si je lui disais la vérité. Je ne suis pas médecin. Je m'occupe de littérature. Je suis écrivain.

– Écrivain ? répéta le malheureux avec un éclair de joie au fond de ses prunelles. Vous écrivez des romans, sans doute ? En ce cas, oui, vous me comprendrez, *vous* ! Et je vous raconterai tout, tout... J'ai tant lu dans ma vie, voyez-vous, et puis, je sais comprendre certaines choses qui ne sont pas à la portée de tout le monde... La pauvre humanité est si ignorante !

Il s'arrêta pour jeter un nouveau coup d'œil à la ronde, et, s'étant aperçu que nous étions seuls, il se rapprocha de moi, et d'une voix encore plus basse, qui n'était plus qu'un souffle, à peine distinct, il me demanda à brûle-pourpoint :

– Croyez-vous à la transmigration des âmes ?

Cette question imprévue me stupéfia, mais, sans doute prit-il mon silence pour une affirmation, car, tout de suite après, il reprit en s'échauffant peu à peu.

– Vous y croyez, comme j'y crois moi-même. C'est naturel. Prétendre nier une chose aussi évidente serait absurde... Nous avons vécu d'autres existences et nous conservons de vagues souvenirs, de confuses réminiscences de ces vies antérieures. Parfois, il arrive qu'un événement soudain et inattendu ranime, en quelque sorte notre mémoire assoupie : nous sentons que quelque chose se réveille en nous, quelque chose de lointain et d'imprécis qui, petit à petit, se reconstruit. Ce n'est pas un édifice tout entier qui se relève mais nous le discernons déjà assez pour pouvoir évoquer le reste et reconstituer l'ensemble en imagination... Et c'est ainsi que réapparaît à nous la vie que nous vivions dans les siècles qui sont morts... Qu'il en fût ainsi, j'en avais depuis longtemps l'intuition mais, un beau jour il y a de cela deux mois, j'en eus la preuve indiscutable et absolue. Et voilà pourquoi...

Mais écoutez plutôt.

*

Dans l'immeuble où se trouvait mon petit appartement de vieux célibataire — appartement tout rempli de vieux livres et d'objets d'art recueillis un peu partout au hasard de mes voyages — vint habiter, il y a un peu plus de deux mois, un vieil antiquaire nommé Cristiano Haller et que j'avais connu autrefois. Je fus enchanté de le revoir, d'autant plus que ma situation actuelle ne me permettait plus d'acheter à mon gré, comme jadis, objets rares, vieilles armures et curiosités originales ou exotiques.

Le premier soir, nous vidâmes une bouteille ensemble puis, comme il lui fallait remettre en ordre son petit musée bousculé par le déménagement, il me proposa de l'aider. J'acceptai. Bien que ce fut un vieil ours assez méfiant, il savait fort bien qui j'étais et qu'il pouvait avoir confiance en moi.

Nous nous mîmes au travail dès le lendemain. Les objets habituels, les statuettes en porcelaine du XVIIIe siècle, les fragments de marbre de l'époque romaine, les poignards du moyen âge, les vieilles toiles effacées par le temps où l'on entrevoyait de pâles madones ou de fiers guerriers coiffés de casques luisants, prirent place, chacun à leur tour, dans les vitrines et sur les parois des murs.

Pendant que j'étais occupé à fouiller dans un coffre de vieilles étoffes, de ces brocarts de la fin du XVIIe siècle où courent des trames d'or et d'argent et sont dessinées de grosses fleurs bleues et violettes, alternant avec des paysages un peu naïfs et des ornementations plutôt baroques, brocarts pesants et somptueux qui semblent n'avoir jamais dû servir qu'à confectionner des ornements d'églises, de ces étoffes donc un petit objet s'échappa soudain et vint tomber à mes pieds.

Je me penchai aussitôt pour le ramasser mais le vieillard avait eu le même geste que moi, et sa main décharnée, rugueuse, toute nouée aux jointures — une main fantastique, dont les doigts, légèrement tordus, ressemblaient à des pattes d'araignée — s'abattit sur l'objet et s'en empara avant même que je fusse parvenu à le toucher.

— C'est un médaillon, me dit-il aussitôt après, comme pour expliquer la brusquerie avec laquelle il venait d'agir. Un médaillon du XVIIIe siècle, une miniature extrêmement fine, œuvre d'un peintre inconnu.

Il ouvrit alors un des tiroirs d'une petite commode Louis XV qui se trouvait auprès de lui, y glissa l'objet et referma le meuble immédiatement. Puis, comme si de rien n'était, il se remit à l'ouvrage, continuant à mettre de l'ordre et achevant de vider les dernières caisses auxquelles nous n'avions pas encore touché.

Mais ma curiosité avait été piquée au vif et j'avais une envie folle, irrésistible, de voir de plus près ce médaillon ramassé avec tant de précipitation et enfermé dans la commode avec tant de mystère. Que pouvait donc bien être cette « miniature extrêmement fine, œuvre d'un peintre inconnu » ?

Je n'osais pas demander à Cristiano Haller de me le montrer. Cependant, le désir que j'avais de le tenir entre mes mains grandissait d'instant en instant, prenant de telles proportions que je ne tarderais sans doute pas à ne plus pouvoir le maîtriser.

*

À un moment donné, s'apercevant qu'un tableau qu'il cherchait ne figurait pas au nombre de ceux qui étaient déjà mis en place, le vieil antiquaire quitta la pièce où nous nous trouvions. Sans une seconde d'hésitation et avec une audace dont je ne me serais jamais cru capable, je profitai de sa courte absence pour me précipiter vers la commode et en ouvrir le tiroir.

Ce que je vis, alors... Ah ! Monsieur, ce que je vais vous dire à présent peut paraître invraisemblable à tout le monde, mais vous, j'en suis sûr, vous l'admettrez comme une chose possible, vous qui *savez* comme moi que nous avons déjà vécu, dans le temps passé, en d'autres pays...

Il s'arrêta un instant, promena encore ses regards inquiets à la ronde, puis, les mains jointes, puis comme en extase devant cette évocation qui le transfigurait étrangement, il poursuivit :

– Voici ce que je vis : un visage de femme, à l'ovale très doux et d'une pâleur d'albâtre, la pâleur d'une lampe dans laquelle brûle une flamme subtile. Deux yeux sereins, de l'azur le plus pur, atténuaient la mélancolie de ce visage, et une boucle ondulée, poudrée avec art, déroulait ses anneaux sur le front aux reflets d'ivoire. Mais ce qu'il y a avait surtout de vivant dans cette physionomie, c'était la bouche. Une bouche petite et charnue, aux lèvres ardentes, écartées par un sourire qui détonnait aussi bizarrement sur ce visage que pourrait le faire le radieux épanouissement d'une fleur écarlate sur une toilette de grand deuil.

Je ne le vis qu'un instant mais durant cet examen rapide ce visage m'apparut dans tout son relief, se détachant comme une chose vivante sur l'ombre dont il était environné, et cette bouche était si réelle qu'il me sembla véritablement y voir étinceler les dents. Alors, tout à coup, je sentis quelque chose se réveiller au fond de moi-même et qu'une image effacée par le temps, une image qui devait remonter sans doute à une époque fort reculée, triomphant de l'oubli qui me l'avait cachée jusqu'alors, se dressait subitement devant moi. Et c'était comme si j'avais eu devant les yeux un miroir où se serait reflétée la figure du médaillon.

Je compris que cette image existait déjà à mon insu dans mon esprit, qu'elle m'était familière, qu'*autrefois,* dans *une autre vie,* j'avais connu cet ovale si doux, ces limpides prunelles bleues et ces lèvres éclatantes. Où cela ? Quand cela ?

Le pas un peu traînant de Cristiano Haller, qui revenait, me tira de la rêverie dans laquelle j'étais tombé. Je rejetai le médaillon dans le tiroir et m'éloignai précipitamment de la commode. Mais, sans doute subsistait-il encore sur mes traits quelque indice du trouble et de la stupeur auxquels j'étais en proie, car en rentrant le vieillard s'arrêta sur le seuil et me regarda longuement, curieusement, avec une insistance qui donnait à penser qu'il avait deviné quelque chose. Aujourd'hui encore, je frissonne en y songeant, et il me semble voir ces pupilles verdâtres qui plongeaient en moi comme des lames effilées...

Néanmoins, il ne prononça pas une parole, et, pour ma part, je n'eus garde de lui rien dire.

Nous nous séparâmes après avoir échangé une poignée de main et en nous souhaitant simplement une bonne nuit.

*

Une bonne nuit ! Qui pourra jamais dire de quelle atroce façon se passèrent pour moi ces heures interminables ? L'image de la jeune femme poudrée était restée gravée dans mon esprit et me poursuivait comme une obsession. Je la revoyais dans tout l'éclat de sa pâleur diaphane, avec son étrange sourire sur les lèvres, et non plus maintenant comme une miniature minuscule et artistement peinte mais comme une vraie femme toute palpitante de vie. C'était même poussé à un tel point que je me figurais entendre le crissement de son ample jupe de soie à ramages et respirer un parfum léger provoqué par l'évaporation d'une essence jusqu'alors enfermée dans un flacon soigneusement cacheté depuis un siècle et plus.

Et ce parfum, je le *reconnaissais*, de même que je reconnaissais maintenant, petit à petit, maintes autres choses d'elle qui, une à une, reprenaient leur place dans ma mémoire. Et c'est ainsi que je me remémorais tous ses gestes, ses beaux gestes si pleins de noblesse, et son habitude d'abaisser fréquemment les paupières, comme pour atténuer l'ardeur de son regard sous la frange dorée de ses longs cils, et sa façon aussi de pencher un peu la tête vers l'épaule droite, lorsqu'elle parlait.

Désormais, aucun doute n'était plus possible : toutes ces images qui défilaient devant mes yeux ne pouvaient être que l'évocation de choses qui avaient *réellement* existé, d'impressions que j'avais *réellement* reçues, de sensations que j'avais *réellement* éprouvées.

Cette femme, je l'avais aimée. Moi qui vous parle, monsieur, me comprenez-vous bien ? J'avais vécu, *jadis,* aux côtés de cette femme, et j'avais éprouvé pour elle une passion sans bornes !

Tout cela me réapparaissait clairement au milieu de l'espèce de torpeur à la fois délicieuse et pénible dans laquelle j'étais tombé et vous ne sauriez imaginer, monsieur, combien de menus détails insignifiants je revoyais avec une lucidité d'esprit merveilleuse.

Ainsi, par exemple, j'étais absolument certain que la première fois que je lui avais parlé d'amour il y a de cela un siècle et demi, nous étions dans le plus ravissant des boudoirs, un boudoir tapissé de tentures bleu ciel, avec de petites roses jaune clair. Il y avait même – voyez à quel point tout me revient, et sans le moindre effort ! - un miroir ovale dans un angle de la pièce où se reflétait un trumeau représentant des pâtres et des bergères en train de danser.

C'est suffisamment précis, je pense ? Quelle preuve plus éclatante pourrais-je vous fournir de l'authenticité de ce que j'avance ?

Il me fallait ce médaillon, il me fallait reconquérir l'image de celle que j'avais tant aimée. Coûte que coûte et au prix de n'importe quel sacrifice, c'était décidé, je rachèterais cette miniature à Cristiano Haller !

*

Ce fut donc avec une assurance et une résolution dont je m'étonnai moi-même que dès la première heure le lendemain, j'allais frapper à la porte de l'antiquaire.

- Haller, lui dis-je une fois les premières politesses échangées, il faut absolument que je vous fasse part d'un caprice qui m'est venu : je désirerais acheter ce médaillon dont nous avons parlé hier soir.

– Le médaillon ? Répéta froidement le vieillard en fixant sur moi ses pupilles verdâtres.

– Mais oui, vous savez bien... la miniature du peintre inconnu !

– Vous l'avez vue, *alors ?*

La voix du vieillard, en prononçant le mot « alors », fut brusquement cassée par une sorte de rauque halètement.

– Parfaitement, je l'ai vue. Et mon intention est de vous l'acheter.

Ses mains décharnées se crispèrent, ses yeux jetèrent un éclair qui s'éteignit aussitôt.

– Elle n'est pas à vendre.

– Je vous en donnerais le prix que vous voudrez, insistai-je, déjà inquiet de ce refus auquel je ne m'attendais pas.

– Je vous répète qu'elle n'est pas à vendre.

Il y eut un moment de silence. Les tempes me battaient d'une façon désordonnée et je sentais comme une boule dans ma gorge. Il me semblait qu'on m'arrachait un lambeau de chair vive, que ces mains noueuses et difformes me tenaillaient avec des pinces rougies au feu. De quel « droit », cet homme s'appropriait-il ce portrait ? Pour quelle raison le voulait-il conserver aussi jalousement ? Est ce qu'il « savait » qui était cette femme ?

L'angoisse où m'avaient jeté ces rapides questions que je m'étais posées dans l'affolement du premier instant s'apaisa peu à peu. L'espérance vague, imprécise, que je parviendrais à oublier tout ce qui avait envahi mon esprit pendant la nuit, ou que le vieillard finirait-il peut-être par céder plus tard, fut un soulagement pour mes nerfs tendus à rompre.

– Haller, prononçai-je d'une voix qui s'efforçait d'être calme, je reviendrai un autre jour pour vous aider à ranger les objets restés dans les caisses. Je vous salue.

– Je vous salue aussi, me répondit-il d'un ton bref.

La porte se referma derrière moi avec un claquement sec qui me fit l'effet d'un défi narquois.

*

J'avais espéré me résigner : quelle folie !

Cette image, à présent, était trop bien incrustée dans ma cervelle pour en jamais ressortir. Je la sentais vivre en moi, s'agiter en moi, me parler, me rappeler le passé et notre amour : elle me tendait les bras en m'appelant par mon nom. Ah ! Dieu ! Cette voix, cette voix lointaine qui me suppliait dans l'ombre et me confiait ses tourments, cette voix que je *réentendais*, avec toutes ses inflexions bien connues et qui, à présent me répétait sans cesse en pleurant « sauve-moi, sauve-moi de *lui*...! »

Lui ! Et voici que, tout à coup, comme si un éclair avait brusquement dispersé les ténèbres encore amoncelés dans un repli de ma mémoire, je revis devant moi « l'ennemi », l'homme abhorré : son mari ! Comment, par quel prodige, avais-je pu l'oublier ? Mais, maintenant, il était bien là, devant moi, avec sa taille un peu voûtée, son sourire moqueur sur ses lèvres molles et ses deux pupilles verdâtres, presque glauques...

« Sauve-moi de lui ! » Oui, mais de quelle façon ? Par quel moyen ? Oh ! Monsieur, quelle effroyable nuit ce fut ! Quel supplice atroce !

Les projets les plus étranges, les plus insensés, les plus absurdes me traversèrent l'esprit durant toute la journée suivante. Je ne sais même pas si je pensais à manger. La seule chose dont je me souviens, c'est que je vidai coup sur coup plusieurs verres de bières pour étancher la soif qui me dévorait.

Alors comment, le soir venu, me trouvai-je à une heure si tardive chez Cristiano Haller ?

Évidemment, j'avais du frapper à sa porte. Je crois même bien lui avoir dit que je voulais lui faire examiner un manuscrit du XIVe siècle, un petit manuscrit sur parchemin enrichi d'enluminures que je possédais depuis environ un an.

Avais-je pris toutes mes dispositions à l'avance ? Avais-je prémédité ce que j'allais faire ? Et ne se doutait-il de rien ?

Je l'ignore. Ce qu'il y a de certain, c'est que, de son pas traînant, le vieillard s'approcha de l'écritoire pour y chercher ses lunettes. À la flamme de la bougie, j'aperçus sur l'écritoire quelque chose qui brillait.

Je regardais de plus près : c'était un poignard du moyen âge, un de ces poignards effilés, au manche en forme de croix, que l'on appelait des *miséricordes*. Le vieil antiquaire avait dû en faire l'acquisition le jour même. Peut-être était-il en train de l'examiner quand j'avais frappé.

Mes regards se reportèrent instinctivement vers la commode Louis XV, qui se trouvait en face du vieillard. Le tiroir, ce fameux tiroir, était entr'ouvert...

Mon sang, alors, ne fit qu'un tour car des profondeurs de ce tiroir, la voix, la voix toujours douloureuse et suppliante, s'échappa, insistante, comme pendant la nuit, criant « sauve-moi, sauve-moi de lui ! »
Cristiano Haller se retourna vers moi.
– Le manuscrit ?
– Le voici.

Je le lui tendis. Au même moment, ses pupilles glauques me fixèrent. Je tressaillis... N'étaient-ce pas les yeux de « l'ennemi », les yeux du rival jaloux et détesté, ces pupilles pâles qui me regardaient ?

« Sauve-moi, sauve-moi de *lui !* » La voix pleurait, avec un gémissement faible, ininterrompu.

De temps à autre, la lame du poignard jetait des lueurs dans l'ombre.

Et, soudain, tandis que Cristiano Haller se penchait sur le manuscrit pour en examiner avec une minutie de connaisseur les caractères gothiques et les enluminures, je fis un pas vers l'écritoire, je tendis la main, la levai en l'air...

Un coup. Le poignard s'enfonça jusqu'à la garde entre les deux épaules du vieillard et y resta planté.

Pas un cri ne s'échappa de sa gorge. Il glissa à terre, sans bruit, les mains agrippées aux rebords de l'écritoire.

Sans perdre la tête, calme et maître de moi, je m'approchais de la commode, ouvris le tiroir et y plongeai la main. Le médaillon était là. Avec quelle volupté je le pressai contre mon cœur !

Ensuite, je me retournai. Je ne voyais plus le vieillard. Il était tombé derrière la table et devait avoir le dos appuyé contre le fauteuil qui était auprès. Mais, sur le rebord de l'écritoire, il y avait une main encore cramponnée au bois du meuble, une main osseuse, fantastique, toute nouée aux jointures, aux doigts noirs et difformes. Je ne sais ce que je n'aurais pas donné pour que cette main-là eût disparu également. Il me semblait que, de ce mort, elle seule avait survécu et qu'elle attendait là, aux aguets, sur le rebord de l'écritoire...

Alors, je cherchai du regard un objet quelconque, un bâton, par exemple, pour m'aide à la faire tomber sans y toucher, et posai le médaillon sur l'écritoire.

Tout à coup — voilà, monsieur que m'arrivait pour la première fois cette chose inadmissible ! — la flamme de la bougie se mit à vaciller, se courba d'un côté et s'éteignit, absolument comme si une bouche invisible l'avait soufflée. Et, aussitôt après, au milieu du silence angoissant, un bruit sec, le bruit d'une main décharnée qui glissai doucement, doucement sur le bois, me fit sursauter.

À tâtons, d'un geste instinctif, je me précipitai sur le médaillon, le retrouvai et le glissai dans ma poche.

Le bruit cessa.

Comme un fou, je m'élançai vers la porte, l'ouvris et descendis l'escalier quatre à quatre.

Dans l'ombre du soir, parmi les rues obscures, il me semblait voir une main gigantesque, aux doigts tordus comme les pattes d'une araignée monstrueuse, qui me poursuivait, se rapprochant d'instant en instant davantage...

*

Où je passai cette nuit-là, inutile de me le demander... Je suppose que je dus errer au hasard, à travers rues et carrefours, au risque de tomber entre les bras d'agents de police en train de faire leur ronde.

Plus tard, lorsque la lumière du jour naissant commença de répandre son sourire sur toutes choses, un sentiment nouveau s'éveilla en moi. Ce n'était pas du remords pour ce que j'avais fait, vous le comprendrez sans peine, monsieur. Ce que j'avais fait, il fallait bien que ce fût fait. Seulement, je me disais : « Si on t'arrête, on te la prendra... » Et cette pensée me mettait à la torture.

J'avais une sœur mariée qui habitait une petite ville voisine, à qui je promettais, depuis fort longtemps, d'aller la voir. Je me rendis chez elle dès le matin et lui demandai de m'accorder l'hospitalité pour quelques nuits. Ni elle, ni son mari ne se doutèrent un seul instant de ce qui s'était passé, mais ils trouvèrent que j'avais bien mauvaise mine.

–Voilà ce que c'est que de veiller trop tard... Je lis plus qu'il ne faudrait, leur expliquai-je.

Quel calme reposant, dans cette petite ville ! Et comme je sentais bien que la tranquillité d'esprit m'y serait petit à petit revenue maintenant que j'étais loin de l'endroit où l'affreux drame s'était déroulé !

Le croirez-vous, monsieur ? Cette nuit-là, je dormis d'un bon sommeil sans rêves, tel un enfant fatigué d'avoir trop couru. Et, la nuit suivante également, je dormis on ne peut mieux.

Mais la troisième nuit… Voilà, voilà, encore une fois, monsieur, que cette chose effroyable, cette chose inadmissible se reproduisit. J'avais déposé le médaillon dans le tiroir d'un secrétaire qui se trouvait dans ma chambre, et je me préparais à me mettre au lit, quand la flamme de la bougie se mit à osciller, se pencha violemment comme si on soufflait dessus et s'éteignit.

Et, de nouveau, surgit le bruit horrible, le bruit produit par les doigts décharnés d'une main qui glissait doucement sur le secrétaire... *Elle revenait*, comprenez-vous cela, monsieur ! Elle m'avait retrouvé et venait reprendre sa proie !

Les cheveux dressés d'effroi et les mains toutes tremblantes, je frottai une allumette, courus au tiroir et l'ouvris. Le médaillon était encore là ! Je m'en saisis avidement, le serrai contre moi et sortis sur la terrasse, tel que j'étais habillé. Il me fallut supporter la fraîcheur de la nuit, mais, au moins, j'étais éclairé par les étoiles, qu'aucun souffle au monde ne peut éteindre, et je demeurai là jusqu'à l'aube.
Le jour même, je pris congé de ma sœur.

*

Depuis lors, monsieur, cette chasse effarante, impitoyable s'est poursuivie sans trêve, ni répit ! Partout où j'allais, dans n'importe quel refuge où je cherchais à me blottir pour lui échapper, après une ou deux nuits, *elle* me retrouvait ! La main du mort venait pour reprendre le médaillon et la bouche invisible lui préparait la complicité des ténèbres. Car ce n'est que dans les ténèbres qu'elle vient tout doucement, traîtreusement. Et ce qui me désole, monsieur, c'est qu'elle sait toujours dénicher l'endroit où j'ai caché le médaillon, ce médaillon qui est à moi, rien qu'à moi, et dont je veux que tout le monde ignore la cachette. C'est pour cela que je me refuse à avoir des gardiens, la nuit avec moi. *Elle* ne veut pas d'intrus, ma douce amie aux yeux bleus et à l'étrange sourire, et je suis jaloux. Nous deux, rien que nous deux ! Il n'est pas de cachette où je ne l'aie serrée pour la soustraire à cette main maudite... Je l'ai mise dans des tiroirs, sous les meubles, dans les recoins les plus introuvables, j'ai même été jusqu'à la dissimuler sous le carrelage. C'est inutile ! Inutile ! Une ou deux nuits après, voici de nouveau le souffle qui répand l'obscurité perfide, voici de nouveau le bruit sec des doigts qui tâtonnent sur les tiroirs, autour des impostes, sur le pavé de la chambre... Partout, monsieur !
Voilà pourquoi, un matin, effaré, mort d'angoisse, traqué de toutes parts par mon invisible ennemi, je me suis précipité, dans le bureau du commissaire de police, et j'ai tout avoué. Espérais-je me sauver en me mettant à l'abri derrière les barreaux de la prison ? Peut-être. Tous les espoirs sont permis quand on vit sous la menace perpétuelle d'une malédiction...
Je ne passai qu'une seule nuit en prison. Après quoi, un magistrat vint m'interroger, puis, un peu plus tard, un médecin, et je fus amené ici. Je suis là depuis huit jours, monsieur et elle n'est pas encore venue.

J'ai toujours le médaillon. Mais, cette fois, je le garde à une place plus sûre encore. Il est ici.

Il prononça ces derniers mots en étouffant sa voix encore davantage, regarda anxieusement tout autour de lui, et, d'une main fébrile, écartant légèrement sa chemise, il me montra un mince cordonnet auquel était suspendu un objet que je ne parvins pas à distinguer.

–Il est ici, sur ma poitrine. Vous seul le savez, mais j'ai confiance en vous. Vous me comprenez, vous, parce que vous êtes le seul qui puisse me comprendre, et je sais que vous tiendrez parole si vous me jurez de ne pas me trahir. Jurez-le moi !

Sa voix s'étrangla dans sa gorge, et il m'étreignit le poignet avec force. Poussé moitié par la peur qu'il m'inspirait, et moitié par le désir de le rassurer, je lui fis le serment qu'il me demandait. Après tout, un tel secret ne ma paraissait présenter de danger pour personne, et il m'inspirait tant de pitié, ce pauvre diable !

La lueur, qui avait un instant brillé dans ses yeux, s'éteignit, ses mains retombèrent le long de son corps, et un instant après, il reprit, d'un ton plein d'amertume :

– Elle n'est pas encore venue. Mais elle viendra. Je sens qu'elle viendra. Et, cette fois, la lutte sera terrible. Et moi, monsieur, je ne pourrai pas fuir... Comment pourrais-je fuir, d'ailleurs ? Comment ?...

– Ici, lui répondis-je pour apaiser ses appréhensions, vous n'êtes pas éclairé avec des bougies et les ampoules électriques ne doivent pas vous faire redouter la complicité des ténèbres. D'ailleurs, il se peut fort bien qu'il ne vous retrouve plus.

Un sourire plein de tristesse ferma ses lèvres exsangues que la courte barbe noire et clairsemée faisait paraître encore plus blêmes.

– Il me retrouvera, dit-il.

Ce fut son dernier mot. Je sortis sans avoir trouvé rien à lui répondre, tant j'étais affligé par ce pénible spectacle.

Le gardien, impassible, referma la porte du « numéro 3 ».

*

Il faut avouer que les affaires de la vie courante contribuent pour beaucoup à nous faire oublier les scènes même les plus impressionnantes. Trois ou quatre jours après, la physionomie du malheureux halluciné commençait déjà à s'effacer de ma mémoire. Encore quelque temps et je l'aurais complètement oublié. Mais c'est justement le cinquième jour qu'en parcourant un journal du soir, une nouvelle étrange et inattendue me fit tout à coup tressaillir. Cette nouvelle, rendue plus impressionnante encore par sa concision, était ainsi conçue :

« Notre asile d'aliénés, vient d'être le théâtre d'un drame aussi horrible que mystérieux. »

« Vers une heure avancé de la nuit, le gardien des détenus « en observation » a entendu un râle étouffé provenant d'une des quatre cellules donnant sur le corridor. Dans les deux premières de ces cellules, les détenus dormaient tranquillement. La troisième était plongée dans une obscurité complète. Le gardien essaya de manœuvrer le commutateur pour faire de la lumière, mais l'électricité ne fonctionnait pas. Alors, à la lueur d'une lanterne, il finit par découvrir, au pied du lit, le cadavre affreusement contorsionné du « numéro 3 » dont le visage portait encore les traces d'une agonie très douloureuse. Le malheureux, comme on a pu le constater tout de suite, était mort quelques instants auparavant étranglé avec un cordonnet étroitement serré autour de son coup et noué de nœuds fantastiques. D'après les renseignements que nous devons à l'amabilité du directeur, il paraîtrait que ce cordonnet appartenait au détenu, qui avait coutume de s'en servir pour y suspendre un médaillon. Malgré toutes les recherches qui ont été faites, *il a été impossible de retrouver le médaillon en question.*

« Quel drame étrange s'est déroulé dans les ténèbres ? Nul ne le saura peut-être jamais, de même que nul ne pourra sans doute jamais expliquer par suite de quelle bizarre coïncidence il a fallu que l'ampoule du « numéro 3 » brûle justement cette nuit-là... »

Titre original : Il medaglione
Traduction René Lécuyer, révisée par Richard D. Nolane

BIBLIOGRAPHIE FRANÇAISE DE D. O. MARRAMA

– «Le médaillon» («Il medaglione», in *Ritratto del morto*, Perrella, 1907), nouvelle fantastique dans *Le Dimanche Illustré* du 8 juillet 1928.
– «Le Docteur Noir» («Il Dottor Nero», in *Ritratto del morto*, Perrella, 1907), nouvelle fantastique dans *La Revue Belge*, Belgique, 15 mars 1932.

LE CAS TRÈS ÉTRANGE DU DR LEMUEL JENKINS

par Philip M. Fisher, Jr

Philip M. Fischer, Jr, né en 1891 et mort en 1973 a vécu toute sa vie en Californie, à Oakland, comté d'Alameda. Diplômé de l'Université de Californie à Berkeley en 1913, il servit comme officier subalterne dans l'US Navy au cours de la Première Guerre Mondiale avant de se lancer dans la politique locale tout en travaillant pour la presse comme journaliste et comme cadre.

À l'image de Francis Stevens à la même époque (qui sera au sommaire d'un très prochain numéro), Philip M. Fisher Jr fut un auteur à la carrière météoritique mais brillante au sein de la chaine de pulps de chez Munsey. Quasiment toute l'œuvre de Fisher composée d'une trentaine de nouvelles et d'un roman, se situe entre 1917 et 1924, dans Argosy, All Story Weekly, Argosy All-Story Weekly *et* Munsey's Magazine. *Par la suite, il ne publiera plus que deux longues nouvelles en 1935 (SF) et en 1951(aventure maritime) ainsi que son unique roman,* Vanishing Ships (1943), *une histoire de guerre et de complot ennemi en haute mer. Aucun ne retrouvera la vivacité et l'imagination de la plupart de ses textes de l'époque Munsey... De toute évidence, son passage dans la marine a constitué pour lui une source d'inspiration constante par la suite.*

Comme tant d'autres auteurs importants, il fut une découverte de Robert H. « Bob »Davis (1869-1942), à coup sûr un des plus brillants rédacteurs en chef du début du siècle. Publiant absolument tous les genres populaires, Davis a pourtant façonné la SF et une bonne partie du fantastique américain d'avant les pulps spécialisés des années 1920. Une de ses spécialités était ce qu'il appelait les « different stories », les histoires surprenantes et inclassables, souvent mâtinées de fantastique ou de SF. Des histoires comme justement en écrivait souvent Philip M. Fisher qui, pour reprendre les mots de Donald A. Wollheim « pouvait dénicher l'outré dans les endroits les plus inattendus ». La nouvelle qui suit, la première à être traduite en français de l'auteur (mais pas la dernière dans Wendigo...)*, en est un bon exemple par son traitement à la fois horrifique, original et, oui, quelque peu outré, du thème SF de l'homme invisible...*

Nous étions au beau milieu de notre promenade matinale à travers le campus lorsque, soudain, sans aucune raison apparente, Burns se figea brusquement. Il resta ainsi un moment, raide, vigilant, interrogateur, comme un bon chien d'arrêt sur la lande. Puis il leva à demi sa canne et la pointa dans une direction précise.

– Vois-tu ce gars là-bas sur le banc, P.M. ? demanda-t-il.

– Si tu veux parler de cette loque plutôt piteuse et délavée qu'un gardien négligent a du jeter sur les lattes vertes, oui, répondis-je.

– Eh bien, poursuivit-il, cette loque, comme tu le nommes, moquerie de ta part ou non, est un homme. Et un homme assez singulier. C'est Lemuel Jenkins.

Burns murmura cette dernière information comme s'il s'attendait à me voir sursauter de stupeur face à une telle révélation.

– Ah bon... Lemuel Jenkins, répétai-je d'un ton sec.

Malgré tout, j'examinai avec une certaine curiosité le misérable individu dont nous parlions, car je connaissais quelque peu la tendance de mon compagnon à nouer d'étranges amitiés. Et je ne pus m'empêcher d'ajouter, dans le but d'obtenir de lui l'histoire que je soupçonnais déjà :

– Un nom assez extraordinaire... Lemuel Jenkins. Ce doit être au moins un prince du platine russe ! Ou un de ces personnages pétris d'expérience que tu aimes tant...

– Assez ! Chuchota vivement mon ami, qui me prit alors par le bras. Viens donc rencontrer cet homme. Observe la façon dont il m'accueille, observe-la minutieusement, dans chaque détail. Je lui parlerai d'abord un peu pour que tu puisses le faire. Ensuite, nous le laisserons sur son banc et je te livrerai quelques détails supplémentaires...

Je haussai les épaules, car je n'avais jamais envie de manifester un trop vif intérêt pour les aventures de Burns. Je l'avais fais une fois et, en à peine dix secondes il m'avait débité d'une voix excitée une histoire au fond extraordinaire mais qui, convenablement mise en forme, m'aurait tenu en haleine pendant une bonne heure. S'il y avait quelque chose à dire sur cet épouvantail flasque et décharné pelotonné devant nous, songeai-je, que cela fût narré lentement et avec saveur.

– Observe tout ce qu'il fait... recommanda encore Burns, en s'avançant sur le sable crissant de l'allée, ses manières... tout.

Au bruit de nos pas, un frisson parcourut l'homme. Puis, lentement, se ressaisissant à la manière d'un lapin effrayé, il tourna la tête et ses yeux fixèrent les miens. Ah, ces yeux ! Oublierai-je jamais l'expression de supplique éperdue, de peur obsédante, de fol espoir qui flottait dans ces yeux brillants, profondément enfoncés ? Puis, comme mes yeux restaient vrillés aux siens — ce dont en vérité je ne pouvais m'empêcher — une terreur soudaine engloutit alors cet espoir, noyant la lueur de raison que les yeux avaient abrité jusque-là. Je sentis les doigts de Burns serrer plus fort mon bras.

Sur ce, ces yeux torturés se tournèrent craintivement vers mon compagnon et là, s'opéra soudain une autre transformation ! Ils s'éclairèrent sur l'instant ; la terreur fut balayée par un brusque soulagement tel qu'il pourrait en briller un dans le regard d'un naufragé en haute mer lorsqu'enfin il aperçoit une voile. Cette lumière s'intensifia, s'embrasant d'une joie qui faisait plaisir à voir, et mon cœur battit de compassion, même si je ne comprenais pas encore grand-chose à tout cela.

Je lançai un regard à mon compagnon. Burns n'allait-il pas parler à cet homme ? Pourquoi fixait-il le malheureux d'un air si vide, comme s'il n'était pas là ? Je reportai mon regard sur l'étranger du banc, juste à temps pour voir la lumière de ses yeux s'assombrir à nouveau sous la vague noire et lisse du retour de la désespérance, de la peur, de l'espoir anéanti.

L'espace d'un instant, j'ignore pourquoi, je souffris pour lui tandis que le regard fixe de Burns se concentrait sur des arbustes juste derrière le banc. Soudain, Burns serra à nouveau mon bras, sursauta assez violemment et tendit précipitamment la main.

– Mais... s'écria-t-il tout haut, mais c'est vous... Jenkins ! Ce bon vieux Lem Jenkins. Je ne m'attendais pas à te trouver ici !

La vague de joie qui balaya alors le visage de l'homme fut spectaculaire. Lemuel Jenkins se déplia et se leva d'un coup, comme si les paroles de mon compagnon avaient actionné un ressort caché en lui. Il saisit les deux mains de Burns dans les siennes et les serra avec une jovialité fébrile.

– Oh ! Hoqueta-t-il. J'avais si peur que...

Burns retira une main et la plaqua sur l'épaule de l'autre. Il semblait ne prêter aucune attention à ses paroles.

– Heureux que tu sois là, lança-t-il. Puis il saisit mon bras avec une pression supplémentaire que je compris. Et, poursuivit-il, ça me fait plaisir que deux bons amis à moi se rencontrent. Sur ce, il nous présenta.

La main que je serrai se cramponna à la mienne nettement plus longtemps que nécessaire et les yeux de l'homme fixèrent les miens avec une lueur assez étrange jusqu'à ce que j'aie un hochement de tête suivi d'un sourire. Mr. Jenkins sourit à son tour, un peu trop largement, et relâcha son étreinte pour saisir à nouveau la main de Burns. Après un regard vers moi, mon compagnon engagea avec lui une conversation banale où je discernai, dans sa voix au moins, un soupçon d'effort pour mettre Jenkins à l'aise. Il tendit à nouveau la main.

– Au revoir, Lem, dit-il, avec un sourire singulier, ajoutant : terriblement heureux de t'avoir vu.

J'observais Jenkins lorsque Burns prononça ces derniers mots. L'homme sursauta à nouveau, et je vis à nouveau un fugitif éclair de peur dans ses yeux. Sa bouche se serra, il raidit les épaules et répliqua avec emphase.

– Oui, mon ami. Je *suis* heureux que tu m'aies vu.

Je marmonnai alors quelques mots d'estime pour notre rencontre, et nous partîmes. Au bout d'une douzaine de pas, à l'incitation de Burns, je jetai un regard en arrière. L'homme était toujours debout, ses yeux ardents encore fixés sur nous. Burns me donna un nouveau coup de coude.

– Fais-lui un signe de la main... vite ! m'ordonna-t-il presque.

Lorsque j'eus obtempéré, le visage de l'homme fut à nouveau éclairé par ce sourire si singulièrement heureux. Son bras se leva spasmodiquement en réponse puis retomba avec lassitude tandis qu'il s'affaissait à nouveau sur son banc.

Nous poursuivîmes notre route sur le sol crissant. J'étais plongé dans mes pensées. Ainsi, c'était donc là Lemuel Jenkins ? Bon, mais qui était Lemuel Jenkins ? Pourquoi était-il misérablement blotti sur un banc du campus à cette heure très matinale ? Pourquoi cette ombre de supplique dans ses yeux, cet espoir qui semblait avait été si souvent déçu, cette expression que l'on voit si souvent chez un chien perdu cherchant son maître ou simplement un visage amical ? Pourquoi s'étaient-ils soudain illuminés lorsque Burns lui avait enfin parlé ? Et pourquoi l'homme avait-il eu envers moi cette attitude suggérant la crainte que je refuse de remarquer sa présence ou de lui serrer la main ? Pourquoi cette peur face aux derniers mots de Burns et l'emphase déplacée de l'adieu de Jenkins lorsqu'il avait répété après Burns « Oui, mon ami. Je *suis* heureux que tu m'aies vu. » ?

Je haussai les épaules. Encore une trouvaille de Burns ! Décidai-je. Juste un autre individu à la dérive qui, à un moment ou un autre, avait débité son histoire dans les oreilles toujours aux aguets de mon ami. Je me surpris alors à me demander quelle pouvait être cette fameuse histoire... Un bref soupir de mon compagnon interrompit le cours de mes pensées.

– Voilà, dit-il, lorsque je me tournai vers lui, le regard interrogateur, c'était Lemuel Jenkins...

À l'évidence, il ne s'attendait à aucune réponse de ma part. Je hochai simplement la tête et continuai à marcher.

– Tu l'as observé ? poursuivit Burns.

Conservant un silence neutre, j'acquiesçai à nouveau.

– Alors, tu as vu ce que je voulais que tu voies, bien sûr, continua mon ami. Tu as remarqué les changements qui se sont produits lorsque je me suis arrêté devant lui, comme si je doutais de le reconnaître ou non. Tu as vu...

Ce fut mon tour de l'interrompre.

– Tu l'as fait exprès, hein ? Ne pus-je m'empêcher de m'écrier. Tu as continué à le torturer pour le plaisir, c'est ça ?

Burns saisit à nouveau mon bras.

– Je voulais que tu acceptes ce que je suis sur le point de te raconter, déclara-t-il d'un ton convaincu. Je voulais que tu y croies. Et pour croire, tu devais voir, voir par toi-même ! Et donc j'ai laissé ce pauvre Jenkins dans l'expectative quelques instants avant de lui faire savoir que je le voyais bien. Et il a agi comme je soupçonnais qu'il le ferait... et cela, tu l'as *vu*.

J'avais de la peine à conserver mon calme face à la manière presque glaciale dont Burns relatait l'affaire.

– Mais ses yeux ! Lançai-je. Le désespoir, l'espoir, ensuite l'horrible terreur lorsque tu l'as regardé comme s'il n'était pas là... Ce n'était pas juste de le traiter ainsi, de faire mine d'ignorer une si vieille connaissance, comme tu dis...

Burns se tourna brusquement vers moi.

– L'*ignorer* ! s'écria-t-il, le visage soudain empourpré et les yeux brillants de colère. Je n'allais pas ignorer Jenkins... Je ne l'ai même pas ignoré une seconde. Nous sommes de trop vieux amis pour ça. En fait, Jenkins ne souffrait pas parce qu'il pensait que j'allais l'ignorer, ou parce qu'il croyait que je ne l'avais pas reconnu sur le moment. Lui et moi on le sait aussi bien l'un que l'autre. Jenkins...

– Pourquoi s'angoissait-il tant, alors ? Insistai-je. Qu'est-ce qui le tenait dans une telle incertitude ? Et pourquoi s'est-il soudain montré si heureux lorsque tu lui as enfin parlé, si ce n'est parce qu'il avait tout d'abord cru que tu ne le remarquerais pas, affalé là sur son banc ?

Burns eut un sourire grave.

– Maintenant, tu touches au but, mon vieux, dit-il. Jenkins ne craignait pas que je ne le reconnaisse pas, loin de là. Il *craignait* que je ne le remarque pas.

Je haussai les épaules.

– Quelle est la différence ?

– La différence, P.M. ? poursuivit calmement Burns. Je te pose maintenant une question : peut-on remarquer quelque chose que l'on ne peut voir ?

J'écarquillai les yeux.

– Que l'on ne peut voir ? Répétai-je.

– C'est bien ce que j'ai dit. Mon compagnon hocha la tête d'un air grave. Et Jenkins...

Je l'interrompis avec un parfait mépris.

– Et Jenkins avait peur que tu ne puisses le *voir*, c'est ça ? Il n'avait pas peur que tu ne *veuilles* pas le voir, mais que tu ne *puisses* pas ? Bah ! J'ai déjà entendu bien d'autres de tes histoires, ne l'oublie pas ! Et ensuite, tu vas me dire que Jenkins te croyait fou, ou aveugle, ou quelque chose de ce genre. Ou bien que... Je me tus un instant avant de lancer mon dernier sarcasme.

– Vas-y, ordonna Burns d'un ton grave. Allez, sois logique jusqu'au bout... continue !

– Ou bien ce Jenkins pensait qu'il ne pouvait être vu... Que lui-même était... Quelle absurdité ! Tu te paies ma tête, mon vieux, et je n'aime pas ça, surtout après avoir vu cette douleur terrible dans les yeux de ce pauvre type.

Burns se tourna.

– Nous allons prendre cet autre chemin pour traverser le campus et je vais te parler de notre ami, répondit-il. Tu as vu comment Jenkins se comportait... Cela, au moins tu l'as vu et tu dois donc le croire. Maintenant, je vais t'exposer la cause de tout cela. Burns lança un regard vers l'horloge du Campanile derrière les eucalyptus. Nous avons tout notre temps et je vais donc pouvoir tout t'expliquer.

– Jenkins était, ou plutôt est toujours, biologiste ici, à l'université. Très rationnel dans son travail... comme il l'était, et l'est toujours, dans tout ce qu'il fait. Trop rationnel, presque, et trop résolu à se faire un nom en jouant là-dessus. Comme tu le sais, il existe des hommes qui sont ainsi... trop rationnels, trop fermement raisonnables dans leurs convictions.

Burns frappa de sa canne un coin de buisson. Puis il haussa les épaules et marmonna à nouveau :

– Oui, c'est ça, trop raisonnable et d'une logique trop implacable. C'est cela qui a inscrit cette expression dans ses yeux, ou plutôt qui a contribué à l'y graver.

Je l'interrompis.

– Tu veux parler de surmenage ?

Mon compagnon secoua la tête.

– Non ce n'est pas ça. C'est sa logique qui l'a amené à la conclusion ayant provoqué les événements qui ont fait de lui ce qu'il est devenu aujourd'hui. Mais s'il est d'une logique et d'une ferveur acharnée lorsqu'il est sur la piste d'une grande idée, il est en même temps d'une nature très impressionnable... Tu as pu le constater par toi-même.

Je hochai la tête et me remémorai les yeux de l'autre.

– Oui, répétai-je. Cet homme est visiblement vite déstabilisé... tout au moins en ce moment...

Burns me regarda d'un air grave.

– Il l'était tout autant dans le passé. Raison, logique, imagination, nature im-pressionnable, les caractéristiques qui font les grands scientifiques, il les avait toutes ! Et, comme il fallait s'y attendre, elles l'ont fait progresser dans ses travaux. Son avenir était des plus prometteurs, le Chemin de la Gloire, tu sais, et tout le reste... Et puis survint l'ultime ironie issue de leur action conjuguée, à moins que ce soit une réaction, au choix.

Burns balança à nouveau sa canne pour écarter soigneusement de no-tre chemin une pelure d'écorce d'eucalyptus. Comme s'il parlait tout seul, il ajouta :

– Et voilà ce qu'il est devenu, ce pauvre Jenkins, ce pauvre gars... Pourtant, il se cramponne toujours à l'université... Et il va s'en sortir ! Il est en train de reprendre le dessus. Tu aurais du le voir, voir ses yeux, il y a encore à peine un mois de cela...

Je marmonnai quelque chose du genre que c'était peut-être aussi bien pour ma santé mentale que ce n'ait pas été le cas.

– Tu sais, poursuivit Burns, c'est arrivé il y a seulement un mois, ou à peine plus. Il y a quatre semaines mardi dernier, pour être exact. C'est pour cela que je pensais que tu en aurais peut-être entendu parler.

– Au fin fond de la forêt de Humboldt, on n'entend pas parler de grand chose, répondis-je. Une diligence par semaine et même pas de journaux...

– Bien sûr, j'avais oublié ce détail ! S'excusa rapidement mon compagnon. Nous avons d'ailleurs caché l'affaire aux journaux, expliqua-t-il d'un ton un peu amer. Inutile en plus qu'ils se moquent de nous tous. Et nous devions aussi penser à ce pauvre Jenkins. À sa position ici... Nous devions tout cacher à la presse. Nous devions...

En fait, cela ne nous a guère posé de problème. C'est arrivé au club... Dans le fumoir lambrissé de noyer et bas de plafond. Tu sais à quel point cette retraite aux parois sombres est isolée, à quel point elle est fraîche et apaisante. À quel point les lumières y sont douces, et ainsi de suite... Jamais je ne me laisse tomber dans un de ces fauteuils aux coussins épais et près de cette lourde table aux nuances sombres sans sentir une grande paix m'envahir. Ce lieu atténue même les voix des hommes — il atténue aussi leurs pensées — et laisse l'imagination s'infiltrer en nous sans le moindre accroc. Si un gars veut démêler une querelle d'affaire, travailler sur ses cours ou trouver l'inspiration et le calme pour une histoire, c'est l'endroit idéal. Et c'est là que ce truc est arrivé à Jenkins. Dans cet endroit calme, sombre et apaisant.

Burns me regarda d'un air grave, pensif.

– Tu as vu ses yeux ? Tu crois en *eux*, au moins, dis ? Je me demande si tu...

– Continue ! M'écriai-je. Continue !

– Bon, d'accord... dit Burns, après un profond soupir, alors que nous passions devant un bosquet d'aromatiques acacias dorés. Donc, nous nous détendions dans la pénombre, tirant de lentes bouffées de nos cigares, nous imprégnant tout simplement du calme et du confort ambiant. C'était en début de soirée. Le dîner avait été succulent et les digestions s'annonçant paisibles, la satisfaction mutuelle de paix partagée et de plénitude physique ne se prêtait pas à la conversation. De temps à autre, un des gars — ils n'étaient qu'une demi-douzaine, comme d'habitude, tu sais — lâchait un seul mot et un léger rire parcourait le groupe, un rire qui était aussi chaud, assourdi, et apaisant que les eaux d'un de tes canyons bien cachés dans la forêt, P.M. En dehors de cela, ou d'un occasionnel soupir prolongé ou du léger grincement d'un ressort de fauteuil lorsque l'un de nous se levait pour faire tomber sa cendre, pas un seul autre bruit... Et soudain, avec la puissance effroyable d'un rugissement de lion dans un de tes canyons sombres de Humboldt, soudain, du plus profond de son cher fauteuil Jenkins fit jaillir son poing pour l'abattre sur la table en s'écriant avec force :

– On peut le faire... oui, on le *peut* ! Je dis que c'est possible, qu'on peut y arriver !

Burns se tut pensivement un instant, puis se tourna vers moi avec un sourire amer.

– Un tel rugissement de lion te ferait-il sursauter ? demanda-t-il doucement. S'il jaillissait dans la paix éternelle d'une sombre et humide forêt de Humboldt ?

Mon sourire approbateur fut une réponse suffisante.

– Alors... poursuivit mon compagnon, tu comprendras à quel point ce coup de poing nous piqua au vif. Et tu comprendras aussi pourquoi nous lui avons joué ce mauvais tour quelques minutes plus tard... Cette plaisanterie aux conséquences si étrangement épouvantables et qui allait faire de Jenkins celui que tu as vu là-bas sur ce banc.

– Continue, répétai-je.

– Donc, poursuivit Burns, je revois encore surgir ces visages blancs étonnés et ces yeux scrutant la pénombre de la salle à demi éclairée lorsque chacun de nous se redressa comme un diable à ressort arraché à sa rêverie. Puis, alors que nous le fixions, le poing de Jenkins s'abattit encore, et à nouveau, comme s'il se battait plus ou moins contre ses propres doutes, il s'écria:

– Je dis que *c'est* possible... que cela peut marcher ! Et, le Ciel m'en soit témoin, je trouverai comment !

– Ridges, le docteur en médecine — tu le connais, P.M. — se laissa retomber dans son fauteuil, tira une longue bouffée de son cigare noir, et lâcha lentement, du ton le plus blessant qu'il put trouver :

– Fais comme tu l'entends, fichu biologiste. Fais comme tu le sens !

Jenkins le foudroya du regard.

– Tu n'y crois pas ? s'écria-t-il.

Ridges gloussa. Harvey Gilson, en face de moi, éclata de rire.

– T'aurais pas plutôt disséqué quelque chose de liquide du genre hors d'âge, cet aprème, mon vieux? Ca doit être les vapeurs, ou quelque chose comme...

Ridges intervint à nouveau en gloussant :

– Peut-être, fit-il à nouveau d'une voix traînante, peut-être que si notre véhément ami présentait son sujet sans commencer par nous assommer à moitié et qu'il nous expliquait ce qui peut au juste se faire, nous pourrions alors comprendre pourquoi il est à ce point certain de sa capacité à trouver le comment de la chose ?

Ridges pouvait se permettre de lui parler ainsi, poursuivit Burns en aparté. Il avait présenté Jenkins à notre petit cercle, et il se sentait responsable. Et nous avions appris à apprécier Jenkins. Il prenait, et prend toujours, les choses si diablement à cœur... Tu as vu ses yeux ! J'acquiesçai, car j'avais encore à l'esprit l'image de ceux-ci.

– Donc, poursuivit mon ami, Jenkins fixa un moment Ridges en clignant des yeux, l'air un peu hagard, et ses mains serrant les bras du fauteuil comme s'il était sur le point de bondir sur nous, il se tourna lentement et regarda intensément chacun de nous dans les yeux. Brusquement, il hocha la tête et se pencha vers moi.

– Donne-moi tes lunettes ! demanda-t-il sèchement.

Je les sortis de mon étui et les lui tendis. Jenkins les brandit pour que tous pussent les voir.

– Voilà ! s'écria-t-il et, de son autre main, il fit un geste théâtral.

Ridges gloussa à nouveau.

– Ah, oui, murmura-t-il, voilà... voilà.

– Ne le voyez-vous pas ? s'écria Jenkins, s'adressant à nous autres.

Je hochai la tête.

– Si tu fais tomber ces lunettes, il me faudra voir quelque chose de vraiment concret, mon ami, dis-je, car le fracas de son coup de poing me tapait encore sur les nerfs.

– Mais tu peux voir à travers elles, s'écria Jenkins, balayant d'un revers dédaigneux de la main mon mot d'esprit. Tu les mets devant tes yeux pour t'aider à voir. Tu vois à travers elles. Et pourtant, elles sont faites d'une substance solide, dure, car le verre est un des plus denses composés connus. Et pourtant tu les utilises pour t'aider à voir... pour t'y *aider* !

Je crus un instant que ses travaux l'avaient soudain rendu fou. Puis ses yeux se tournèrent à nouveau avec sérieux vers les miens, et je vis que j'avais tort... totalement tort.

Gilson éclata à nouveau de rire.

– Burns ne s'en sert sûrement pas comme bandeau, Mr. Jenkins, assena-t-il sans pitié.

Ridges resta silencieux. Pourtant, lorsqu'enfin le regard de Jenkins se détourna du mien, je vis que Ridges mâchonnait très pensivement son cigare. Il connaissait Lemuel Jenkins mieux que nous, d'ailleurs.

– Et pourtant, poursuivit le petit biologiste, brandissant toujours mes lunettes, et pourtant, vous voyez à travers cette matière... une substance minérale solide !

Cette fois, nous acquiesçâmes tous, j'ignore pourquoi, mais je suppose que c'était parce que nous avions tous le sentiment que quelque chose lui tenait terriblement à cœur. Nous hochâmes la tête et Jenkins sourit.

– Et donc, poursuivit-il, et donc, moi je vous le dis : cela peut se faire... C'est possible !

Il nous adressa un nouveau sourire, avec un tel air d'aimable condescendance, que je sentis remonter mon ressentiment pour la manière dont il nous avait brusquement dérangés. Je lançai un coup d'œil aux autres et j'en vis assez pour me convaincre qu'ils éprouvaient la même chose. Notre quiétude avait été troublée. Pourtant, Hathaway, qui n'avait pas encore parlé, se trémoussait dans son fauteuil et tournait et retournait son cigare dans ses mains en fixant les lunettes que Jenkins avait posées sur la table.

– Tu veux dire...? Suggéra-t-il.

– As-tu jamais vu une méduse ? Demanda Jenkins.

– Oui... bien sûr ! s'exclama Hathaway.

– Peuh ! Grogna légèrement Ridges en tirant sur son cigare.

– Comme du verre... poursuivit Jenkins.

Le jeune Gilson éclata de rire.

– Il va fabriquer des lunettes à partir d'une méduse ! Oh ! Seigneur... Ha, ha, ha ! Des lunettes à partir d'une méduse !

Hathaway foudroya le jeune homme du regard. Puis il se retourna vers Jenkins, qui tapotait nerveusement la table, et prit rapidement la parole.

– Et la méduse est transparente comme le verre... Pourtant ce n'est pas une substance minérale comme cette lentille, elle est organique, c'est un animal ! Se hâta-t-il de suggérer.

Jenkins sourit.

– Tu commences à comprendre, approuva-t-il, et il hocha encore la tête avec ce nouvel air condescendant. La méduse est transparente comme le verre, et pourtant c'est un organisme animal vivant, un corps vivant. Je travaillais sur l'une d'elle ce matin, et c'est là que cette idée m'est venue.

Il se tut un moment. Ridges émit encore un léger grognement. Gilson tourna vers moi ses yeux amusés. Le pensif Hathaway cherchait à tâtons son cigare. Je commençais à me sentir légèrement mal à l'aise. Jenkins poursuivit :

– Alors que je découpais cette chose il m'est venu à l'esprit que si cet animal pouvait vivre et être transparent, parfaitement invisible lorsqu'il était dans son élément naturel, pourquoi n'y aurait-t-il pas d'autres animaux partageant le même état ?

Hathaway se pencha en avant.

– Oui, oui ! fit-il dans un souffle.

Jenkins fit alors un geste théâtral de la main.

– Et pourquoi ne pourrait-on pas découvrir, disons grâce à un progrès de la chimie ou une à étude plus approfondie et analytique des processus biologiques, une substance qui rendrait tout corps animal, y compris le nôtre, absolument invisible ? Invisible, répéta-t-il, tout en lui permettant aussi de vivre...

Ayant émit cette idée plutôt surprenante, il s'adossa à son fauteuil, reprit son cigare oublié et nous dévisagea calmement tandis que nous écarquillions les yeux. Ce fut Gilson qui rompit le premier le silence par une critique plutôt absurde — mais il se tut lorsque Hathaway lui lança un autre coup d'œil.

– C'est ce que je voulais dire quand j'ai lancé qu'on pouvait y arriver ! répéta doucement Jenkins. Et j'y crois, j'y crois... La chose peut se faire. La seule question est : comment ? Il se tut un moment, et lança : avez-vous jamais vu un de ces lézards qui prennent la couleur de leur environnement ?

Hathaway se pencha en avant.

– Le caméléon ? Jeta-t-il. On en met un sur une feuille verte et il devient vert; sur du sable jaune et il devient jaune ; dans une pénombre mouchetée et il change immédiatement de couleur pour s'adapter ? J'en ai vu, oui.

Jenkins s'adossa à son siège avec satisfaction.

– Alors, qu'est-ce qui les empêche de devenir tout à fait transparent, si cela peut les aider davantage? dit-il doucement, haussant un sourcil d'un air doctoral.

Gilson éclata encore de rire. Pourtant, je crus discerner dans ce rire un soupçon de quelque chose d'inhabituel. Gilson commençait peut-être à réfléchir et ce rire n'était qu'une couverture. Impossible cependant de l'affirmer. En tout cas, il se pencha en avant pour s'écrier avec une horreur bien dissimulée dans la voix :

– Et tu pourrais le sentir se tortiller dans ta main, ce lézard gluant, sans pour autant pouvoir le voir ?

Ridges frissonna dans son fauteuil. Les yeux de Jenkins s'éclairèrent comme ils l'ont fait aujourd'hui lorsque je l'avais finalement reconnu.

– Pourquoi pas ? lança-t-il.

Ridges s'éclaircit la gorge.

– Donc, si je te suis bien, dit-il en s'exprimant pour la première fois depuis que nous avions vraiment commencé à comprendre l'idée de Jenkins, tu crois qu'un être humain pourrait d'une manière ou d'une autre devenir transparent tout en restant en vie ? En d'autres mots, qu'il pourrait être assis comme tu l'es dans ce fauteuil-ci, que nous pourrions voir les coussins écrasés, la dépression formée par son corps... et que, pourtant, lui ne pourrait être vu ? Bref qu'il soit invisible ?

Jenkins hocha la tête et parcourut du regard le groupe. Hathaway semblait perdu dans ses pensées. Même Gilson ne disait mot. Les autres dévisageaient simplement le biologiste comme s'il avait soudain perdu l'esprit.

– Pourquoi pas ? lança encore Jenkins.

Ridges changea de position dans son fauteuil.

– Ainsi, tu crois qu'on pourrait découvrir quelque chose qui, injecté à un homme, ou bien dans lequel on immergeait un homme, serait sans danger pour lui tout en le rendant invisible ? demanda-t-il avec un vif intérêt.

– Si on met de l'huile sur du papier, elle le rend presque transparent, n'est-ce pas ? soutint Jenkins avec vigueur. Si l'on pouvait trouver une substance affectant de manière identique les corps des animaux, et si un homme exerçait son esprit à accepter cela jusqu'au plus profond de son être, sans ce doute omniprésent avec lequel nous sommes si prompts à combattre inconsciemment toutes les idées nouvelles, la chose en question deviendrait possible. Comme la méduse, le papier huilé, le caméléon, notre homme se ferait parfaitement invisible ! Voilà, conclut Jenkins avec un hochement de tête grave, voilà l'idée qui m'est venue à l'esprit dans le labo ce matin. Et cette nouvelle idée était si frappante que je me suis surpris demandé comment je n'y avais pas pensé plus tôt ! Elle est si forte que, du plus profond de mon être, je crois vraiment sa réalisation possible...

Un moment, Hathaway regarda franchement Jenkins, puis tout aussi gravement, il hocha la tête et prit la parole.

– Rien, dit-il d'une voix calme, rien, à ce jour et à notre époque, absolument rien n'est impossible...

Ces mots suivirent si solennellement la déclaration de Jenkins que je sentis un singulier picotement parcourir ma peau. Même Gilson contemplait d'un air pensif le dessus de la table. Soudain, Jenkins se leva et s'étira.

– Bon, j'ai téléphoné à Santa Cruz pour une livraison de méduses blanches aujourd'hui à midi, juste après avoir acquis cette conviction. Ils n'ont pas encore répondu, comme je le leur avais demandé. Si... si vous voulez bien m'excuser un instant, messieurs, je... je voudrais...

Lorsque la lourde porte se referma sourdement derrière lui et que le fumoir embrumé redevint, tel une caverne, un silencieux havre de paix, nous échangeâmes tous des regards. Alors que je scrutais les visages faiblement éclairés qui me faisaient face, je me demandais ce qui se passait dans l'esprit de chacun d'entre nous. Je me demandais ce que Ridges, tout en tirant de calmes bouffées, pensait du fond de ce puits de sarcasme et de moquerie qui se dissimulait derrière ses yeux noirs et vifs. Je me demandais ce que Hathaway voyait de ce regard distant qu'il braquait vers un angle semi-obscur du plafond tout en faisant nonchalamment rouler son cigare entre ses deux mains. Je me demandais aussi quel mot d'esprit insouciant était prêt à jaillir du bout de la langue acérée de Harvey Gilson tandis qu'il contemplait le dessus de table. Je me demandais enfin si l'influence modératrice du sérieux de Jenkins le retenait encore...

– Quant à ce que je pensais personnellement de tout cela, P.M., pour y venir, je dois avouer que je n'en savais rien. Je n'en avais pas encore eu le temps de me faire une opinion. Jenkins, comme Ridges nous l'avait bien souvent dit avant d'admettre enfin le biologiste dans le club, était immensément imaginatif, impressionnable à l'extrême, aussi ouvert d'esprit que la nature elle-même, et toujours réceptif à tout nouveau développement de la science moderne. J'étais sûr et absolument certain que Jenkins ne se jouait pas de nous. Il croyait vraiment à sa nouvelle idée. Mais pour l'instant, tout ce que je pouvais faire, c'était simplement de garder l'esprit ouvert et d'attendre la suite des événements.

Le silence apaisant et enténébré de notre salle fut encore rompu, cette fois par Ridges, à l'autre bout de la grande table en noyer.

– Alors ? demanda-t-il. Et, après cet unique mot, il se tut.

Tous s'éclaircirent la gorge.

– Qu'en pensez-vous ? A nouveau, c'était la voix nonchalante de Ridges.

Pendant plusieurs minutes encore, s'installa un profond silence méditatif. Puis, avec un rire rauque, Gilson prit la parole.

– J'ai une idée... qui pourrait faire du bien. Ces mots s'adressaient à Ridges.

– Du bien ? demanda ce dernier en haussant les sourcils.

Gilson rit à nouveau... cette fois d'un rire délicieux se muant en un profond gloussement de pur amusement qui fut un soulagement pour nous tous. Le picotement de ma peau fut balayé par un sentiment général de certitude et de raison.

– Hé, hé, gloussa encore Gilson. Il dit que l'on peut rendre les choses invisibles. Jenkins le dit... et il le croit. *Il le croit.* Il dit qu'il va faire des expériences sur des méduses jusqu'à trouver la cause de leur transparence, et qu'ensuite il va l'appliquer à d'autres animaux. Houlà... ! Et moi j'ai une idée...

Ridges posa son cigare et essuya soigneusement ses lèvres avec son mouchoir.

– Oui ? dit-il, à nouveau de son vieux ton nonchalant et sarcastique.

– Ce vieux Jenkins croit que cela peut se faire, répéta le jeune Gilson. Il croit que des animaux, des hommes, pourraient être parfaitement invisibles ? Une chance qu'il soit si acharné à joindre par téléphone ces fournisseurs de méduses. Cela nous offre une opportunité...

Gilson se tut et nous toisa en grimaçant un large sourire. Hathaway fronça les sourcils et Ridges tapota la table.

– Mais encore ? suggéra à nouveau ce dernier, ses petits yeux noirs fixés sur le jeune homme assis à mes côtés.

– Il croit que cela pourrait marcher y compris sur lui, répéta Gilson. Puis il leva les bras... Alors, oui, pourquoi pas ?

Nous fîmes les yeux ronds et l'homme eut un petit rire.

– La façon dont il a écrasé cette table d'un coup de poing m'a laissé à moitié sourd ! Et voilà notre chance. Lorsque Jenkins reviendra, nous ne le verrons pas, d'accord ? Il pourra parler et nous aurons l'air surpris. Mais nous ne pourrons pas le voir. Il sera soudain devenu invisible, compris ? Il suffit de lui jouer ce petit tour et il sera vite écœuré par son idée... Et comme ça nous lui rendrons au passage la monnaie de sa pièce. Son...

Un cri interrompit soudain le farceur en puissance. C'était Hathaway, le visage aussi blanc dans la pénombre que la lune derrière des nuages poussés par le vent, broyant son cigare dans son poing.

– Ah non, non et non ! Pas ça ! s'écria-t-il d'une voix véritablement empreinte de douleur. Jamais je ne ferai *ça !*

Gilson resta bouché bée. Puis il rejeta la tête en arrière et rit à gorge déployée.

– Tu feras le meilleur acteur de la bande si tu gardes ce visage et cette voix, s'exclama-t-il.

Hathaway ravala convulsivement sa salive.

– Mais... mais je parle sérieusement ! Je... je...

Gilson lui tourna le dos et opina en grimaçant un sourire.

– Bon, vous me suivez, les gars ? Quand nous entendrons Jenkins à la porte, nous nous mettrons tous à regarder quelque chose d'autre. Lorsque nous nous retournerons, en nous attendant à voir Jenkins, eh bien... il ne sera pas là... !

– Oh ! Hoqueta Hathaway, les yeux fixes et le visage blême.

Je n'étais pas aussi sûr que Gilson que notre homme jouait la comédie car c'était trop réel. Mais notre plaisantin poursuivit :

– Nous serons affreusement surpris par son état, bien sûr, et nous en discuterons. Et le pauvre Jenkins sera assis là, et... Moi je vous le dis, il en aura vite marre... !

À nouveau, Hathaway émit une objection.

– Non, non, messieurs, ne faites pas ça ! Ne le faites pas. Jenkins pourrait... Jenkins croit... Il...

Sa voix se brisa.

Ridges croisa un instant mon regard et haussa un sourcil. Il désigna Hathaway d'un hochement de tête interrogateur. Je haussai les épaules. J'avais le sentiment qu'il valait mieux que je n'intervienne pas et je préférais laisser l'affaire entre les mains de Ridges qui, lui, connaissait Jenkins. Ridges examina un moment l'homme à demi effaré, puis parla d'un ton décidé.

– C'est sans danger... En outre, ne devons-nous pas un petit quelque chose à l'ami Lemuel Jenkins pour nous avoir fait autant peur en frappant la table ? Oui, cela ne lui fera pas de mal. Et je connais Jenkins. Je sais qu'il...

Hathaway se pencha en avant, presque suppliant.

– Ne faites pas ça, chuchota-t-il d'une voix rauque.

– Mais pourquoi donc ? lança Gilson.

Hathaway haussa les épaules.

– Je ne sais pas... Je ne le comprends pas vraiment moi-même. Je... je ne pourrais simplement pas, c'est tout. Non, je ne le pourrais pas...

– Absurde, s'écria Gilson, à présent résolu à faire valoir son point de vue.

Hathaway leva les mains au ciel et s'adossa avec raideur à son fauteuil. Nous autres contemplâmes pensivement le plafond un moment. Gilson, à nouveau tout enthousiaste, poursuivit :

– Voyons comment il va réagir ! S'exclama-t-il. Voyons à quel point il envisage sérieusement son idée de ce matin, à quel point elle lui plait. Et surtout, soyons à la hauteur. Vous devez tous jouer votre rôle, les gars...

Ridges s'éclaircit la gorge. Un des deux autres gars, j'ai oublié lequel, alluma un nouveau cigare, et je vis sa main trembler en tenant l'allumette. Puis nous entendîmes des bruits de pas étouffés qui s'approchaient. Ridges se leva d'un bond et alla tisonner les braises de la cheminée. Gilson se précipita à ses côtés.

– Il arrive, chuchota-t-il, et sa voix était soudain devenue très sérieuse.
Vous tous, n'oubliez pas... Ne vendez pas la mèche... On doit rester sé-
rieux... très sérieux.
Hathaway se pencha raidement en avant.
– Je ne pourrais pas... Je...
Mais Ridges se détourna de la cheminée et lui décocha un regard noir.
Hathaway s'adossa à nouveau à son fauteuil.
Alors que la porte commençait à s'ouvrir, Ridges me dit à brûle-pourpoint :
– Si un homme croit assez fermement en quelque chose, alors, tu di-
rais qu'il pourrait faire, ou être, ce à quoi il croit. C'est bien ça ?
Je hochai la tête sans comprendre, avant de voir où il voulait en venir.
– Absolument, approuvai-je. « Un homme est ce qu'il croit au fond de son
cœur » citai-je. Il y a plus de substance dans certains de ces anciens dictons
que nous le pensons généralement. Ce ne sont pas toujours des paroles en
l'air, pas toujours juste du langage figuratif. Certains dictons doivent être
pris au pied de la lettre, et pour moi celui-ci en fait partie... Un homme est
vraiment, ou devient avec le temps, ce qu'il pense être de façon persistante
et constante. C'est absolument et littéralement la vérité. C'est la même
vieille histoire de l'esprit dominant le corps... Une vérité universelle.
Personne ne prêta donc la moindre attention à Jenkins, qui s'était
laissé tomber d'un air vaguement préoccupé dans son profond fauteuil
et contemplait à présent attentivement l'étui de son cigare.
Gilson pouffa près de la cheminée. Hathaway s'était levé d'un geste
raide et me tournait le dos, faisant face avec les autres au foyer rou-
geoyant. Gilson posa doucement la question :
– La puissance de l'esprit, dis-tu ? Au point de devenir invisible?
C'était le signal. Ridges haussa bizarrement les épaules et se pencha
au-dessus du feu, qu'il se mit à tisonner soigneusement avec les
pinces.
– Demande plutôt cela à Jenkins, lança-t-il nonchalamment par-dessus son épaule.
Jenkins, affalé dans son fauteuil, avait, je le voyais du coin de l'œil,
suivi la conversation en essayant d'en trouver le fil et il leva alors la
tête.
– Me demander quoi ? S'enquit-il à voix basse.
Ridges se pencha et tisonna les braises.
– Oui, répéta-t-il, comme si personne n'avait prononcé la moindre parole... Demande-le à Jenkins.

Gilson se tourna à demi et me lança un regard pétillant. Jenkins s'était renfoncé dans son fauteuil.

— Je le ferais s'il était là, répondis-je avec un léger bâillement.

Jenkins, qui était assis à moins de deux pieds, de l'autre côté de la table, leva vivement les yeux.

— Oui ? lança-t-il en me fixant du regard.

Ridges se retourna lentement et cligna des yeux en scrutant la pénombre de la salle. Ses yeux s'arrêtèrent même un instant sur le petit biologiste qui ne se doutait de rien.

— Ça alors ! marmonna-t-il comme pour s'excuser. Je croyais que Jenkins était revenu !

L'expression de Jenkins se modifia légèrement et une étrange lueur d'intérêt brilla dans ses yeux.

— Je croyais qu'il était revenu. C'est étrange. Sûrement...

Ridges hésita un moment, et fixa d'un air absent le fauteuil de Jenkins et se hâta de poursuivre :

— Mais quand il sera de retour ici, nous bénéficierons d'une opinion autorisée là-dessus. Je vous le dis, messieurs, et je l'affirme avec le plus grand sérieux, quand Lemuel Jenkins a une intuition, comme le dirait Gilson ici présent, il faut y prêter attention ! Il sait en général de quoi il parle. Et lorsqu'il dit maintenant qu'une chose peut être vivante et pourtant invisible, il pense ce qu'il dit et c'est fort probablement la vérité. Donc, lorsqu'il reviendra...

Jenkins leva les yeux, l'air un peu intrigué sur le coup. Puis il se mit à rire... un peu bruyamment. Ridges regarda autour de lui et fronça les sourcils.

— Cette porte... il hésita un moment. Je jurerais l'avoir entendue s'ouvrir il y a un moment...

Il nous regarda à tour de rôle.

— Et qui vient de rire ? demanda-t-il sèchement, avec une note de frayeur dans sa voix. Son jeu d'acteur était parfait, son visage merveilleusement expressif. Qui a ri ? Lequel d'entre vous ? s'écria-t-il.

Jenkins ricana alors bizarrement. Lorsque nos regards se fixèrent tous sur lui sans le voir, ses yeux s'écarquillèrent avec plus que de la perplexité.

— Et voilà ! lança encore Ridges, s'éloignant de la porte. Encore ! Il nous foudroya férocement du regard. Qui a fait ça ? Qui se moque de nous, d'ailleurs ? Cette porte... Jenkins a dû entrer ! Il doit avoir des talents de ventriloque, ce que je n'avais jamais soupçonné. Ou est-ce vous, les gars, qui êtes en train de me jouer un tour ? Il se tut un instant, puis s'écria soudain :

– Hathaway, regarde-voir derrière ce paravent. Toi, Burns, derrière ces lourdes tentures. Il doit...

Ridges se tut encore, et regarda à nouveau droit vers Jenkins. Le visage de ce dernier était à présent très pâle, et avait une telle expression, mi-perplexe, mi-effrayée, que mon cœur faillit s'arrêter un instant. Sa bouche s'ouvrait et se fermait spasmodiquement, et il semblait tenter de déglutir. Mais, que ce fût vraiment de peur ou de fureur totale devant notre tentative de farce, cela je ne pouvais le deviner. Si je l'avais su alors la suite, je n'aurais certainement pas laissé les choses aller plus avant.

Ridges se pencha et jeta un coup d'œil sous la table. Quand il se redressa, son visage était rouge de colère, et ses yeux lançaient des éclairs.

– Jenkins ! cria-t-il, ses yeux se tournant éperdument çà et là dans la salle. Toi, là-bas, Lee, allume toutes les lumières. Que je sois damné si les histoires d'invisibilité de ce fou ne m'ont pas glacé le sang. Jenkins ! Jenkins ! À présent le petit biologiste était recroquevillé dans son grand fauteuil. Ses yeux étaient blancs et brillants, et ses mains serraient comme des griffes les accoudoirs. Je vis alors que l'homme était victime de son hypersensibilité... C'était cela, ou alors une terrible colère renfermée. En tout cas, je sus à cet instant que nous étions allés trop loin...

– Écoute-moi, chuchotai-je d'une voix rauque à Ridges. Écoute-moi, on arrête-là !

Ridges se méprit à dessein sur mes paroles.

– Je dirais que c'est lui qui va trop loin. Bon sang... allume *toutes* les lumières, Lee ! J'ai dit, toutes. Je veux *voir* Jenkins ! *Jenkins !* Par tous les saints, je...

Il s'arrêta net, car il avait posé la main sur celle du scientifique recroquevillé qui serrait l'accoudoir du fauteuil. Son visage me glaça alors littéralement le sang. La surprise, la peur et l'horreur totale s'y peignirent lorsque sa main se referma sur celle de Jenkins. Sa respiration se coupa. Tous les autres affichèrent aussi un regard fixe. Leur jeu d'acteurs était plus qu'admirable, quoi que ce fût à prévoir de la part d'un groupe d'universitaires. Même Hathaway, avec son visage blanc...

– Mon Dieu ! Hoqueta Ridges, et il tendit l'autre main vers moi. Sens-le... Sens-le ! Et, d'un ton fort rude : Jenkins !

Le malheureux, dans son fauteuil, retrouva enfin sa voix.

– Ici... je suis ici. Ici... ne me voyez-vous donc pas ? Ne *pouvez-vous* pas me voir ? Puis, alors que nous lancions tous des regards incrédules, il poursuivit : pour l'amour de Dieu, que quelqu'un dise que vous me jouez juste un tour ! Oh ! Oui dites-le, dites-le moi !

Je fis un pas en avant pour lui prendre la main et l'assurer que je le voyais effectivement, mais Ridges me saisit le bras. Jenkins s'effondra, les mains sur les yeux.

– Oh, mon Dieu ! Gémit-il. Que m'est-il arrivé ? Que m'est-il *arrivé ?*

Ridges chercha à tâtons la forme recroquevillé. Lorsque ses mains trouvèrent à nouveau le corps de Jenkins, il émit une exclamation de surprise et recula d'un bond.

– Lem... Lemuel... c'est... c'est... toi ? Hoqueta-t-il. Toi... ici ?

Le petit biologiste sanglota dans son fauteuil.

– Ils ne peuvent pas... ne peuvent pas me voir ! Ils ne peuvent pas... ne peuvent pas... Ils ne...

Les autres se mirent à bavarder d'un ton excité. Mais je ne pouvais plus supporter cette farce. Je pris une des mains de Jenkins et je me tournai vers Ridges.

– Il faut que cela cesse maintenant ! Chuchotai-je avec vigueur. C'est allé assez loin. Tu vas finir par rendre cet homme dingue. Tu...

Je me rendis alors compte que les yeux de Ridges ne croisaient pas les miens, mais étaient fixés sur Jenkins, à mes côtés. Un regard marqué d'une horreur, d'une consternation et d'une incrédulité cette fois véritables et plus du tout feintes. Et soudain le silence se fit total dans la salle. Je jetai inconsciemment un regard aux autres et m'aperçus qu'eux aussi fixaient Jenkins, comme hypnotisés. Il y eut un autre cri. C'était Hathaway. J'ignore comment je reconnus sa voix, car ce n'était plus la sienne mais une véritable plainte de douleur et de pitié.

– Ah... ! Regardez ! Regardez ! Il va... il va...

Mes yeux se détournèrent lentement pour réconforter l'homme dans le fauteuil. Cette étrange sensation de picotement que j'avais déjà éprouvée me reprit. Je me retournai rapidement. Le cœur cognant dans ma poitrine et mes cordes vocales soudain paralysées, je me rendis compte que je ne pouvais plus voir l'occupant du fauteuil ! Distinctement, tandis que je dévisageais les autres, j'entendis sa voix derrière moi.

– Ma main... Tu me tords la main !

Je tenais toujours sa main dans la mienne. Je baissai les yeux pour la regarder... et je ne vis rien. Mes doigts serraient spasmodiquement un objet solide et pourtant cet objet, solide, chaud, vibrant de vie, je ne pouvais le voir... ! Tous les avertissements de Hathaway, tous mes souvenirs sur la nature impressionnable de Jenkins, toute sa théorie sur la puissance mentale de l'homme sur le corps, tout cela me submergea. Un mot jaillit en un cri perçant :

– *Jenkins !*

– Oh ! émit la voix dans le fauteuil vide à côté de moi. Ils ne peuvent pas me voir... ils *ne peuvent pas me voir !* Ils ne le peuvent pas ! Et moi non plus, je ne peux plus me voir ! poursuivit-elle en se muant en un hurlement d'horreur. Je ne peux plus... Ahh... !

La voix de Jenkins se réduisit à un sanglot.

Gilson, à présent pâle comme la mort, le visage luisant de sueur, se tenait là, tremblant, les mains tendues. Une unique goutte de sang ressortait en un vif contraste sur sa lèvre inférieure. Ridges tomba aussi à genoux, palpant comme un fou ce qui semblait être l'espace entre les bras du fauteuil de Jenkins. Hathaway s'était effondré et, la tête enfouie dans ses bras, gémissait encore, et encore, et encore :

– Je le savais ! Je vous ai avertis ! Oh, que j'ai été idiot de vous laisser même essayer ! Idiot, idiot, idiot ! Pauvre Jenkins... Ce n'était pas juste... pas juste ! Je vous l'ai dit... ce n'était pas bien d'essayer. Il était si passionné... Il y croyait ! Nous n'aurions pas dû faire cela.... Je... je... nous... Oh, mon Dieu, qu'avons-nous fait ? *Qu'avons-nous fait !*

Ses paroles relevaient bien plus de la prière que de l'expression d'une peur ou d'un reproche. Si quelqu'un était entré à cet instant dans la salle, il nous aurait immédiatement pris pour un groupe de types devenus fous. À présent, moi aussi je palpais et secouais la chose si chaude et vivante sous mes mains, la chose que nous ne pouvions pas voir, et qui pourtant devait être Lemuel Jenkins... Lemuel Jenkins, frappé par la terreur, le malheur et le désespoir, et désormais aussi invisible à nos yeux que l'air lui-même !

Burns interrompit alors son histoire et frappa de sa canne une brindille dépassant de l'acacia doré au bord du chemin. Il se tourna ensuite vers moi, l'air grave, car j'avais émis une légère exclamation d'incrédulité.

– Tu l'as vu là-bas sur le banc, P.M. ? me dit-il alors. Tu as vu comment il est maintenant. Ses yeux... tu les as vus, hein ?

– Oui, répétai-je. J'ai vu ses yeux.

– Tu y as lu le désespoir, la terreur, et l'espoir alors qu'il nous dévisageait. Puis cette souffrance absolue lorsque j'ai fixé les buissons derrière lui comme si je ne le voyais pas ?

– Oui, répétai-je encore. Je l'ai vu.

Burns hocha la tête, l'air grave.

– Je... nous ne pouvions pas nous-mêmes y croire au début. Nous pensions que Jenkins avait mis à jour notre farce et retournait la plaisanterie contre nous. Qu'il nous avait hypnotisés pour nous faire vraiment croire que nous ne pouvions le voir... Il aimait s'essayer à l'hypnose, tu sais, à tout ce qui était de nature psychologique ou mentale. Mais ce n'était pas le cas ici... Jenkins ne nous jouait pas un tour... Il n'en avait soupçonné aucun de notre part. Il avait pris notre mise en scène au sérieux, aucun doute là-dessus, et elle s'était emparée de son esprit, conscient et inconscient. Nous ne le lui avons d'ailleurs jamais raconté par la suite ce qui s'était passé. Et on ne le fera jamais... Du moins, pas en ce qui me concerne.

Je me souviens de Ridges se tournant vers moi, le visage gris comme la mort.

– Voilà ce que nous avons fait... chuchota-t-il d'une voix hachée et pleine de colère. Voilà ce que nous avons fait ! Jamais je n'aurais imaginé... ça ! Il foudroya du regard Gilson, qui maintenant palpait lui-aussi frénétiquement le fauteuil de Jenkins. Ce jeune imbécile mérite de s'en mordre les doigts... comme nous tous, d'ailleurs.

Ridges se tut un instant. Puis, se retournant rapidement, il ajouta :

– Jenkins, dit-il doucement, Jenkins, peux-tu me voir ?

Une voix sanglotante lui répondit, provenant du fauteuil en apparence vide.

– Ou-oui... Mais je ne peux pas me voir moi. Je suis devenu fou, ou quelque chose du genre... Ou c'est mon idée idiote qui m'a rendu ainsi. Je n'en sais rien... Au début, je ne comprenais pas de quoi vous parliez, les gars... Je croyais que vous-mêmes aviez perdu l'esprit. Mais maintenant que je ne peux plus voir mon... mon...

– Regarde ma main, dit Ridges, agitant celle-ci devant le fauteuil comme s'il était lui-même aveugle. Prends-la. Voilà... Ah ! Dieu du Ciel !

Ridges hoqueta lorsqu'il serra ses doigts autour de ce qui était à l'évidence la main de Jenkins. C'était affreusement bizarre de voir les jointures de Ridges blanchir en empoignant ce qui ressemblait à du vide.

– Maintenant, lève-toi, poursuivit-il.

Le capitonnage du fauteuil craqua un peu et le coussin se releva... Ce fut le seul signe montrant que Jenkins s'était exécuté et qu'il avait quitté son siège. Ridges passa maladroitement son bras autour de la forme de Jenkins et s'avança vers le feu. Je me souviens du regard épouvanté que Hathaway m'adressa quand on vit Ridges avancer seul, mais en entendant les bruits de *deux* pas étouffés sur les tapis. Je me souviens aussi d'avoir scruté, comme fasciné, l'espace entre moi et la lueur des braises pour voir si je parviendrais à discerner quelque chose de notre homme. Mais non... pas la moindre ombre ni silhouette !

– Voilà, dit Ridges, s'arrêtant devant la cheminée. Sens-tu la chaleur ?

– Bien sûr que oui ! répondit un cri sourd à côté de lui. Mais je ne peux pas voir mon...

La voix s'éteignit sur un gémissement.

La poigne de Ridges serra convulsivement la main invisible. Puis, aussitôt, le bras qu'il avait passé autour de Jenkins s'affaissa comme sous l'effet soudain d'un poids. Et, en même temps, son visage se colora d'une nuance plus prononcée de gris et se durcit sous l'effet de l'inquiétude.

– Vite ! Vite ! s'écria-t-il. Il s'est évanoui, ou quelque chose du genre. Il est devenu mou comme une poupée de chiffons ! Par ici... par ici, aidez-moi à le tenir ! Plaçons-le sur la table. Toi, Hathaway...

Hathaway recula un instant. Les yeux soudain remplis de larmes, il se baissa et prit dans ses bras les membres que nous ne pouvions plus voir. Puis il les souleva... et les tendons de son cou se contractèrent sous l'effort.

– Un coussin, bon sang ! cria Ridges.

Gilson s'arracha à sa transe et en saisit un sur un fauteuil. Tandis que Ridges soulevait son fardeau, il le plaça délicatement près de sa main. Ridges explosa d'une colère fort excusable.

– Pas là, jeune imbécile ! Ici, ici !

Son bras soutenant toujours le poids invisible, il tira le coussin plus près de lui et abaissa doucement le bras. Aussitôt, une dépression arrondie s'y creusa lentement... Mais la tête qui créait ce creux nous était invisible.

– Maintenant, de l'eau... Vite ! ordonna Ridges.

– Mon Dieu ! s'écria Gilson. Est-ce que... Est-ce qu'il juste évanoui ?

– Par ici, cria Ridges. Il saisit brutalement la main de Gilson et la plaqua une dizaine de centimètres au-dessus de la table, juste sous le coussin. Par ici, répéta-t-il d'une voix froide et dure. Sens sa respiration... son cœur...

La main et le bras de Gilson montaient et descendaient au rythme de la respiration de l'homme invisible couché sur la table... Lui-même avait le souffle plutôt rauque.

– De l'eau ! cria Ridges...

Ridges, toujours le meneur lorsqu'il fallait donner de l'aide, malgré ses moqueries et ses sarcasmes souvent cruels. Il fit un signe de tête à Lee, qui était parti en courant chercher à l'extérieur ce revigorant souverain de la nature.

– Tu n'en as parlé à personne ? lui demanda Ridges à son retour.

Lee secoua la tête.

– Pas un mot.

– Bien ! Le félicita Ridges.

Gilson, sentant peser lourdement sur ses épaules sa responsabilité dans tout cela, eut une sorte de demi-sanglot :

– Dieu merci ! Mais si... si... quelque chose se... arrive... je... je suis là, s'écria-t-il. Juste là, et...

– La ferme ! fit sèchement Ridges. Tais-toi et aide-moi à lui donner de l'eau. Relève sa tête. Non... pas ici, pas comme ça. Voilà...

Il prit les mains de Gilson et les plaça, les paumes se faisant face, écartées d'environ un pied, juste au-dessus du creux que faisait la tête de Jenkins sur le coussin.

– Tiens-les comme ça, ordonna-t-il, puis il retira ses mains à lui et les déplaça jusqu'à les immobiliser au-dessus du petit creux. Maintenant, place-les de chaque côté des miennes... Vite, mon gars, nous perdons du temps ! Maintenant, rapproche-les lentement... Inutile de lui donner en plus un coup tant qu'il est dans cet état... Nous ne pouvons pas savoir si...

Les mains tremblantes de Gilson s'immobilisèrent soudain.

– Je... j'ai touché quelque chose... On dirait des cheveux. Oui, oui, c'est sa tête ! Ses mains descendirent légèrement et se mirent en forme de coupe. Prêt, dit-il. Je tiens la tête de ce pauvre Jenkins.

– Ne la lâche surtout pas, cette tête du pauvre Jenkins ! Explosa Ridges. Soulève-là !

Gilson s'exécuta et Ridges chercha du bout des doigts la bouche de Jenkins, inclinant doucement le verre.

Ce fut peut-être le plus singulier spectacle de toute cette affreuse soirée. Vois-tu, P.M., il versait de l'eau. Nous pouvions voir son niveau baisser. Nous pouvions la voir quitter le verre... et puis, elle... disparaissait ! Elle semblait versée dans le vide... On se serait attendu à la voir éclabousser le dessus de table. Mais, au contraire, comme si elle s'était instantanément évaporée, elle disparaissait ! La pensée qui me vint alors fut assez singulière. Je me penchai pour examiner le dessus de table, et je vis que j'avais raison.

Là où le corps de Jenkins touchait le noyer dur et poli, il y avait un léger creux. Avec un soupçon grandissant, j'avançai la main comme pour aider Gilson, et je vis que là où mes doigts touchaient ce corps invisible, leurs extrémités devenaient invisibles elles aussi. C'était comme si un huitième de pouce de leur longueur avait été tranché par ce contact. Je me penchai et examinai les mains de Gilson et je vis qu'elles étaient aussi dans le même état. Je donnai un coup de coude à Hathaway pour attirer son attention sur cet extraordinaire phénomène. Il resta silencieux, le regard fixe, avant de jeter :

– C'est ce que je craignais... Voilà pourquoi j'avais peur. Quelle que soit la chose qui a transformé ainsi ce pauvre Jenkins, elle est probablement de nature vibratoire et seule la conviction si puissante de Jenkins était à même d'en déclencher le processus... Voilà ce que je craignais que nous provoquions chez lui. Chaque infime particule de son corps vibre de façon à être parfaitement invisible, tout comme les pales d'un ventilateur électrique. Et cette vibration se communique à ses vêtements. C'est pour cela que nous ne pouvons pas les voir... J'y ai réfléchi depuis l'instant où... où c'est arrivé. Et il en va de même pour toutes les surfaces que son corps touche... Elles deviennent aussi invisibles. C'était justement ça qui m'inquiétais. Jenkins se prend si fortement à son propre jeu et il croit, il croit... si fort à certaines de ses idées bizarres qu'il est tout simplement en train de...

Une exclamation de surprise de Ridges nous interrompit alors.

– Il ne serait pas en train de revenir à lui ? Chuchota-t-il alors.

– Il revient lui... tu peux le sentir ? cria Gilson, alors que sa bouche n'était pas loin de l'oreille de Ridges. Oh ! Loué soit le...

Ridges le foudroya du regard.

– Attention, vous tous, dit-il d'une voix mortellement calme. Lorsque je donnerai le mot, jurez par tout ce qui est saint que vous pouvez voir sa main. Vous avez déjà joué la comédie... et vous l'avez mis dans cet état. Pour l'amour de Dieu, jouez maintenant la comédie pour l'en faire sortir. C'est le seul moyen... En agissant sur ses propres croyances. La vie même de Jenkins pourrait en dépendre. Il s'est mis dans cet état parce qu'il croyait à sa théorie idiote, et parce qu'il a perçu notre farce comme une situation sérieuse. Le seul moyen de le faire revenir est de lui faire croire tout aussi intensément que nous pouvons à nouveau le voir. Ensuite, il commencera... Mais voilà qu'il bouge... Il reprend conscience... Chut ! Vous tous ! Et n'oubliez pas ce que je viens de vous dire !

Ridges se tut et regarda la main invisible qu'il tenait. Puis il se tourna vigoureusement vers nous et s'exclama :

– Regardez, regardez... sa main ! La main de Jenkins. Les doigts... Vous les voyez ? Maintenant la main, toute la main. Le poignet... Ils redeviennent visibles... Dieu merci, ils réapparaissent ! À présent, Ridges criait littéralement. Regarde, Jenkins, vois par toi-même. Ah, Dieu merci ! Dieu merci, mon vieux, tu reviens parmi nous !

À ce stade, je ne pouvais moi-même rien voir, et je savais qu'il en allait de même pour Ridges. Mais j'ajoutai ma voix aux autres... en y mettant une joie que je n'éprouvais pas tant la situation paraissait désespérée. La main de Ridges eut une secousse comme si celle qui était invisible et qu'il serrait avait bougé.

Une voix que nous reconnûmes comme celle de Jenkins se fit alors faiblement entendre.

– Je ne peux pas voir... sanglota-t-elle d'un ton pathétique.

Les bras de Ridges se levèrent comme si le corps qu'il soutenait s'était mis sur son séant.

– Fou que tu es... *regarde !* Vociféra-t-il. Regarde cette main !

– Oh, mais je ne peux pas. Je ne peux pas... répéta Jenkins.

– Dieu merci, Dieu merci, tu reviens ! lança Ridges littéralement en sanglots.

Je sentis la douloureuse et vibrante compassion de ce cri. Nous hoquetâmes tous quelque chose de plus ou moins identique... Mais nous gardions le regard fixe, tremblant de peur que cette ruse ne se révélât pas aussi efficace à présent que ne l'avait précédemment été la farce qui s'était retournée contre nous.

– Je ne peux pas, s'écria Jenkins, à demi hystérique.

– Vite, nous chuchota vigoureusement Ridges. Son pouls est affreusement bas. La vie de notre petit homme est en jeu, allez-y !

– Oh, je ne peux pas... Je... Je ne... sanglotai à nouveau Jenkins.

– Mais tu le dois... Tu le *dois !* hurla Gilson, l'ancien farceur. Tu dois la voir ! Il ne peut en être autrement... Nous la voyons, nous la voyons. Tu *dois*. Tu n'as qu'à regarder... !

La voix de Jenkins se fit à nouveau entendre, un peu plus fort, avec à présent un léger soupçon de confiance et de conviction.

– Tu... Tu en es sûr ? Sûr ?

Je l'imaginai nous jetant frénétiquement des regards de ses yeux effrayés. Puis, il poussa un petit cri déchirant :

– Mais... Ma main ! Voilà les doigts qui grandissent, qui grandissent...
Je peux... Oui, je crois que je peux...

Un grand soupir échappa à Ridges. Les nôtres ne furent pas long à suivre. Faiblement, nous nous joignîmes à ses félicitations.

Car devant nous, tel une photographie se développant sur le papier vierge, tel le gel s'étendant sur une vitre de fenêtre, tel du sel se cristallisant à partir d'une solution limpide, devant nous Jenkins redevenait visible à nos yeux. D'abord le bout des doigts comme nous le lui avions fait croire, ensuite la main que tenait Ridges, puis un bras droit bien substantiel remontant étrangement jusqu'à l'épaule. Au fur et à mesure que la totale conviction de Jenkins se rétablissait, tout son corps jaillit du néant vers le monde de la vision normale.

Pour ma part, je me laissai tomber alors dans un des grands fauteuils confortables pour laisser mon corps tremblant retrouver lentement la paix. Je crois que tous durent faire de même... J'entendais Gilson qui sanglotait hystériquement à côté de moi, la tête enfouie entre les bras, le corps secoué par la violence de l'émotion qui s'était emparée de lui. Ridges était assis sur le bord de la table, tenant son ami dans ses bras, le serrant, le consolant, le cajolant comme une mère le ferait avec un enfant sortant d'un cauchemar. Hathaway, tout raide dans son fauteuil, tripotait un nouveau cigare et observait chaque mouvement de Jenkins, des larmes coulant sans retenue sur ses joues.

Un long moment, des heures me sembla-t-il, nous restâmes ainsi. À un moment, nous eûmes une peur affreuse : Jenkins, en proie au doute, déclara soudain qu'il allait redisparaître, et il tendit une main sans doigts pour le prouver. Mais en demandant à un serveur d'apporter de l'eau, nous noyâmes ses doutes car, une fois qu'il sut pour qui était la boisson, le garçon s'avança directement vers le petit homme tremblant et lui tendit le verre. Et lorsque Jenkins avança craintivement le bras pour le prendre, sa main réapparut... Jenkins *dut* alors y croire, le garçon n'ayant pas du tout fait mine de remarquer quoi que ce soit de particulier. Après cela, nous attendîmes encore une bonne demi-heure avant de tenter de lancer une conversation à bâtons rompus sur la pêche dans la Sierra, conversation qui ne rencontra pas un franc succès...

Puis nous rentrâmes à la maison, Ridges accompagnant un Jenkins toujours tremblant qui le suppliait de rester avec lui pour la nuit.

La voix de Burns se tut soudain. Nos pas nous avaient conduit au Campanile, et la bibliothèque où mon compagnon devait se rendre scintillait juste une centaine de pas plus loin, son granit blanc et brillant contrastant magnifiquement avec le bleu azur du ciel californien et avec le vert délicat et l'or somptueux des acacias de printemps se dressant le long du chemin.

Au moment où nous fîmes halte, Burns tendit la main comme s'il repensait à quelque chose.

– Tu vois cette main ? dit-il tranquillement. Observe la peau séchée au bout des doigts et l'aspect ridé de la paume. Les mains de Ridges avaient le même aspect, tout comme celles de Gilson... et celles de ceux d'entre nous qui avaient touché Jenkins pendant qu'il était dans cet état. Presque comme si elles étaient brûlées. Mais elles n'étaient pas douloureuses, même si cette même nuit une bonne partie de l'épiderme superficiel se décolla quand je me les lavais. Le dessus de la table où Jenkins reposait lui aussi se décomposa sur une épaisseur d'un huitième de pouce environ. Pareil pour le coussin du fauteuil de Jenkins. Pas exactement brûlé, ni vraiment décomposé, mais desséché, presque décoloré.

De nous tous, ce fut Hathaway qui approcha au plus près la cause de ce phénomène lorsque nous en discutâmes plus tard entre nous. Les vibrations du corps de Jenkins, en communiquant son tremblement infiniment rapide à tout ce que son corps touchait, avaient cristallisé la peau, le bois, le tissu. Un peu comme le fait la chaleur sur ce qui l'entoure. Ou mieux, comme les parties métalliques d'une automobile sont cristallisées par les vibrations du moteur et de la route. Ridges nous a aussi raconté le lendemain le mal qu'il avait eu à ramener Jenkins à la maison dans un état à peu près décent, vu que les vêtements du petit homme s'émiettaient, se fendaient et se déchiraient à chaque pas...

Nous étions à présent à l'entrée de la bibliothèque, et Burns s'arrêta à nouveau pour lever les yeux vers les eucalyptus qui bordaient gracieusement la route. Il se retourna et embrassa du regard le splendide bâtiment qui se dressait devant nous. Il marmonna alors quelques mots dont je ne pus distinguer qu'une partie.

– De la pierre de la Sierra... Compacte... dense... et comme Jenkins elle...

Suivirent quelques mots que je ne pus saisir. Puis, haussant curieusement les épaules, il ajouta :

– Qui sait, hein... ? Oui, qui sait... ?

Brusquement, il se retourna vers moi.

– Voilà, dit-il, l'explication pour les yeux de Jenkins... et pour la joie quasi divine qu'ils ont exprimée lorsqu'il a su que nous pouvions le voir. Tu sais, il vit dans la crainte permanente que ses doutes l'emportent à nouveau, et qu'il... et que la même chose lui arrive à nouveau. Une horreur absolue pour lui... ! Mais il va mieux, Dieu merci, il va mieux à chaque jour qui passe. Et à ce propos, dit Burns en se retournant, un pied déjà sur l'escalier, Jenkins va se souvenir de toi. Donc, la prochaine fois que tu le verras, pour le salut même de son âme, va droit vers lui, tends la main et souris de plaisir en le regardant au fond des yeux. N'oublie pas ça, P.M., ne l'oublie pas, d'accord ?
Je serrai la main de Burns avec compassion et hochai la tête. Après avoir vu les yeux de Jenkins ce matin, comment pourrais-je en effet l'oublier. Oui, comment le pourrais-je ?

Titre original : *The strange case of Lemuel Jenkins*
Traduit par Martine Blond

BIBLIOGRAPHIE FRANÇAISE DE PHILIP M. FISHER, JR

– «L'étrange cas de Lemuel Jenkins(«The Strange case of Lemuel Jenkins), *All-Story Weekly*, 26 juillet 1919), nouvelle d'horreur et de SF in *Wendigo* #1, 2010.

**LES ÉDITIONS DE L'ŒIL DU SPHINX
PRÉSENTENT :**

Nul ne pourra désormais en douter : les Grands Anciens hantent les écrits de l'auteur de Malpertuis. Patrice Allart en profite pour dresser une liste des héritiers francophones des deux Maîtres du Fantastique. Certains noms ne manqueront pas d'étonner. Pour ne rien dire d'une longue et passionnante interview d'un vieux pirate,qui pourrait bien être…. Le fantôme de Jean Ray lui même.

**CHEZ L'ÉDITEUR POUR 15 € PLUS 2,30 € DE FRAIS DE PORT
PAR CHÈQUE À L'ORDRE DES ÉDITIONS DE L'ŒIL DU SPHINX.**

TERREUR

par Achmed Abdullah

Achmed Abdullah fait partie de ces auteurs qui semblent sortir tout droit d'un de leurs propres romans... Et ce n'est pas son « autobiographie » The Cat Had Nine Lives *(1933) qui risque de dissiper cette impression car elle s'emploie à éluder justement tout détail significatif, ou presque, qui pourrait guider le lecteur, au profit de l'évocation romanesque de moments exotiques, colorés et délicieusement excitants de l'existence d'Achmed Abdullah avant qu'il ne vienne s'installer aux États-Unis pour y faire une carrière aussi remarquable que remarquée en littérature, au théâtre et au cinéma.*

Le romanesque s'attache à Achmed Abdullah dès le premier jour de sa vie. Né en 1881 à Yalta, en Crimée, de l'union entre la princesse afghane Nourmahal Durani et le Grand-Duc Nicolas Romanoff, cousin du tsar de Russie, il sera connu sous deux noms, celui d'Alexandre Nicholaïevitch Romanoff et celui d'Achmed Abdullah Nadir Khan al-Durani al Iddrissyeh... Musulman à sa naissance, Achmed Abdullah se convertira bien plus tard à la religion orthodoxe, tout comme il prendra la nationalité britannique. De sombres histoires familiales ayant provoqué le divorce de ses parents, il suit sa mère en Afghanistan puis aurait commencé ses études à Darjeeling en Inde et les aurait poursuivi à Paris pour rejoindre ensuite la fameuse Eton en Angleterre avant de faire un séjour à Oxford. À Paris il aurait publié, à titre privé, son premier recueil de poésie en 1900, Chansons couleur puce. *Si on veut bien se souvenir que l'Afghanistan d'alors n'avait pas grand-chose à voir avec celui d'aujourd'hui et qu'il était naturel pour les*

grandes familles russes ou autres de pratiquer le cosmopolitisme de luxe, à commencer par celui de l'éducation, ce parcours n'a rien d'impossible...
En 1900, Achmed Abdullah s'engage dans l'armée anglaise où il deviendra officier, d'où son surnom de « Captain Abdullah ». Il servira aux Indes, en Chine, au Tibet, au Moyen Orient, en Afrique et en France au cour de la Première Guerre Mondiale, période qui voit ses débuts comme auteur d'aventure et d'histoires policières dans les pulps *américains. Toutes ces années aux quatre coins du monde doublées d'un évident sens de l'observation acéré vont lui permettre d'acquérir une étonnante connaissance des hommes, des coutumes et des pays qui servira grandement à donner une belle touche de vécu à ses histoires dont les Chinois et les Musulmans sont souvent les protagonistes. Ajoutée à un talent de conteur-né, cette qualité va vite faire de lui un auteur à part et brillant sur la scène littéraire américaine après son départ de l'armée et son installation aux Etats-Unis à la fin des années 1910.*
Par la suite, la carrière d'Achmed Abdullah va se partager entre l'édition new yorkaise, Broadway et Hollywood. Jusqu'à sa mort en 1945, des suites d'une maladie cardiaque, ses romans et nouvelles, (en particulier les histoires du Chinatown de New York, celles des lointaines contrées d'Asie mais aussi ses « romances »), vont fleurir dans les meilleurs pulp *(Argosy, Blue Book, etc.) et* slick magazines *(Liberty, Cosmopolitan, etc.), avant d'être la plupart du temps, jusqu'en 1940, reprises en volume chez des éditeurs de premier plan. Les théâtres de Broadway et d'ailleurs programmeront ses pièces dans les années 1920 et 1930 et, surtout, Hollywood lui donnera, entre autres choses, l'occasion de publier son livre le plus connu (mais pas le meilleur...), la version romancée du* Voleur de Bagdad *(1924) de Raoul Walsh et avec Douglas Fairbanks, Sr., sur un scénario co-signé Elton Thomas (D. Fairbanks) et Lotta Woods mais auquel le bruit court qu'Achmed Abdullah aurait aussi participé. En 1935, son scénario des* Trois Lanciers du Bengale *de Henry Hathaway avec Gary Cooper, co-écrit notamment en collaboration avec John B. Balderston, le co-scénariste du* Dracula *de Tod Browning, fut nominé pour l'Oscar du meilleur scénario.*
Si Achmed Abdullah savait à merveille utiliser les labyrinthes des mentalités chinoises ou musulmanes pour tisser des scénarios aux inquiétantes facettes pour le lecteur occidental, sa passion pour le fol-

klore de l'Afrique, mais surtout de l'Asie, a fait qu'un certain nombre de ses histoires (cf. par exemple, le recueil Wings, tales of the psychic, *1920, ou le roman* The bungalow on the roof, *1931...) sont plus ou moins fortement teintés de fantastique et d'horreur. « Terreur » appartient à cette veine, dans sa version inspiration africaine...– RDN.*

L'homme qu'il craignait tant était mort depuis dix ans déjà, mais pour Stuart McGregor, cela n'atténuait en rien son horrible obsession, une certaine expectative sinistre, chaque fois qu'il se remémorait cette ultime vision sous le clair de lune livide, juste avant que Farragut Hutchison ne disparût dans la jungle africaine, spectrale et immobile, comme forgée de quelque métal vert et ténébreux.

Il reconstituait alors la scène dans son esprit dans tout ce qu'elle avait d'irréel, presque étouffante dans sa grotesque théâtralité : le rideau de ténèbres, humide et noir comme le Styx, qui les entouraient ; les choses obscènes qui battaient paresseusement de leurs ailes molles dans la nuit au-dessus de leurs têtes, ou qui frôlaient les arbres touffus qui retenaient la chaleur moite du jour tropical comme des tuyaux de chaudières dans une usine ; les choses gluantes et sifflantes qui rampaient, glissaient, se tortillaient sous les pas ; le grondement d'une lionne en chasse qui, partant d'une basse profonde, culminait en une trille stridente et haut-perchée, ridiculement inappropriée ; l'aboiement hardi et vicieux d'une hyène tachetée ; les sifflets, les pépiements d'une multitude de singes ; un phacochère traversant les sous-bois dans un fracas comique et gauche — et quelque part, très loin, le battement saccadé d'un tambour d'alarme, et plus loin encore la réponse du maillon suivant de la chaîne.

Il avait vu nombre de tambours de ce genre, faits d'un tronc de palmier évidé au feu et recouverts d'une peau tendue, en général la peau d'un ennemi humain.

Oui, il se souvenait de tout. Il revoyait la jungle nocturne, dont l'ombre rampait vers le camp comme une créature intelligente et malveillante — et aussi la lune, moqueuse, horrible, louchant sur la scène tandis que Farragut Hutchison quittait le campement entre les six géants, des nègres de la tribu des Bakotos, emplumés, barbouillés de peintures à l'ocre, la lune dont les rayons soulignaient crûment le tatouage qui couvrait le dos de l'homme, visible à travers la chemise lacérée par les acacias à girafe, les feuilles d'épineux ou les feuilles de palmier, effilées comme des sabres.

Il se rappelait fort bien en quelle occasion Farragut Hutchison s'était fait tatouer. C'était à Port Saïd, après avoir fait une bringue de tous les diables chez Madame Céleste, du côté opposé au bazar des marchands de la Mer Rouge, pour faire plaisir à une métis Swahili qui ressemblait à une madone d'or et de ténèbres, en communion avec tous les péchés capitaux. Sans nul doute, cette fille avait fait part égale avec l'artisan levantin qui avait dessiné le tatouage : un aigle, ressortant vivement en rouge et bleu, surmonté d'une couronne posée de guingois et entouré de lignes ondoyantes. L'oiseau était figuré de profil et semblait cligner sardoniquement de son œil unique à chaque fois que Farragut Hutchison faisait jouer les muscles de son dos ou tressaillir ses omoplates.

Toujours, Stuart McGregor revoyait ce tatouage.

Toujours, il revoyait le regard en coin, malfaisant, de l'aigle — et il se mettait à hurler, où qu'il soit à ce moment-là, au théâtre, dans un restaurant de Broadway ou encore devant un bœuf mahogany chez un ami proche.

A bien y réfléchir, il lui semblait qu'en dépit de leurs bravades, de leur déploiement réciproque d'esbroufe, Farragut Hutchison et lui avaient été terrorisés dès le jour où, loin dans l'arrière-pays, après s'être enivrés d'un mauvais vin de palme, ils avaient insulté l'idole des Bakotos. Les hommes de la tribu étaient partis à la chasse, ne laissant derrière eux personne pour garder le village, si ce n'étaient les femmes, les enfants et quelques vieillards sans forces dont les injures et les malédictions proférées d'une voix de fausset, pour être pittoresques, n'avaient pu empêcher les deux larrons de danser une pantomime d'ivrogne fort vulgaire devant la statue, d'écraser des mégots de cigare encore brûlants sur ses traits trapus et répugnants, et de souiller de toutes les manières possibles la hutte du *juju* — sans parler du pillage de ses trésors, qui s'avéra fort profitable.

Ils s'étaient enfui avec leur butin, de la poussière d'or et une poignée de diamants jonquille avant que les guerriers Bakotos ne soient revenus. Mais dès ce moment, la peur les avait suivis, poursuivis, traqués ; une peur différente de tout ce qu'ils avaient pu connaître jusque là. Et on peut bien dire que ces deux-là s'étaient pourtant taillés dans la vie un chemin sanglant, tortueux et fantastique, qu'ils avaient suivi le petit djinn sombre et bigleux et bossu de l'Aventure partout où la sauvagerie primitive de l'homme triomphe de la loi, de Nome à

Tombouctou, du Pérou aux tentes de feutre noir de la Mongolie Extérieure, du désert australien aux antres noyés d'absinthe des « Apaches » parisiens. Oui, on peut dire qu'ils avaient regardé la mort en face, et fréquemment ; mais, n'étant pas des sots, ils avaient trouvé son regard rebutant et glaçant.

Mais pendant ce périple qui devait les ramener vers la sécurité de la côte, vers l'Union Jack fatigué battant au-dessus de la baraque en tôle ondulée du représentant du gouvernement britannique, ils avaient ressenti une émotion bien pire que la simple peur physique ; une appréhension sinistre, morbide, sans nom s'était insinuée dans leurs âmes, une note sauvagement discordante grondait jusqu'aux tréfonds les plus secrets de leurs êtres.

Tout semblait les railler ; la jungle rampante aux miasmes aigres, les racines glissantes et les troncs d'arbres abattus ; le soleil des Tropiques, brun, déliquescent, comme un soleil de Jugement Dernier ; les fleurs elles-mêmes, épineuses, capiteuses, cireuses, malsaines, lascives.

Lorsqu'ils se reposaient pour la nuit dans quelque clairière, ils prenaient même peur de leur propre feu de camp : il flamboyait, crépitait, puis soudain se recroquevillait en une boule couleur de rubis. Il leur semblait complètement isolé dans la nuit pourpre.

Isolés !

Ils aspiraient alors douloureusement à une présence humaine, une présence *blanche* !

Des visages de *Blancs* ! De l'argot de *Blancs* ! Des jurons de *Blancs* ! Des voleurs *blancs* ! Des obscénités de *Blancs* !

Et ils auraient même accueilli avec soulagement la mort des mains d'un blanc, un bon meurtre, décent, franc, honnête... *blanc* !

Un couteau jaillissant du poing épais d'un marin scandinave aux cheveux blonds ; un skipper de caboteur cherchant la bagarre, une cheville d'amarrage à la main ; le six-coup d'un parieur déchargeant sa mort en plomb dans un tripot perdu de Nome ; un « Apache » étranglant un passant au garrot dans la rue de Venise.

Mais ici, dans la jungle africaine — oh, que Stuart McGregor s'en souvenait bien — la peur de la mort s'imprégnait d'une horreur indicible. On n'entendait aucun bruit, sauf le bourdonnement des mouches tsétsé, et aussi un lointain roulement de tambours, murmurant à travers jungle et désert comme la voix des âmes désincarnées, égarées aux confins de la Création.

Et, au-dessus de leurs têtes, les étoiles ! Ils pouvaient toujours apercevoir, en ces nuits-là, trois étoiles scintillantes et moqueuses ; et McGregor, qui, en son temps, avait fait son université et même débité sa quote-part de vers anémiques et boiteux, les avaient montré du doigt :

– Les trois étoiles de l'Afrique ! L'étoile de la Violence ! L'étoile de la Luxure ! Et cette maudite petite étoile de l'Avidité !

Il avait alors éclaté d'un rire heurté ; Farragut Hutchison, frappé par ce son singulièrement déplacé, avait alors laissé échapper un mauvais juron :

– Ferme-là, espèce de...

Car ils en étaient déjà à se quereller, ces deux compagnons d'une douzaine d'aventures débridées et périlleuses qui avaient forgé leur solidarité. Graduellement, imperceptiblement, une haine mutuelle grandissait entre eux, comme l'ombre d'une feuille dans le crépuscule d'été.

Mais ils avaient repris contrôle d'eux-mêmes. Ils avaient de beaux diamants, qui donneraient un gros rapport ; même divisé en deux parts, ce serait un fameux butin.

Et puis, brutalement, la fin était venue — pour l'un d'entre eux.

Et Stuart McGregor, aux doigts agiles et fins, s'était assuré que Farragut Hutchison serait celui-là.

Bien des années plus tard, le souvenir de l'Afrique avait tout entier re-flué en une ombre malsaine et sinueuse ; alors, Stuart McGregor ra-contait, de sa voix traînante, monotone et un peu plaintive, que la conclusion de cette spectrale odyssée africaine avait été très différente de ce qu'il avait attendu.

En un sens, il avait été désappointé.

Certes, les frissons dramatiques, les mésaventures à vous glacer le sang, n'avaient pas manqué. Au contraire, il y avait eu abondance de frissons.

Mais McGregor était tendu comme un ressort. Il avait trop attendu, trop craint, pendant ce périple à travers l'arrière-pays pour fuir le vil-lage des Bakotos.

Aussi, lorsqu'une nuit les guerriers de la tribu étaient surgis de nulle part, jaillissant silencieusement de la jungle par centaines comme vo-mis par l'obscurité, ce déploiement lui avait paru trivial.

Banale aussi, l'attente de la mort. En vérité, ce devait être un soulagement, après les fatigues débilitantes de la fuite, les accès de fièvre, la vermine grouillante et volante, la morosité dévorante, si typiquement africaine.

– Une vigoureuse explosion de haine, voilà ce que j'attendais, compre-nez-vous ? disait Stuart McGregor. Rapide et sans pitié. Et ce ne fut pas le cas. Car la fin, lorsqu'elle vint, fut lente et inexorable. Dense. Comme dans une tragédie grecque, d'une certaine manière. Et si courtoise ! Si polie ! C'était le pire de tout !

Car le chef des Bakotos, un guerrier odorant, haut et large, aux cheveux crépus, avec le visage d'un Néron noir mâtiné d'un trait d'empereur mandchou, s'était incliné devant eux dans un grand fracas d'ornements barbares. Sa voix n'était nullement troublée par la haine lorsqu'il leur avait déclaré qu'ils devaient payer pour avoir insulté l'idole. Il n'avait même pas mentionné le vol de la poussière d'or et des diamants.

– Mon cœur saigne à cette pensée, chefs blancs, avait-il dit. Et cependant, vous devez payer.

Stuart McGregor avait balbutié des excuses ineptes.

– Nous... nous étions ivres... Nous ne savions pas... oh non... ce que...

– Ce que vous faisiez ? Avait achevé le Bakoto avec un léger soupir mélancolique. Et le pardon est en mon cœur.

– Vous... vous voulez dire...? Farragut Hutchison avait bondi, la main tendue, bredouillant des remerciements fiévreux.

– Le pardon est dans *mon* cœur. Pas dans celui du *juju*, avait courtoisement répliqué le nègre. Car le *juju* ne pardonne jamais. D'un autre côté, le *juju* est juste. Il veut sa mesure exacte de sang. Pas un gramme de plus. Aussi, avait poursuivi le Bakoto, son visage aussi inerte et dénué d'expression que celui du Bouddha méditant à l'ombre du cobra, c'est à vous de choisir.

– Choisir ? Farragut Hutchison avait relevé la tête, les yeux pleins d'espoir.

– Oui. Choisir lequel de vous deux va mourir. Le Bakoto souriait, avec cette suave courtoisie qui, d'une certaine manière, décuplait l'horreur absolue de la scène. Mourir, oh, d'une mort très lente, à la hauteur de l'injure faite au *juju*, digne de l'immense sainteté du *juju* !

Soudain, Stuart McGregor avait compris qu'il n'y aurait place pour aucunes palabres, aucun marchandage. Rapidement, il avait posé la question, d'un ton hystérique.

– Qui ? Moi... ou...

Il avait marmonné, puis s'était arrêté, confus. Le Bakoto avait terminé la phrase interrompue avec un rire aérien, doux, inhumain :

– ... ou votre ami ? Mais, chef blanc, cela, vous le déciderez entre vous. Tout ce que je sais, c'est que le *juju* a parlé au prêtre, et qu'il se contentera de l'une de vos deux vies. Une vie... et une mort. Une mort lente.

Il avait fait une pause, puis avait repris doucement, très, très doucement :

– Oui, une lente agonie, dont la durée dépendra entièrement de l'endurance de celui d'entre vous qui sera sacrifié au *juju*. Il y aura les petits couteaux. Il y aura les insectes, attirés par l'odeur du sang, qui voleront autour des chairs putréfiées. Et aussi beaucoup de fourmis rouges ; beaucoup, oui — et une mince rivière de miel pour leur montrer le chemin.

Il avait baillé, et puis avait repris de nouveau :

– Vous voyez ? Le *juju* est juste. Il ne veut qu'un de vous deux pour son sacrifice, et c'est à vous de décider qui va vivre et qui va mourir. Et souvenez-vous bien des petits, tout petits couteaux. Et prenez garde de n'oublier la multitude des fourmis remontant la piste de miel. Je reviendrai dans un moment pour connaître votre choix.

Il s'était incliné puis, suivi par ses guerriers silencieux, avait disparu dans la jungle qui s'était refermée derrière eux comme un rideau de théâtre.

Même en cet instant d'horreur brute, d'une horreur trop intense pour être saisie, d'une horreur qui débordait toutes les limites de la simple peur physique — oui, même à cet instant, Stuart McGregor avait réalisé qu'en leur laissant ce choix, le Bakoto s'était montré digne, par un raffinement de cruauté, d'une race plus civilisé, ajoutant à la torture physique des petits couteaux une torture morale tout aussi atroce.

Mais dans ce même instant d'expectative terrifiante et vicieuse, il avait su que ce serait Farragut Hutchison que l'on sacrifierait au *juju* — Farragut Hutchison qui était assis là, les yeux rivés au feu de camp, qui faisait de drôles de petits bruits avec sa gorge.

Soudain, Stuart McGregor avait éclaté de rire — il allait se souvenir de ce rire jusqu'à son dernier jour — et avait jeté un paquet de cartes tachées de graisse au milieu du cercle de lumière pâle et indifférente.

– Laissons les cartes en décider, mon vieux, s'était-il exclamé. Une manche de poker – sans essayer d'améliorer la main. Et on abat. C'est honnête, non ?

– C'est bon ! Avait répondu l'autre, les yeux toujours fixes. Vas-y, distribue...

Sa voix s'étira en un murmure indistinct. Stuart McGregor s'était emparé du paquet, s'était mis à battre les cartes lentement, mécaniquement.

Tandis qu'il les battait, il lui avait semblé que son cerveau envoyait des messages frénétiques jusque dans ses doigts, comme si la multitude de nerfs délicats qui parcourait son corps de l'occiput jusqu'aux doigts palpitait en un chœur cliquetant : Vas-y, Mac... Vas-y, Mac... Vas-y, Mac... sur un rythme haletant, syncopé.

Et il avait continué de battre, continué d'observer les mouvements de ses doigts — et s'était aperçu que son pouce et son médium avaient relégué l'as de cœur au-dessous de la pile.

L'avait-il fait exprès ? Il l'ignorait alors. Il n'avait jamais pu en décider par la suite, bien qu'il revécût en esprit la scène des milliers de fois.

Mais il y avait les petits couteaux. Il y avait les fourmis. Il y avait la piste de miel. Il y avait surtout sa propre volonté inflexible de survivre. Et il se trouvait que, bien des années auparavant, il avait été donneur de cartes professionnel de faro à Silver City.

Un second as avait rejoint le premier au bas de la pile. Puis le troisième. Le quatrième.

Enfin, Farragut Hutchison s'était exclamé violemment :

– Distribue, mon vieux ! Distribue ! Tu me rends fou. Finissons-en !

La sueur dégoulinait sur le visage de McGregor. Son sang battait dans ses veines. Il ressentait comme un marteau frappant en cadence à la base de son crâne.

– Coupe, s'il te plaît, avait-il dit. Et sa propre voix lui semblait venir de très, très loin.

De sa main tremblante, l'autre avait fait un signe de dénégation :

– Non, non ! Donne-les comme ça. Tu ne m'auras pas !

Stuart McGregor avait dégagé de la pointe de sa chaussure un petit carré sur le sol.

Il se rappelait ce mouvement. Les feuilles mortes avaient glissé avec un crissement sec et tragique, quelque chose de gluant, vert et phosphorescent, s'était tortillé dans les touffes d'herbe, un petit scorpion velu s'était enfui en cliquetant, *tchk-tchk-tchk*.

Il avait distribué les cartes.

Mécaniquement, sous son propre regard distant, ses doigts lui avaient donné cinq cartes du dessous du paquet. Quatre as, et la reine de carreau. Farragut Hutchison s'exclamait, presque suffoqué :

– Cartes sur table ! J'ai deux paires : rois et valets !

Et la seconde d'après, faussement surpris, Stuart McGregor lançait à son tour un cri perçant, de joie et de triomphe.

– J'ai gagné ! J'ai les quatre as ! Tous les as du paquet !

Et puis l'exclamation de Farragut Hutchison, faible et risible — risible au vu du sort épouvantable qui l'attendait :

– Bon sang de bois ! T'es un sacré veinard, Mac, non ?

Au même instant, le chef des Bakotos avait surgi de la jungle, suivi d'une demi-douzaine de guerriers.

Enfin, la scène finale : Farragut Hutchison s'éloignant entre les géants nègres, ces Bakotos emplumés, barbouillés d'ocre, sous les rayons de la lune sinistre et moqueuse, louchant sur la terre, soulignant crûment le tatouage sur le dos de l'homme blanc, visible à travers la chemise lacérée — et le clin d'œil malveillant, sournois, de l'aigle tandis que Farragut Hutchison faisait tressaillir ses omoplates en une mimique ridicule et nerveuse de résignation. Stuart McGregor s'en était souvenu à chaque jour de sa vie.

Il avait raconté cette terrible fin à qui voulait l'entendre. Mais il n'y eut qu'au Père O'Donnell, qui officiait dans la petite église gothique au coin de la Neuvième Avenue, qu'il dit toute la vérité — qu'il avait confessé avoir triché.

– Bien sûr que j'ai triché ! Bien sûr. Et il ajouta, d'un air bravache et provocant : Vous auriez fait quoi, vous, Padre ?

Le prêtre était compréhensif, il était vieux et sage ; aussi n'était-il nullement trop sûr de lui. Il avait secoué la tête avant de répondre :

– Je ne sais pas. Non, je ne sais pas.

– Ah oui ? Eh bien, moi, je sais ! Vous auriez fait ce que j'ai fait. Vous n'auriez pas pu vous en empêcher. Puis, un ton plus bas : Et vous en auriez payé le prix ! Comme je le paie — chaque jour, chaque minute, chaque seconde de ma vie.

– Le regret, le repentir ! avait murmuré le prêtre, mais l'autre lui avait coupé la parole.

– Repentir ? Rien du tout ! Je ne regrette rien. Je ne me repens de rien. Je referais la même chose demain. Ce n'est pas le... ah... cet — comment appelez-vous ça ? — cet aiguillon de la conscience qui me rend fou. C'est la peur.

– La peur... de quoi ? avait demandé le prêtre.

– De Farragut Hutchison — qui est mort !

*

Dix ans s'étaient écoulés.

McGregor était bien sûr de la mort de Farragut Hutchison. Peu après leur aventure, en effet, un commerçant britannique avait trouvé des restes humains, preuves horribles mais incontestables ; il était revenu sur la côte pour le raconter. Pourtant, la terreur était dans l'âme de Stuart McGregor, une terreur bien pire que la simple crainte des petits couteaux. La peur de Farragut Hutchison, qui était *mort* ?

Non. Il ne croyait pas qu'il fût mort. Il ne le croyait pas, il ne pouvait pas le croire.

– Quand bien même il serait mort, disait-il souvent au prêtre, ça ne l'empêcherait pas de m'avoir. Il m'aura, aussi sûr que vous êtes là devant moi. Je l'ai vu dans l'œil de l'aigle — dans le clin d'œil de ce tatouage infernal.

Alors, il prenait une teinte terreuse, tout son corps se mettait à trembler sous l'emprise d'un spasme de terreur, et il s'exclamait, dans un gémissement pathétique et ridicule, eu égard tant à sa taille et sa carrure qu'aux aventures tordues et sanglantes qu'il avait vécu :

– Il va m'avoir. Il va m'avoir ! Même dans la tombe, il va quand même revenir pour m'avoir !

A ce moment, le Père O'Donnell faisait un rapide signe de croix, avec une pointe de gêne.

On dit qu'une curiosité morbide pousse les meurtriers à retourner hanter les lieux de leur crime.

Peut-être était-ce un semblable élan psychologique qui poussait Stuart McGregor à décorer les murs et les recoins de son salon de souvenirs de cette Afrique qu'il craignait et haïssait, qu'il s'efforçait chaque jour d'oublier. La pièce était remplie d'une masse chatoyante de raretés barbares, ramenées de la jungle : lourd fouet en cuir d'hippopotame et sagaies, tambours et dagues, bâtons de combat et bouclier en peau de rhinocéros, et mille autres choses encore.

Il développait méthodiquement sa collection, achetant en salle des ventes, ou dans les petites boutiques du front de mer, ou encore à des marins, des commissaires de bord ou d'autres collectionneurs qui avaient des doubles à revendre.

Sa silhouette devint familière dans l'allée des antiquaires, derrière le Madison Square Garden. Il se montrait si prodigue de ses deniers que Morris Newman, un spécialiste des curiosités africaines, lui envoyait directement la fine fleur des nouveaux articles qui arrivaient dans son magasin.

On était en août ; c'était une de ces journées, tropicales pour New York, où les oiseaux eux-mêmes cherchaient de l'air, où les flammes oranges des rayons du Soleil tombaient en crépitant d'un ciel de bronze, comme des lances que l'asphalte fondu fait rebondir dans l'espace. Stuart McGregor, revenant d'une courte promenade, découvrit un paquet large et rond au milieu de son salon.

– C'est de la part de Monsieur Newman, expliqua le majordome. D'après lui, c'est un objet très rare. Il est certain que vous l'apprécierez.
– Fort bien.

Le domestique quitta la pièce avec une courbette, ferma la porte derrière lui. Stuart McGregor coupa la ficelle, défit l'emballage et regarda.

Et brutalement, il glapit de terreur. Tout aussi brutalement, son cri se transforma en un rugissement de furieuse exultation.

Car ce que Newman venait de lui envoyer, c'était un tambour africain, couvert d'une peau tendue, une peau humaine... *blanche* ! Au beau milieu, on voyait un tatouage : un aigle rouge et bleu, surmonté d'une couronne posée de guingois, entouré de lignes ondoyantes.

Enfin, il tenait la preuve finale que Farragut Hutchison était bien mort, qu'il était définitivement libéré de cette terreur. Au paroxysme de la jubilation, il saisit le tambour pour l'embrasser, le serrer contre son cœur.

Soudain, il poussa un cri de douleur. Ses lèvres tremblèrent, se mouillèrent de bave. Il lâcha le tambour et battit l'air de ses bras, fixant son regard sur la chose qui s'était enroulée autour de son poignet droit.

On aurait dit une courte corde, grisâtre tachetée d'un rouge terne. Stuart McGregor sut, alors même qu'il était en train de mourir, ce qui s'était passé. Un petit serpent venimeux, un fer-de-lance d'Afrique, s'était caché, recroquevillé, à l'intérieur du tambour, puis le froid du voyage l'avait engourdi. Mais la chaleur accablante de New York l'avait ranimé.

Oui, alors même qu'il agonisait, il sut ce qui lui arrivait ; il revit le clin d'œil obscène et malveillant de l'aigle. Et en cet instant même de sa propre mort, il sut que Farragut Hutchison était revenu du royaume des ombres pour le tuer.

Titre original : *Fear*
Traduction Rémy Lechevalier

BIBLIOGRAPHIE FRANÇAISE DE ACHMED ABDULLAH

(La mention (R) indique une reprise de texte, dans une nouvelle traduction ou non)

– *Chanson couleur puce*, recueil de poèmes qui aurait été publié à Paris en 1900.
– *Un parfait gentilhomme et quelques autres* (*The Honourable Gentleman & Others*, New York : Putnam's Sons, 1919). Recueil de sept nouvelles policières du Chinatown de New York : « Un parfait gentilhomme » (« The Honourable Gentleman », *Pictorial Review*, sept. 1919), « Le tueur à gages » (« The Hatchet Man », *Blue Book Magazine*, mars 1919), « La chanson de printemps dans Pell Street » (« A Pell Street Spring Song », *Argosy*, 28 sept. 1918), « Cire-à-savate » (« Cobbler's Wax », *The Century*, juil. 1918), « Selon son espèce » (« After his Kind », apparemment original dans le recueil), « Un simple acte de piété » (« A Simple Act of Piety », *All-Story Weekly*, 20 avr. 1918) et « Lui seul et c'est assez » (« Himself to Himself Enough », *All-Story Weekly*, 15 mars 1919). Paris : Perrin, 1924.
– « Un bon musulman » (« ? », publ. or. ?), in *Bibliothèque universelle et Revue de Genève*, 1925, t. 2, p. 927-945, Suisse.

– « La danse sur la colline » (« Dance on the Hill », *Harper's Magazine*, nov. 1918, repris dans le recueil *Alien Souls*, New York : McCann, 1922), nouvelle in *Candide* #143 du 9 déc. 1926.

– « Le bouddha d'émeraude » (« The Rest is Silence », in *Hearst's International Magazine*, octobre 1923], repris dans le recueil *The Swinging Caravan*, New York : Brentano's, 1925), nouvelle en quatre épisodes in *L'Humanité* du 18 déc. 1926 au 21 déc. 1926.

– « Œil-de-biais » (« Slit-Eye », *Hutchinson's Adventure-Story Magazine*, nov. 1918, repris dans le recueil *The Swinging Caravan*, New York : Brentano's, 1925), nouvelle en 3 épisodes in *L'Humanité* du 14 mars 1927 au 16 mars 1927.

– « Enfants de la glèbe » (« Bred in the Clay », publ. or. ?), nouvelle en neuf épisodes in *Le Temps* du 21 mai 1927 au 25 mai 1927. Repris dans *Au branle des Caravanes* (1929), sous le titre « Élevés dans l'argile ».

– *Le voleur de Bagdad* (*The Thief of Bagdad*, New York : H. K. Fly Co., 1924), roman fantastique tire du scenario du film avec Douglas Fairbanks Sr, Crès et Cie, 1927.

– « Romanesque » (« Romance » publ. or. *The Premier Magazine*, 14 avril 1924, repris dans le recueil *The Swinging Caravan*, New York : Brentano's, 1925), nouvelle en six épisodes dans *Le Figaro* du 30 août 1927 au 4 sept. 1927.

– « La loi des Anciens »(« Dutiful Grief », *The Pictorial Review*, août 1921, repris dans le recueil *The Swinging Caravan*, New York : Brentano's, 1925), nouvelle in *Les Œuvres Libres* #85, 1928.

– *La tache rouge* (*The Red Stain*, New York : Hearst's International Library, 1915, version librairie de *The God of the Invincibly Strong Arm*, *All-Story Weekly*, en six épisodes du 11 sept. 1915 au 16 oct. 1915), roman d'aventures teinté de fantastique, en 40 épisodes dans *le Figaro* du 24 avr. 1928 au 13 juin 1928, en parution un peu irrégulière.

– « Le riz du soir » (« The Evening Rice », *Pictorial Review* de juin 1920, repris dans le recueil *Steel and Jade*, New York : Doran, 1927), nouvelle in *La Revue de France du* 15 jan. 1929.

– *Au branle des Caravanes* (traduction de huit des onze nouvelles de *The Swinging Caravan*, New York : Brentano's, 1925), Paris, La Renaissance du Livre, 1929. Recueil de huit nouvelles d'aventures exotiques, dont trois rééditions : « Un geste sans importance » (« A Gesture of no Importance », publ. or. ?), « La grande épouse » (« The Great Wife », publ. or. ?), « Œil-de-biais » («Slit-Eye») (R), « Les Portes de Tamerlan » (« The Gates of Tamerlane », *American Mercury*, août 1924). « Décadence » (« Decadence », publ. or. ?), « Élevés dans l'argile » (« Bred in the clay ») (R), « Le plus juste d'entre les Musulmans » (« Most Just among Moslims », *Cosmopolitan*, juil. 1922), « Le Bouddah d'émeraude » (« The Rest is Silence ») (R). Paris : La Renaissance du Livre, 1929.

– « Mousa-les-sept-biques » (« Musa-of-the-seven-goats », publ. or. ?, repris dans le recueil *Steel and Jade*, New York : Doran, 1927), nouvelle in *L'Européen* du 23 oct. 1929.

– « Vengeance » (« Reprisal », *Colliers*, 26 jan. 1918, repris dans le recueil *Alien Souls*, New York : McCann, 1922), nouvelle in *Ric et Rac* #38, 30 nov. 1929.

– « Une fleur choisie par Déborah » (« Flower of Deborah Choosing », *Hearst's International Magazine*, fev. 1923, repris dans le recueil *Steel and Jade*, New York : Doran, 1927), nouvelle in *L'Européen* du 8 jan. 1930.

– « Le plus juste des Musulmans » (« Most Just among Moslims »), in *Le Journal des Instituteurs et des Institutrices* en trois épisodes, du 1er fev. au 15 fev. 1930, (R).

– « L'homme sans Dieu » (« The Godless Man », publ. or. *The Designer and the Woman's Magazine*, octobre 1926, repris dans le recueil *Steel and Jade*, New York : Doran, 1927), nouvelle in *L'Européen* du 26 mars 1930.

– « Au pays des montagnes grises » (« The Way of the Grey Hills », pub. or. ?, repris dans le recueil *Steel and Jade*, New York : Doran, 1927), nouvelle in *Les Annales politiques et littéraires* #2361 du 1er juil. 1930.

– « Face perdue » (« A Matter of Face », publ. or. ?, repris dans le recueil *Steel and Jade*, New York : Doran, 1927), nouvelle in *L'Européen* de 10 sept. 1930.

– *Intermède à Broadway* roman en collaboration avec Faith Baldwin (*Broadway Interlude*, New York : Payson & Clarke, 1929), in *Je suis partout*, en ? épisodes à partir de décembre 1930.

– « L'épée à deux mains » (« The Two-Handed Sword », *Colliers*, 11 mai 1918, repris dans le recueil

Alien Souls, New York : McCann, 1922), nouvelle in *Les Œuvres Libres* #120 de juin 1931.

– « Œil-de-biais » (« Slit-Eye »), en deux épisodes in *L'Africain* du 30 jan. 1932 et du 5 fev. 1932, (R)

– « À filou, filou et demi » (« Grafter and Master *Grafter* », publ. or. ?, repris dans le recueil *Alien Souls*, New York : McCann, 1922), nouvelle in *Ric et Rac* #187, 8 oct. 1932.

– « La route de ses pieds » (« The Road of his Feet », *The Designer and the Woman's Magazine*, jan. 1926, repris dans le recueil *Steel and Jade*, New York : Doran, USA, 1927), nouvelle in *Les Oeuvres Libres* #137, 1932.

– « À la manière des montagnes grises » (« The Way of the Grey Hills ») en deux épisodes in *Mondes & Voyages* #177 et 178, sept. et oct. 1938, (R).

– « La Rivière de Haine » (« River of Hate », *Today's Housewife*, oct. 1918, repris dans le recueil *Alien Souls*, New York : McCann, 1922), in *Marianne*, n°319, 30 nov. 1938.

– *L'ombre du maître* (*The Shadow of the Master*, serial en onze épisodes dans *Liberty* du 23 sept. au 2 déc. 1939, en vol. New York : Green Circle Books, 1941), roman d'aventures fantastiques en coll. avec Anthony Abbott, Montréal, Québec : Collection Petit Format #119, 1945.

– *La fleur des dieux* (*The Flower of the Gods*, serial en huit épisodes dans *Liberty* du 21 sept. 1935 au 9 nov. 1935, en vol. New York : Green Circle Books, 1936), roman d'aventures fantastiques en coll. avec Anthony Abbott, Montréal, Québec : Collection Petit Format #133, 1949.

– « Une simple formalité » (« A Simple Act of Piety »), in *Mystère Magazine* #69, oct. 1953, (R).

– « Le tueur laqué » (« The Hatchet Man »), in *Thriller* #4, 1982. (R)

– *Un parfait gentleman, et autres histoires criminelles de Chinatown*, réédition d'*Un parfait gentilhomme et quelques autres* dans une nouvelle traduction, Toulouse : Éditions Ombres, coll. « Les classiques de l'aventure et du mystère », 2010, (R).

– « Terreur » (« Fear », *Detective Story Magazine*, 2 avr. 1919, repris dans le recueil *Wings, tales of the psychic*, McCann, USA, 1920), nouvelle fantastique in *Wendigo* #1, 2010.

POURQUOI ADHÉRER A L'ODS

En plus de rassembler toute une « faune de l'espace » passionnée de littératures de l'imaginaire, science-fiction, fantastique, fantasy, etc. et tant de chercheurs érudits des univers de l'étrange, l'ODS est une association active qui organise ou coordonne de nombreux événements dans les domaines qui nous intéressent.

C'est un fait que l'activité de publication de fanzines qui était son expression principale à ses débuts a dû être transférée vers notre maison d'édition, EODS, faute de lecteurs assidus dans un secteur qui s'est peu à peu reporté vers le web. Certaines revues ont disparu, d'autres sont nées à cette occasion. Force est de nous adapter au potentiel du lectorat d'aujourd'hui, et nous voilà au XXIe siècle !

Toutefois, tout en nous adaptant, nous tenons, à l'ODS, à préserver cette convivialité qui fut toujours la première motivation de notre existence associative. C'est pourquoi nous poursuivons avant tout l'organisation de rencontres, conférences, congrès, dîners thématiques et autres missions scientifiques autour des thèmes qui nous sont chers. Participer à ces nombreuses activités, les organiser ou permettre à certains invités de venir y présenter leurs travaux, voilà aujourd'hui la vocation de l'ODS. Ainsi, tout au long de l'année, vous êtes conviés à nous rejoindre lors de dîners informels, comme celui du Nouvel Eon en janvier, et toutes sortes de rencontres à thèmes intitulées « on the spot », selon le calendrier de la venue d'auteurs en région parisienne, ainsi qu'à des colloques de haute teneur dont ceux organisés à Rennes-le-Château (ARTBS) ou à Paris comme le Congrès Fortéen, les journées Heuvelmans ou Jacques Bergier, etc, mais aussi à nous rendre visite sur les stands des nombreuses conventions auxquels nous participons.

L'organisation de ces événements et la participation de l'association à ceux organisés par d'autres sont aujourd'hui devenus notre activité principale, car c'est ce qui fait vivre notre univers littéraire et préserve ce caractère unique qui nous plaît. Si certains supports de lecture disparaissent petit à petit au profit de medias plus modernes – du fanzine au webzine, des listes de discussions aux réseaux sociaux, etc. – il reste que nous sommes tous attachés aux livres originaux au format papier, non seulement à l'objet que l'on peut aujourd'hui commander en trois clics, mais surtout à ce qui va autour, c'est-à-dire les rencontres, les discussions, le partage et les possibles collaborations qui s'improvisent au gré des initiatives de nos membres les plus passionnés et, bien entendu, au plaisir de lire !

La participation de chacun à cette fourmillante activité littéraire et autour de la littérature se coordonne le plus simplement possible par le moyen de notre association, et c'est la raison d'être de l'ODS. En y adhérant, et surtout en participant par votre présence et votre concours à ces rencontres, ainsi qu'à la naissance et la réalisation de nouveaux projets, vous nous aidez à prolonger la vie de notre multivers littéraire. Bienvenue à tous et merci pour votre présence !

Emmanuel Thibault, membre du Conseil de AODS.

WENDIGO
Fantastique & Horreur

LES ÉDITIONS DE L'ŒIL DU SPHINX

SARL au capital de 15.245 €

R.C.S. Paris B 432 025 864 (2000 B11249)

36-42 rue de la Villette
75019 PARIS
FRANCE
Mail ods@oeildusphinx.com
http://www.œildusphinx.com
http:/boutique.œildusphinx.com
Tél 09.75.32.33.55
Fax 01.42.01.05.38

Toutes nos parutions sont sur :
http://boutique.oeildusphinx.com

WENDIGO
Fantastique & Horreur

Achevé d'imprimer en janvier 2010 par ADLIS

Dépôt légal : janvier 2010

Imprimer en Novembre 2020 par KDP Publishing

Dépôt légal : janvier 2010

LES ÉDITIONS DE L'ŒIL DU SPHINX
36-42 rue de la Villette
75019 PARIS
FRANCE

www.ingramcontent.com/pod-product-compliance
Lightning Source LLC
LaVergne TN
LVHW010335200726
843507LV00010B/1505